請把門鎖好

萊利．塞傑——著 林零——譯

RILEY SAGER

LOCK EVERY DOOR

獻給艾拉·萊文

金妮抬頭望著大樓，雙腳堅定地踩在人行道上。然而她的心一如海洋，寬闊而湧動。就算在最瘋狂的夢中，她也沒想過自己能夠涉足此處。對她而言，這裡向來遙遠得猶如童話故事裡的城堡，甚至連看起來也像──高聳且宏偉，牆上有石像鬼增添裝飾。這是曼哈頓版本的皇宮，住滿了這城市的菁英分子。

對那些城牆之外的居民，這裡的名字是巴塞羅繆。

但對金妮來說，則是她稱為家的地方。

葛蕾塔．曼維爾

《夢想者之心》

現在

光線劃開黑暗，驚醒了我。

我的右眼——有人把它撬開，戴了乳膠手套的手指分開眼皮並扯住，彷彿它們是不受控制的窗簾。此時光亮更甚，十分刺眼，亮得令人痛苦。是筆型手電筒，瞄準了我的瞳孔。

我的左眼也受到同樣對待；撬開、分開、照光。

那人的手指放開我的眼皮，我再次墜回黑暗。

有人在說話，一個聲音溫和的人。「聽得到我嗎？」

我張開嘴，熱燙的痛楚包圍我的下顎，零星閃過幾絲疼痛，戳刺我的頸子和臉頰。

「嗯。」

我的嗓音嘶啞、喉嚨乾燥，嘴脣也是，只有一個地方除外。那兒溼濡溫熱，有著滑滑的金屬味。

「我在流血嗎？」

「沒錯，」先前那個聲音說：「只有一點點，本來可能更糟的。」

「非常糟。」另一個聲音說。

「我在哪裡？」

第一個聲音回答。「親愛的，妳在醫院。我們會幫妳做些測試，檢查妳受傷的程度。」

我漸漸意識到自己在移動。我可以聽到輪子在磁磚上發出的細微聲響，感到輪床輕微搖晃——

我剛剛才意識到我正躺在上頭。這瞬間以前，我都以為自己飄浮在空中。我試圖移動，卻做不到。

我的雙手雙腿都被綁住，有東西纏繞住頸子，把它固定得無法動彈。

還有其他人在，其中三個我知道。兩個聲音，加上某個正推著輪床的人。暖暖的吐息拂過我耳垂。

「讓我們看看妳還記得什麼。」又是第一個聲音，他是這些人裡最多話的。「妳有辦法回答我幾個問題嗎？」

「可以。」

「妳叫什麼名字。」

「茱兒。」我停下來，覺得唇上揮之不去的溫暖濡溼感煩不勝煩。我彈動舌頭，試圖舔掉液體。「茱兒．拉森。」

「嗨，茱兒，」那人說：「我是伯納。」

我想打個招呼回應，可是下顎還在痛。

我整個左側身，從膝蓋到肩膀都在痛。頭也是。

那股疼痛迅速沸騰，幾秒以內，從不存在升級到彷彿尖聲大叫。又或者它其實一直都在，只不過我的身體現在才能處理。

「茱兒，妳幾歲了？」伯納問。

「二十五。」我停下來，被新一波的強烈疼痛淹沒。「我怎麼了？」

「親愛的，妳被車撞到了。」伯納說：「又或者說，是妳去撞了車，目前我們還不瞭解細節。」

這方面我就沒辦法了，對我來說這也是全新的消息。我什麼也不記得。

「什麼時候？」

「幾分鐘前而已。」

「在哪裡？」

「就在巴塞羅繆外頭。」

我的眼睛倏地睜開。這次是自己打開的。

頭上強烈的日光燈隨著飛奔的輪床快速前進，我因此開始眨眼。控制速度的人是伯納。他有深色的皮膚，身穿明亮的手術服，眼睛是棕色。那是一雙親切的眼睛。因此，我望著那雙眼、出聲懇求。

「拜託，」我懇求道。「別把我送回那裡。」

六天前

1

電梯猶如鳥籠，高聳又華麗，整體是纖細鐵桿加上鍍金表面，踏進去時我甚至想到了鳥。充滿異國風情，明亮又豐美。

都是我沒有的特質。

但是我身旁的女人顯然與這背景是天造地設。一身藍色香奈兒套裝，金髮往上梳，指甲修得完美的雙手沉甸甸戴著好幾枚戒指。她約莫五十上下，可能更老。肉毒桿菌使她臉龐緊實光亮，她的嗓音明朗活潑，像冒泡的香檳。她甚至有個優雅的名字——萊斯莉·伊芙琳。

因為這嚴格來說算是工作面試，所以我也穿了套裝。

黑的。

不是香奈兒。

我的鞋子是連鎖鞋店買的，落在肩上的棕髮髮尾參差不齊。一般來說，我會去理髮店修一下，可是如今連這件事都超出了我的預算。

我進入電梯，在萊斯莉・伊芙琳開口時假裝感興趣地點個頭。「這座電梯當然仍是原來那座，主要樓梯也是。門廳裡的物品打從這裡一九一九年開幕至今就沒什麼變。這就是老建築不錯的地方——這些地方都是為了累世流傳、代代相承而建造。」

很明顯也是為了讓你不得不入侵別人的私人空間而建造；萊斯莉和我在狹小得驚人的電梯裡肩貼肩。不過，尺寸的缺陷就用品味來彌補。地上鋪了紅地毯，天花板則有金箔，三面側牆都將橡木鑲板貼到腰的高度，往上緊接著連綿不斷的細窄窗戶。

電梯有兩扇門，一道是會自動關起的細桿閘門，再加上萊斯莉在敲下頂樓按鈕前先拉好關上的十字交叉格柵，我們就此啟程，緩慢但確實地上升，朝著曼哈頓傳說中的一大名勝而去。

要是我知道公寓是在這棟大樓裡，絕對不會回覆那份廣告，我一定會認為這不過是浪費時間。我不是萊斯莉・伊芙琳這種人，手拿焦糖色公事包，即使身在這種地方，都能怡然自得。我是茱兒・拉森，來自賓州煤礦小鎮，銀行戶頭餘額連五百元都不到。

我不屬於這裡。

但是廣告上沒提地址，只說需要公寓看管人，提供了一支感興趣者可以撥打的電話。我感興趣，也打了電話，萊斯莉・伊芙琳接起，給我面試時間和地址。七十幾快八十號號，上西區。然而我不太曉得我讓自己捲入了什麼情況，直到站在建築物外頭，檢查了三遍地址，確認我到了對的地方。

巴塞羅繆[1]。

位於達科他[2]與聖雷莫[3]高聳的尖塔雙胞胎正後方，曼哈頓最有辨識度的寓所之一。有部分原因是它狹窄的程度。和紐約其他傳奇建築相比，巴塞羅繆只不過佔有一小片面積——薄薄的一塊石頭，十三層樓高，俯瞰中央公園西側。在滿是龐然大物的區域中，巴塞羅繆之所以突出，是因為它反其道而行。它小巧卻又精細複雜，令人難以忘懷。

但是這棟建築物的名聲主要來自石像鬼。就是那種有蝙蝠翅膀和惡魔犄角的東西。這些石頭野獸隨處可見，從坐在拱頂前門的那對，到屈身於傾斜屋頂所有角落的那些。還有更多居於建築物正面，每隔一層樓就排了短短一列。它們坐在大理石露出的岩面上，朝著上方壁架舉起雙臂，彷彿僅靠它們就能撐起巴塞羅繆。建築物因此散發哥德風格與大教堂氛圍，讓眾人為它起了個十分宗教的暱稱：聖巴特。

數年來，巴塞羅繆與大樓上的石像鬼為上千相片增添韻味。我在明信片、廣告還有時尚攝影的背景看過。這裡也被拍進電影、上過電視，八〇年代出版的一本暢銷小說《夢想者之心》的封面上也有。我也是因那本書才第一次認識這地方。珍就有一本，她時常會在我四肢大張躺在她的雙人床上時大聲念給我聽。

書中敘述了一個名叫金妮的二十歲孤兒遭逢的浮誇奇遇，因為曲折的命運與素未謀面的祖母的善心，她發現自己竟住進了巴塞羅繆。隨著一件比一件精緻美麗的派對華服穿上身，她逐漸駕馭了

---

1 Bartholomew，《聖經》中譯作巴多羅買，紐約市有一歷史悠久的美國聖公會堂區聖巴多羅買堂（St. Bartholomew's Church），成立於一八三五年一月。

2 The Dakota，是曼哈頓最為著名的住宅之一，曾是約翰·藍儂的家，一九八〇年他在公寓中遭到殺害。

3 The San Remo，位於曼哈頓達科塔以北的公寓，一九三〇年開業，是兩座塔的建築形式。

這全新的奢華環境，同時在眾多追求者中周旋。不可否認的是，這個故事十分傻白甜——不過是美好的那種，會讓年輕女孩夢想在曼哈頓的繁忙轉角遇到愛。

珍朗讀的時候，我會望著書的封面，上面描繪的就是位於對街的巴塞羅繆。我們長大的地方沒有這種建築，只有一排排的房屋，還有窗戶被煤煙染黑的店面，這些陰鬱的景色中偶爾穿插著學校或宗教場所。雖然我們從沒到過曼哈頓，那兒依舊令珍和我深深沉迷，也令我們夢想住在巴塞羅繆那樣的地方，那兒和我們與父母同住的簡樸雙拼公寓恍若兩個世界。

「以後，」珍不時讀個幾章就說：「以後我要住那裡。」

「然後我就要去找妳。」我總是尖著聲音說。

接著珍會梳梳我的頭髮。「找我？小茱茱，妳會和我一起住在那裡。」

當然，這些童年幻想沒有一個成真，向來如此。也許對世上那些像萊斯莉・伊芙琳的女子來說，有夢想成真這回事吧，但對珍來說沒有，對我當然也一樣。搭上這趟電梯可能是我最靠近夢想的時候。

電梯井塞在樓梯間隱蔽處，從建築物中央往上拉升。我們一面上去，我一面透過電梯的窗看著建築。每層樓都相隔十級階梯，一個樓梯平臺，接著再十階。

其中一個樓梯平臺上，有個年邁的男人被身穿紫色手術衣、精疲力盡的女人攙扶著，氣喘吁吁地下樓梯。她耐心等待，在男人暫停腳步喘氣時抓著他的手臂。雖然電梯經過時他們假裝沒注意，我還是在上一層樓擋住他們之前瞥見兩人快速看了一眼。

「居住單位在十一樓，從第二間開始，」萊斯莉說：「地面層包含工作人員辦公室和員工專用區域，外加我們的維修部門，倉儲設施在地下室。每層樓有四戶；兩戶在前、兩戶在後。」

我們經過另一層樓，電梯速度雖慢但穩定。這層樓有個應該和萊斯莉同年的女子在等下樓電梯。她穿著內搭褲、UGG雪靴，外加厚重的白毛衣，拿了條釘上飾釘的狗鏈，溜著一隻小到不可思議的狗。她禮貌地對萊斯莉揮了揮，同時從那副過大的太陽眼鏡注視著我。在我們面對面的短暫瞬間，我認出了那個女人。她是演員——至少曾經是。距離我最後和母親在暑假一起看的那齣肥皂劇見到她，已經過了十年。

「那是不是——」

萊斯莉舉起一手阻止我。「我們從不討論住戶，這是這裡的潛規則之一。巴塞羅繆以守口如瓶為傲，住在這裡的人想擁有被高牆保護的自在。」

「但名人真的會住在這裡嗎？」

「不盡然，」萊斯莉說：「不過我們也無所謂。我們最不想要的就是等在外頭的狗仔隊。又或者——天可憐見——發生像達科他一樣恐怖的事。我們的住戶傾向不炫富，他們喜歡保有的隱私。其中有非常多人會用空殼公司買下公寓，這麼一來，這筆購屋紀錄就不會公開。」

電梯在樓梯最上方轟隆停下，萊斯莉說：「我們到了，十二樓。」

她大力打開格柵、踏了出去，高跟鞋跟「喀喀」敲在有如地下道的黑白相間磁磚上。走道牆壁是酒紅色，突出的燭臺列於牆上，間距相同。我們先經過兩扇沒標記的門，來到走道盡頭的一面寬牆，牆上又有兩扇門。和其他門不同的是，這兩扇上有標記。

12A和12B。

「我以為每層樓有四戶。」我說。

「有啊，」萊斯莉說：「除了這一層。十二樓比較特別。」

我回望身後那些沒標記的門。「那這是什麼？」

「倉儲區，通往屋頂的路，沒什麼有意思的。」她手伸進公事包，拿出一副鑰匙，用來打開12A。「真正有意思的在這兒。」

門晃開來，萊斯莉踏進去，露出一間迷你卻雅致的門廳。裡頭有衣帽架、鍍金的鏡子、一張桌子，上面有檯燈、花瓶，以及一只裝鑰匙的小碗。我目光越過門廳，看進公寓，接著是一扇位於門正對面的窗戶，外頭是我有生以來見過最驚人的美景。

中央公園。

秋末景色。

琥珀陽光斜照過橘金色樹葉。

這一切都來自一百五十英尺高度的鳥瞰位置。

展示這幅景觀的窗戶從地板一路延伸到天花板，位於走道另一邊的正式客廳。我踩著因眩暈而搖晃不穩的雙腳，越過走道朝窗走去，一直走到鼻子距離玻璃只剩一呎那麼近。正前方就是中央公園的湖，以及身段優雅的弓橋。再過去一點可以稍微看見畢士達廣場和船塢餐廳，往右則是綿羊草原，廣袤綠意上點綴著沐浴於秋天陽光下的人群。眺望臺城堡坐落於左，背景襯著大都會藝術博物館莊嚴的灰石外貌。

我將景色盡收眼底，有點無法呼吸。

我讀《夢想者之心》的時候曾在心中見過，這與金妮從她公寓看到的景色如出一轍。草原在南，城堡在北，弓橋位於正中——正是她那些狂野美夢的靶眼。

有短短一瞬間，那成為我的現實。儘管我經歷了那些鳥事——也許正是因為那些鳥事。來到此處莫名有種命運出手干預的感覺，即使那強烈的感覺再次朝我襲來——我不屬於這裡。

「對不起，」當我逼自己從窗前離開，不禁開口說：「我想可能發生了很大的誤會。」萊斯莉．伊芙琳和我有諸多相互誤會的可能。分類廣告上的電話可能錯了，又或者我可能撥號時撥錯。當萊斯莉接起，因為通話太短而造成誤解，這是在所難免：我以為她在找公寓看守人，她以為我在找公寓住。現在我們來到這裡，萊斯莉歪著腦袋，對我露出疑惑的眼神，而我則對那片向來不是給我這種人看的景色心懷敬畏——承認吧，本來就是這樣的。

「妳不喜歡這間公寓？」萊斯莉說。

「我很喜歡。」我放縱自己再快速偷看窗外景色一眼，我實在忍不住。「但是我不是在找公寓。我是說，我確實在找住處，可是就算我不吃不喝活到一百歲，存的錢還是負擔不起這個地方。」

「這間公寓還沒開放，」萊斯莉說：「只是接下來三個月需要有人暫時住在這裡。」

「絕對不可能有人願意付錢給我住在這裡，就算只住三個月。」

「那妳就錯了。他們要的就是這樣。」

萊斯莉對著房間中央的沙發做了手勢。沙發套了猩紅的天鵝絨，看起來比我的第一輛車還貴。我試探地坐了一下，深怕隨便一個動作就會毀了一切。萊斯莉在沙發對面同屬一套的單人沙發坐下，我們中間隔了一張桃花心木咖啡桌，上面擺了盆蘭花，花瓣清新而純白。

現在我不再被景色分心，便能看見整個客廳是如何用紅色與木質色系裝潢。這裡十分舒適，儘管有些古板；老爺鐘在角落滴答行走，窗戶有天鵝絨窗簾和木製百葉窗。木頭三角支架上的銅製望遠鏡瞄準的並非天空，而是中央公園。

壁紙上是紅色花朵圖樣，一大片華麗花瓣有如扇子那樣散開，並以精緻的紋樣重疊結合。天花板則有一條條相應的冠狀飾邊，石膏在角落形成花飾樣貌。

「情況是這樣的，」萊斯莉說：「巴塞羅繆的另一條規則是，任何一戶都不能空著超過一個月，這是一條古老的規矩。有些人會說這規矩很怪，但是住在這裡的人都認為有人住的地方才會愉快。妳說這附近的一些地方嗎？它們大多時候都是半空。當然，那些公寓也許是有屋主的，可是他們很少住在裡面，都看得出來。要是走進那些房屋，你會覺得活像走進博物館，或者更糟——像是走進教堂。然後還得思考安全問題。如果有消息傳出去，說巴塞羅繆有一間房子將會空著好幾個月，毫無疑問一定會有人試圖闖進來。」

因此，那張簡單的廣告才會埋在那些個徵才廣告中。我之前就在猜它為什麼這麼曖昧不清。

「所以妳是在找警衛？」

「我們在找住戶，」萊斯莉說：「一個能為這間房子增加生氣的人。用這裡打個比方：主人最近過世，她是個寡婦，自己沒有小孩，只在倫敦有些貪婪的姪子姪女，正在爭誰能得到這屋子。在那件事解決以前，這間公寓都會空著，這層樓就只剩兩戶，妳想想，感覺起來多空盪。」

「那些姪子姪女怎麼不轉租？」

「這裡不允許。就和我早先提過的原因一樣，要是分租出去，就絕對無法阻止住戶做那些天知道的什麼鬼事情。」

我點點頭，突然理解。「付錢讓人住在這裡可以，確保他們不對公寓亂來。」

「沒有錯。」萊斯莉說：「就把這想成買保險——也許我可以補充——這是酬勞優渥的保險。就12A的案例，上一個住戶一家提供一個月四千元。」

我在這之前一直拘謹放在大腿上的雙手現在落到了兩側。

一個月四千。

只要住在這裡就好。

這酬勞令人難以置信，我下方的猩紅沙發彷彿消失，徒留我飄浮在地面上方一呎處。

我努力振作精神，拚命想進行一些基本算術：三個月就是一萬兩千元。當我正試圖讓生活回到正軌，這筆錢幫我度過難關綽綽有餘。

「我想妳應該是有興趣的。」萊斯莉說。

三不五時，人生會給妳一顆重新開機按鈕。只要得到它，妳能按多用力就按多用力。

珍這麼對我說過一次，那是在我們還在她床上看書的久遠過往。那時我年紀還太小，無法理解她是什麼意思。

現在我知道了。

「我非常感興趣。」我說。

萊斯莉微笑，牙齒在粉桃紅的嘴唇後方閃閃發亮。「那麼就開始面試吧，如何？」

2

與其待在客廳，萊斯莉決定接下來一邊導覽一面進行面試。每個房間都帶來新問題，就像妙探尋兇遊戲[4]，只差沒有撞球室和舞廳了。

第一站是書房，位於客廳右側，整個地方非常陽剛，一片深綠和威士忌色的木頭，壁紙花樣和客廳相同，只不過這裡是亮翡翠色。

「妳目前的就業狀態如何？」萊斯莉問。

我可以——或許也應該告訴她，兩週前同樣這個時間，我是全國最大會計事務所之一的行政助理，雖然算不上什麼——只是從無給薪的實習生往前一步。我大多時間都在影印東西、拿咖啡，閃避我侍奉的那些中階經理的喜怒無常。不過這能讓我付得起帳單、負擔健康保險……直到我和百分之十的公司員工一起被遣散——公司重組。我推測老闆認為這聽起來比大舉裁員好一些。不管怎樣，結果都相同——我成了無業游民，他則有可能加薪。

「目前我在找工作中。」我說。

萊斯莉非常輕微地點了個頭回應。我不知道那算好兆頭還是壞兆頭。然而，當我們前往公寓另一側、回到主廳，問題仍在持續。

「妳抽菸嗎？」

「不抽。」

「喝酒嗎？」

「晚餐偶爾配個一杯酒。」

除了兩週前。克洛伊帶我出門，讓我借瑪格莉特澆愁。我用驚人速度連續喝下五杯，當晚以小巷裡的嘔吐劃下句點。這是另一件萊斯莉不必知道的事。

走道轉得有點急促，萊斯莉沒跟著走，反而領我朝右邊去，進入一個漂亮到讓我倒抽一口氣的正式餐廳。硬木地板打蠟拋光，弄得像鏡子那樣閃亮，一盞吊燈懸掛在一張長桌上方，桌子能輕輕鬆鬆容納十二個人。這回，令人眼花撩亂的花朵壁紙是淺黃色。房間位於建築角落，窗外景色彷彿雙雄對峙：中央公園在一側，隔壁建築物的邊邊在另一側。

我繞過桌子，一指沿著木頭摸，同時萊斯莉說：「感情關係呢？雖然我們不會不贊成情侶甚至家庭來當公寓看守人，但是更偏好無牽無掛的住戶。就法律立場來說，這讓事情簡單一些。」

「我單身。」我說，努力不讓聲音洩漏出苦澀感。

被分手就發生在我丟工作的那天。我早早回到和男友安德魯一起住的公寓中。晚上他在我公司的那棟大樓當工友，白天是佩斯大學主修財經的兼職學生，而且，很明顯在我上班時和同學亂搞個沒完。

當我帶著急忙從辦公小隔間清出來的一小箱可悲物品走進去，他們就是在做這件事——甚至沒在臥房做。我在二手沙發上發現他們，安德魯的牛仔褲脫到腳踝，和他偷情的那個第三者腿大大張

4 Clue，又名Cluedo。一九四八年推出的推理類桌遊，背景在大廈之中，遊戲圖版是房間位置平面圖，包含廚房、舞廳、溫室、撞球室、圖書室、書房、大廳、休息室、飯廳，以及地窖（兇殺案發生地點）。

開。

如果不是怒火依舊高張，我其實對整件事感到無限悲哀——也很受傷。我責怪自己竟和安德魯那種人在一起。我知道他不滿意自己的工作，希望生活可以更好，但我不知道他還想要不只一個女友。

萊斯莉．伊芙琳帶我進廚房，那裡十分巨大，甚至需要兩個入口——一個從餐廳，另一個從走道。我慢慢旋身，因為一塵不染的潔白、花崗石檯面、窗戶旁吃早餐的角落而頭暈目眩。這裡看起來活像直接從料理秀中搬出來的場景，是間盡量設計得很上鏡的廚房。

「有夠大。」我純粹因為空間大小而咋舌。

「這個設計回歸巴塞羅繆初落成時的復古風，」萊斯莉說：「建築本身沒改變多少，公寓經年累月卻翻新了不少。有的變得更大，其他變得更小。這裡曾經是樓下大坪數那戶的廚房和僕人宿舍。妳懂吧？」

萊斯莉朝一個碗櫥移動，有扇滑門卡在爐子和水槽的中間位置。當她將門提起，我看到一條黑暗的通風井，兩條繩子的鬚鬚從上頭的滑輪裝置垂下。

「那是運食物的升降機嗎？」

「是的。」

「通到哪裡？」

「其實我不知道，幾十年沒用了。」她放手讓升降機門「碰」一聲關上，突然又回到面試模式。「跟我說說妳的家人。有任何親戚嗎？」

這個有點難回答，主要是因為這比丟工作或被劈腿還更糟。不管我說出什麼，都可能像打開一道水庫閘門，引來一籮筐問題，得到排山倒海的悲傷反應……特別如果我還暗示發生了什麼事。還有是在什麼時候。

還有發生的原因。

「孤兒。」我說，希望這兩個字能避免萊斯莉問出後續問題——我成功了，就某種程度而言。

「完全沒有家人？」

「沒有。」

差不多算真相吧。我父母和祖父母都是獨生子女。我沒有阿姨、叔叔或堂表兄弟姊妹，只有珍。她也死了。

也許吧。

大概吧。

「既然沒有親戚，要是發生緊急狀況，我們該聯絡誰？」

兩週前，那個人會是安德魯，現在則是克洛伊吧，我猜。雖然她沒有正式列在任何表格上，我甚至不確定她可以。

「沒有人。」我說，並且理解這聽起來有多可悲，所以加了點稍微有些希望的備註。「就目前來說。」

我恨不得能換個話題，便從離開廚房的那扇門往內窺看一下。萊斯莉接收到暗示，領我進入另一條走道。這是主要走道稍小的分支，包含一間客用浴室（她甚至懶得炫耀了），一間更衣室，還有——大驚喜來了：一道螺旋梯。

「噢我的天，還有二樓嗎？」

萊斯莉快樂地點了個頭，我則像個過聖誕節的小朋友。她看起來不像勉強忍受我，更像覺得有趣。「這是只有十二樓兩戶才有的特色。去吧，去看看。」

我蹦跳上樓，順著螺旋曲線來到一個比廚房更十全十美的臥室。這裡的花朵壁紙和房間嚴格來說非常搭，是最淺的一抹藍；春日天空的顏色。

這裡就像正下方的餐廳，位於建築物角落。因為是最頂樓，天花板角度陡峭地傾斜而上，結束於遠端牆壁的尖峰。那兒放了張巨床，這麼一來，只要睡在上頭，就能從夾於兩側的窗戶眺望出去。窗戶外面的正是壓軸好戲——一尊石像鬼。

他坐在角落壁架上，屈著後腿，前爪抓著壁架頂端，翅膀展開，透過面北的窗戶，就能瞥見一片翅膀的邊緣，面西的那扇則可看到另一片。

「很漂亮吧？」萊斯莉說，突然來到我背後，我甚至沒注意到她上了樓，因為我太專注在這些石像鬼、整個房間，以及這個超不現實的想法：我也許能靠著住在這裡拿到酬勞。

「嗯，很漂亮。」因為過度震驚，我除了重複她的話之外說不出別的。

「而且空間相當大。」她補充道，「就算用巴塞羅繆的標準也是一樣。話說回來，因為這裡原本使用目的的關係，過去曾住了好幾個僕人。他們在這裡生活起居，在樓下煮飯，在再往下幾層樓的地方工作。」

她點出我沒能注意到的一切。例如階梯左邊一塊小小的等待區有著奶油色的椅子和一張玻璃咖啡桌。我走過房間地上極為豪華的白色地毯，難以壓抑想踢掉鞋子、用赤腳去感受的衝動；右方牆上有兩扇門，一扇通往主浴室，我快速往裡頭看了一眼，見到兩座洗手臺，一間環繞玻璃牆的淋浴室，以及有著爪狀腳的浴缸。穿過另一扇門，則是巨大的更衣間，裡面有裝上鏡子的化妝桌，還有簡直能容納一整間服飾店的櫃子和架子。全是空的。

「這更衣間比我小時候的臥房還大，」我說：「不對，再來一次：比我住過的所有臥房還大。」

正對著化妝鏡檢查頭髮的萊斯莉轉過身。「既然妳提起了居住條件，妳目前的地址是？」

另一個棘手話題。

在發現安德魯和同學亂搞的那天，我搬了出來。這裡先補充說明，這不是我自己的選擇。租約上只有安德魯的名字。我搬進去時從沒把自己的名字加上去。技術上，這表示那裡打從一開始就不是我的家，即便我在那裡已經住超過一年。過去兩週，我暫且睡在克洛伊位於澤西市的住處沙發上。

「我還在找房子中。」我說，希望情況聽起來沒有實際上那麼孤苦伶仃。

萊斯莉快速眨眼，努力藏起驚訝。「還在找房子中？」

「我的舊住處變成合作公寓了，」我撒謊。「在能找到其他地方以前，我先和朋友住。」

「住在這裡對妳會很方便的，我想。」萊斯莉十分體貼。

事實上，住在這裡可說救了我一命。能在我找工作與找新住處時有個落腳處。當一切結束後，銀行帳戶還可以有一萬兩千元。這件事可不能忘記。

「那麼，我們就快點結束面試，看看妳是不是適合人選吧。」

萊斯莉帶我出臥室、下樓梯，回到客廳那張猩紅沙發。我在那裡重新回到手放大腿的坐姿，拚命不讓目光再次飄回窗戶——不過還是飄回去了。晚午時分使得籠罩公園的陽光增添深金色澤。

「再幾個問題我們就結束，」萊斯莉打開公事包，抽出一枝筆，以及看起來像申請表的東西。

「年齡？」

「二十五。」

萊斯莉速速記下。「出生日期？」

「五月一日。」

「有沒有必須注意的疾病或健康狀況？」

我逼自己目光離開窗戶。「妳為什麼要知道？」

「緊急用途，」萊斯莉說：「因為——只是假設——要是妳在這裡出了什麼事，目前我們沒有人能聯絡，我會需要多一點醫療資訊。我向妳保證，只是標準程序。」

「沒有疾病。」我說。

萊斯莉的筆懸在紙頁上頭。「所以沒有心臟毛病或任何類似疾病？」

「沒有。」

「聽力和視力都沒問題？」

「一點問題也沒有。」

「有沒有需要注意的過敏症狀？」

「蜂螫。但我會帶著速效注射型腎上腺素。」

「妳很聰明，」萊斯莉說：「能認識個有顆聰明腦袋的女孩再好不過。所以我要來到最後一個問題了：妳認為自己的好奇心強嗎？」

好奇心強。這是我在面試中從沒想過會聽到的形容詞，畢竟不斷問問題的人可是萊斯莉。

「我不確定我瞭解妳的問題。」我說。

「那我就直接一點了，」萊斯莉回答：「妳會不會好管閒事？妳喜歡問問題嗎？或者更糟：會把妳知道的事情告訴別人？我想妳可能也曉得，巴塞羅繆的知名特色就是守口如瓶。人們會好奇這棟樓裡發生些什麼事，雖然妳已經看見了，這不過是棟普通的建築物。過去，一些公寓看守人會懷抱錯誤的意圖來到這裡；他們來找醜聞。關於這棟建築、這裡的居民、過去的歷史；典型的八卦素材。這種人我馬上就能嗅出來，向來如此。所以，如果妳是來這裡找八卦，我們最好就此分道揚鑣。」

我搖搖頭。「我不在乎這裡發生什麼事。說實在話，我只需要錢，還有可以住幾個月的地方。」

這使得面試劃下句號。萊斯莉站起來、順順裙子，調整手指上的其中一個粗大戒指。「如果我們感興趣，一般程序是我會告訴妳等電話通知，但我覺得沒有叫妳等的必要。」

我知道接下來會發生什麼，我一踏入那座鳥籠般的電梯就知道了：我配不上巴塞羅繆。像我這種人——無父無母，沒有工作，瀕臨無家可歸——這裡沒有我的位置。我又看了這窗戶外面最後一眼，知道自己再也不會見到這般景色。

萊斯莉把話說完。「我們很樂意讓妳住在這裡。」

一開始，我以為我聽錯了。我露出茫然的眼神，儼然一副非常不習慣接受好消息的模樣。

「妳開玩笑。」我說。

「我再認真不過。當然，我們會需要跑一下背景確認，不過妳似乎是個完美人選，年輕有為。此外，我覺得住在這裡也對妳非常有益。」

我到這時才領悟：我可以住在這裡了。這麼多個地方之中，我竟能住在該死的巴塞羅繆，在一個我想都不敢想的公寓裡頭。

更好的是，我做這件事還可以有錢拿。

一萬兩千元。

我眼中冒出快樂的淚水，於是快速抹掉，免得萊斯莉覺得我太情緒化，決定反悔。

「謝謝妳，」我說：「真的，這是一生難得的機會。」

萊斯莉露出微笑。「茱兒，這是我的榮幸，歡迎來到巴塞羅繆。我想妳一定會喜歡這裡。」

3

「有條件吧？」克洛伊說，啜了一口超市買的廉價葡萄酒。「我是說一定有吧。」

「我本來也這樣想，」我說：「但就算有，我也找不到。」

「沒有任何腦子正常的人會付錢給陌生人住自己的豪華公寓。」

我們正在克洛伊位於澤西市的不豪華公寓客廳中，圍坐咖啡桌旁。我來借住後，這裡就變成我們時常用餐的位置。今晚，上頭散放便宜中餐館的外帶紙盒，蔬菜撈麵和豬肉炒飯。

「這也不是什麼度假，」我說：「是合法的工作，我得照料那個地方，要打掃，還要看守物品。」

克洛伊咬到中途突然暫停，麵條都從筷子溜下來。「等等——妳不是真的要去接這工作吧妳？」

「我當然要，我明天就可以搬進去。」

「明天？這……快得很可疑啊。」

「他們希望盡快有人住進去。」

「茱兒，妳知道我沒得妄想症，但是這根本就有各種疑點。萬一是邪教怎麼辦？」

我翻翻白眼。「妳不是認真的吧？」

「我是超級認真，妳根本不認識這些人。他們有告訴妳上一個住在那裡的女人出了什麼事嗎？」

「她死了。」

「他們有說怎麼死的嗎？」克洛伊說：「還有死在哪？也許她是死在那間公寓——搞不好是被

謀殺的。」

「妳這樣很怪。」

「我這樣叫小心，這是差別所在。」克洛伊又喝了一口酒，有點惱火。「妳在簽任何東西之前至少會先讓保羅看一下文件吧？」

克洛伊的男友目前正一面準備律師資格考試，一面在第一流的律師事務所當職員。考完之後，他們打算結婚，搬去郊區，生兩個小孩，養一隻狗。克洛伊老愛開玩笑說他們的社經地位正在不斷往上爬。

我則相反。我墜落到超低的地方，我現在吃飯的地方，就是我等下要睡的同個位置。感覺好像在兩週內，我的全世界縮成一張沙發的大小。

「我已經簽了，」我說：「三個月的合約，有延長可能。」

最後那部分是稍嫌誇大了。那只是一封同意書，不是合約，萊斯莉．伊芙琳也只暗示上一個屋主的姪子姪女可能需要更多時間，才能針對如何處置這地方達成共識。我這麼說只是想把整個情況包上一點虛有其表的正式感。克洛伊在人資部工作，有延長合約的可能會讓她比較欣賞。

「稅單呢？」她說。

「稅單怎樣？」

「妳寫了嗎？」

為了避免回答，我拿筷子戳進炒飯，找出一些豬肉。克洛伊把紙盒從我手中拔走，用力放上咖啡桌，米都噴到桌面上了。

「茱兒，妳不能接那種薪水在檯面下給的工作，這鐵定有很多可疑情形。」

「那只代表我能拿到更多的錢。」我說。

「那代表不合法。」

我抓了紙盒，把筷子塞回去。「我在乎的只有那一萬兩千元。我需要錢，克洛伊。」

「我告訴過妳我可以借妳啊。」

「我不可能有辦法還。」

「有可能的，」克洛伊堅持，「最終妳會有可能的。不要這麼做，不要覺得妳是——」

「負擔？」我說。

「這是妳的想法，不是我的。」

「但我就是負擔。」

「不是，妳是我最好的朋友，正經歷人生低潮，而我非常樂意讓妳得留多久就留多久。妳一定很快就能再站起來。」

克洛伊比我更有信心。過去兩週我不斷在思考，我的人生到底——到底怎麼會脫軌到如此誇張的地步。我很聰明、工作努力，我是個好人——至少我努力當個好人。然而，就只需要丟了工作，外加安德魯其實是個渣男，這麼一、兩拳的攻擊，就能把我打趴。

我知道一定會有些人說這根本是我自己的錯。準備一筆應急基金是我的責任——至少三個月薪水——專家是這麼說的。但不管得出這數字的人是誰，我都做好了萬全準備，能夠予以反駁。這些人很顯然從沒做過扣完稅的薪水只能勉強支付房租和食物水電的工作。

身為窮人是這樣的，大多人在自己陷入窮困以前，都不會瞭解那是什麼情況。他們不知道，光是努力浮在水面就是一種極為精細、如履薄冰的技巧。如有不幸——天可憐見——暫時掉進水裡要再浮上來，會有多困難。

他們從沒用過顫抖的雙手寫下支票，並祈禱帳戶中的金額足以支付。

他們從沒翹首等待一過十二點薪資支票直接存進來，因為你錢包空空、信用卡刷爆，此時卻亟需支付瓦斯費。

和食物錢。

和一張延誤了一整個禮拜的處方籤。

他們從沒在雜貨店、餐廳或大賣場碰過信用卡刷不過的狀況，並同時承受著滿肚子火的收銀員對他們暗中批判、投以側目。

那是另一件大多人不瞭解的事：他人能多快對你產生成見，然後做出結論，認為你財務上之所以出現困難，是肇因於愚蠢、懶惰，與經年累月的錯誤決定。

他們不知道，在二十歲前就得埋葬雙親要付出多貴的代價。

或是坐在一堆表示他們這些年欠下多少債務的財務報表前哭泣。

或被告知他們所有保單都作廢。

或回到大學，在助學貸款幫助下扛著自己的開銷、兩份工作，以及四十歲前都付不完的學生貸款。

帶著文學院文憑畢業進入職場，卻獲知你的條件對你申請的所有職位要不是過高，就是過低。

人們不願去思考那種人生，所以他們不思考。由於自己過得還算不錯，因此無法理解你為什麼沒辦法也這樣。同時，你得孤立無援地處理那些羞辱、恐懼和擔憂。

——老天，想到那些擔憂。

擔憂永遠都在。在腦中所有的思緒中，這嘈雜的嗡鳴根本揮之不去。由於前途變得如此渺茫，我最近不禁開始思考自己距離摔到谷底還剩多遠，以及要是我走到那一步會怎麼做。我會努力自己爬出來，像克洛伊覺得我能做到的那樣？或者我會主動走進咆嘯的黑洞，就像父親那樣？

今天以前，我看不出有什麼能輕易走出困境的方式。然而，如今我沉重又絕望的擔憂暫時得到緩解。

「我必須這麼做，」我對克洛伊說：「這是否反常？是，我可以完全同意，的確是。」

「而且好到不可能是真的。」克洛伊補充。

「有的時候好事會發生在好人身上，甚至就在他們最需要的時候。」

克洛伊一下子坐來我旁邊，力氣超大地把我拉過去擁抱。打從我們成為賓州大學大一新生室友，她就常這麼做。

「如果不是巴塞羅繆那棟，我可能會覺得好一點吧。」

「巴塞羅繆有什麼問題嗎？」

「首先就是那些石像鬼。妳不覺得很可怕嗎？」

說實在，我不覺得。我認為臥室窗戶外頭的那隻散發獨有的迷人哥德韻味，像是駐守在那兒的保護者一樣。

「我聽說過——」克洛伊暫停一下，尋找最適合不祥描述的形容詞。「一些怪事。」

「哪種怪？」

「我祖父母一直住在上西區，爺爺拒絕和巴塞羅繆走同一側的街道。他說那裡被詛咒了。」

我伸手去拿撈麵。「我覺得與其說巴塞羅繆很怪，不如說妳爺爺很怪。」

「他很信，」克洛伊說：「他告訴我建那棟樓的人自殺了，直接從屋頂跳下來。」

「我才不要只因為妳祖父說了些什麼就拒絕這件事。」

「我只是想說，妳住在那裡時小心一點也不會少一塊肉。如果感覺不太對，妳就回來，沙發永遠留給妳。」

「我很感激，」我說：「真的，而且誰知道呢，搞不好三個月後我就回來了。但是，不管有沒有詛咒，住進巴塞羅繆都是從這團混亂中解脫的最好方式。」

不是誰都能得到人生重開機的機會。我父親當然沒有，母親也是。

但現在我有了這個機會。

人生給了我一個重新開機按鈕，像一棟大樓那麼大。

而我，要使出全身力氣按下去。

現在

我驚醒過來，困惑不已。我不知道自己在哪裡，並因此感到恐懼。

我抬起頭，看見一個昏暗的房間，打開的門滲入一方光線，稍微照亮。門後方可瞥見無菌走道的一角，有壓低分貝講話的聲音，球鞋在磁磚地板輕輕嘎吱響。

不斷在身體左側和腦中大聲吵鬧的痛楚現在變成小聲呢喃。我想應該要感謝止痛藥。我的腦子和身體有種隔著薄紗的感覺，好像裡頭塞滿了棉花。

我一陣恐慌，開始盤點昏迷時發生在我身上的一切。

點滴連接到手上，插進血管的針頭不斷傳來螫痛。

繃帶將我左手腕包裹起來。

支架繞在頸子上。

太陽穴那兒也有繃帶，我帶著好奇，探詢似的用手指去壓。那股力道引發一陣激烈痛楚，足以令我瑟縮。

讓我驚訝的是，我能坐起來，用手肘支撐。雖然這樣造成身側一股輕微疼痛，不過還是值得。有人經過門邊，注意到了，便說：「她醒了。」

燈被打開，露出白色牆壁，角落有張椅子，便宜的黑畫框中有張莫內的複製畫。

進來一名護士，是稍早那個。眼神親切的那位。伯納。

「嘿，睡美人。」他說。

「我昏過去多久了？」

「只有幾個小時。」

我打量房間，這裡沒有窗戶，消毒無菌，白得令人眼盲。

「我在哪裡？」

「親愛的，在醫院病房。」

一陣釋然沖襲我全身，令我湧上眼淚、覺得上帝保佑。伯納抽了張衛生紙沾沾我的臉頰。

「不需要哭，」他說：「沒有那麼糟。」

他說的沒錯，真的沒那麼糟。事實上，可以說是太美好了。

我安全了。

我離巴塞羅繆遠遠的。

五天前

4

早上，我在搭Uber進曼哈頓前給了克洛伊一個超長的道別擁抱。由於我手上拿著所有家當，所以這是很奢侈的行為。倒不是說我有多少東西。在發現安德魯和他那位「朋友」的事情後，我特別給自己一個晚上搬出公寓。我沒有狂哭，沒有大聲尖叫到震動牆壁，只說：「出去，早上之前都不要回來，到時我就會離開了。」

安德魯沒有反駁，就此證實了我所需要知道的一切，即使我完全沒可能和他重修舊好，但他甚至沒有稍微嘗試挽回一下我們的關係，我仍很訝異。他就那樣離開了，而他要去哪裡，我永遠不會知道。大概是另一個女孩那裡吧，我想。這樣他們就能繼續做剛才沒做完的事。

他走掉的時候，我有條不紊地打包，選擇什麼可以留下，以及什麼一定要帶走。很多東西都留下來了，大多是我和安德魯一起買的物品，而且我已經無力爭取。結果就是他得以保留烤箱、IKEA的咖啡桌與電視。

在那漫長且可怕的夜晚，到了某一個時間點，我考慮著是否要破壞一切，向安德魯證明我也有能力做出毀滅性動作。但我實在太悲傷又太精疲力盡，無法召喚出那樣的憤怒。我反而決定將我們在一起的所有痕跡推進爐上的一只大鍋。照片、生日卡、交往第一個月愛得暈頭轉向時留下的那些充滿愛戀的紙條。我點燃一根火柴，扔進那堆東西，看著火焰升起。

離開前，我把灰燼倒在廚房地上。

這是安德魯可以留下的另一樣東西。

但是，當我在兩週內二度進行打包，卻不禁希望自己拿走的不只衣服、一些小東西、書本以及紀念品。我猛然驚覺自己擁有的東西是這麼少。現在，我的人生全裝進了一只小行李箱，以及四個十五乘十二吋的收納箱裡。

當車子開上巴塞羅繆，司機低低吹了聲口哨，似乎頗為印象深刻。「妳是在這裡工作嗎？」

技術上，我可以回答「是」。然而，用我檯面上的工作內容來回答好像比較好。「我住在這裡。」

我下了車，望著這暫時家園的正面，門口上方的石像鬼回以凝視。由於它們弓起的背脊和張開的翅膀，看起來恍若準備從棲身之處一躍而下、迎接我的到來。不過這個責任交給了站在它們正下方的門房。那人個子高、塊頭大、臉頰紅潤，還有濃密得像毛刷的鬍子。Uber司機「啵」一聲打開後車廂，他立刻站到我旁邊。

「我來幫妳拿，」他伸手來接收納箱。「妳一定是拉森小姐。我是查理。」

我抓了我的行李箱，希望至少讓自己看起來有點用。我從來沒住過有門房的地方。「很高興認識你，查理。」

「我也是，也歡迎妳來巴塞羅繆。妳的東西我來負責，妳先進去。伊芙琳小姐在等妳來。」

我早就不記得上次有人等我來是什麼時候了。這不只讓我覺得受歡迎，更覺得被需要。

無庸置疑，萊斯莉就等在門廳。她穿了另一件香奈兒套裝，黃色的，而非藍色。

「歡迎、歡迎，」她愉快地說，各往我的兩頰假親兩下當停頓。她瞥見行李箱，說：「查理不是要負責拿妳所有東西嗎？」

「他有拿。」

「那個查理啊，真是我們夢寐以求的好人。他是我們目前為止最有效率的門房，不過他們都各有各的好。如果妳要找他們，不是在外頭，就會在這裡面。」

她指向門廳過去的一個小房間。我透過門口瞥到一張椅子、一張桌子，和一排閃耀藍灰光芒的監視螢幕。其中一個斜斜角度的影像顯示兩名女子站在門廳的棋盤格磁磚地上，我花了一會兒才理解其中一個是我，另一個是萊斯莉。我抬頭望，看見設置在前門上方的攝影機。我的目光又飄回監視螢幕，由於萊斯莉離開了視線範圍，目前畫面中只站了我一個人。

我跟著她去門廳另一側有整面信箱的牆壁，共四十二個，和一般公寓一樣貼上標籤，從2A開始。萊斯莉遞出一根小鑰匙，掛在樸素的鑰匙圈上，標記12A。

「這是妳的信箱鑰匙。」

她有如奶奶給糖果那樣給我鑰匙：直接丟進我張開的掌中。

「妳必須每天檢查郵件，當然不會有太多東西。但上一個屋主的家人要求不管寄什麼來都要轉寄給他們。我應該也不用提醒妳，任何來件都不能打開，不管看起來有多緊急都一樣——這是為了隱私考量。而關於妳個人的信件，我們建議妳辦一個郵政信箱。嚴格禁止用這個地址收私人信件。」

我快速點了個頭。「瞭解。」

「現在帶妳上去公寓吧。上去的時候我們可以把剩下規則過一遍。」

她再次越過門廳，這次朝電梯走去。我拿著行李箱跟在她身後。「規則？」

「沒什麼大的，只是一些妳必須遵照的守則。」

「哪一種守則？」

我們站在電梯旁邊（目前正在使用中）。我透過那些鍍金的桿子看到纜線在動，滑行往上，機械裝置的呼呼從底下某處往上攀升，在我們上方幾樓的位置，電梯一面下降一面發出嗡嗚聲。

「禁止訪客，」萊斯莉說：「這條最重要。而我所謂的禁止訪客，就是連一個都不行：不准帶朋友來逛，不准為了讓家人省旅館錢找他們來過夜，絕對不容許帶在酒吧或約會軟體認識的陌生人過來。這是重點中的重點。」

我第一個想到克洛伊：我承諾今晚要帶她逛逛。她一定不會喜歡的。她會告訴我這是另一個徵兆，一聲震天價響的警鈴。雖然聽到這席話後，我也不需要克洛伊來提醒。

「這難道不會有點——」我阻止自己繼續說，想找個不冒犯萊斯莉的說法。「——太嚴格嗎？」

「也許吧，」萊斯莉說：「但也很必要。這裡住了些非常有名的人，他們不希望陌生人在住處走來走去。」

「定義上我不算陌生人嗎？」我說。

萊斯莉糾正我。「妳是員工。還有，在接下來的三個月，也是住戶。」

電梯終於抵達，帶來一名二十出頭歲的男子。他個子雖矮，但肌肉結實，有著寬闊的胸膛和粗壯的手臂。他的頭髮是黑色（明顯是染的），垂下蓋住他的右眼，兩只耳垂各有個黑檀木似的小小圓形。

「噢，這真是太美好了，」萊斯莉說：「茱兒，我想向妳介紹狄蘭，他是另一位公寓看守人。」

我早就透過直覺知道了。他的重金屬樂團T恤和褲腳破損的鬆垮黑牛仔褲早已露餡。他就像我，顯然不屬於巴塞羅繆。

「狄蘭，這位是茱兒。」

狄蘭沒和我握手，反而將雙手插進褲袋，有點含糊地說了聲哈囉。

「茱兒今天搬進來，」萊斯莉對他說：「對於我們針對臨時住戶訂立的規則，她表示有些擔憂，也許你能稍微開導她一下。」

「我對那些沒有那麼在意，」他有口音，母音發得很重，子音則很混濁，立刻顯示出他來自布魯克林，而且是老派的那一區。「沒什麼好擔心，真的，沒有什麼太嚴格的規矩。」

「瞧？」萊斯莉說：「沒什麼好擔心的。」

「我得走了，」狄蘭的雙眼盯著兩隻球鞋中間的大理石地面。「很高興認識妳，茱兒，改天見。」

他從我們旁邊擠過去，雙手仍深深插在口袋。我看著他離開，觀察他低著頭走路的方式。在查理幫他拉著打開的門時，他暫時停下，彷彿突然改變心意不想出去。不過，等狄蘭終於真的踏上人行道，又像頭活潑的鹿那樣橫越繁忙的公路。

「不錯的年輕人，」我們一進電梯，萊斯莉便說：「安安靜靜，是我們這裡喜歡的特質。」

「目前這裡住了幾個公寓看守人？」

萊斯莉拉上電梯門外那扇格柵門。「加妳三個。狄蘭在十一樓，英格麗也是。」

她按下十二樓的按鈕，電梯再次發出嘎吱聲、活了過來。我們朝目的地往上的時候，她一一點明規則。雖然我可以按照心意自由來去，但是每晚必須在公寓過夜。合理。畢竟我拿錢要做的就是這件事——住在這裡、使用這個地方、把生氣吹進這個空間——套句萊斯莉在那場超現實的面試時說過的話。

不可以抽菸。

當然。

也不可以吸毒。

閉著眼睛都能做到。

如果適量飲用，那麼喝酒沒有問題。這讓人鬆了一口氣。有鑑於查理安安穩穩運到我門口的其中一個箱子裡，就有兩瓶克洛伊送給我的酒。

「無論何時，妳都要把所有東西保持在嶄新完好的狀態，」萊斯莉說：「如果東西壞了，立刻聯繫維修部。基本上，妳離開時這裡的一切必須和妳來時一模一樣。」

除了不准有訪客，上述一切聽起來也十分合理。而既然萊斯莉解釋了訪客禁令背後的理由，連這也合理了起來。我開始想，狄蘭是對的，我確實沒什麼好擔心。

但接著萊斯莉又加上另一條規矩，她漫不經心地提出，彷彿當場臨時編出來似的。

「噢，最後一件事，就如昨天提過的，這裡的住戶喜歡享有隱私。既然有一些人有某種程度的名氣，我們很堅持妳不能去打擾他們，除非他們主動跟你說話。另外，絕對不能一出這道牆就討論住戶。妳用社群媒體嗎？」

「只有臉書和Instagram，」我說：「而且兩個都很少用。」

過去兩週，我的社群媒體都用於在LinkedIn上尋找遠離前同事的潛在工作機會。目前為止，我沒有因此得到一點好處。

「一定不能在上面提到這個地方。我們會監控公寓看守人的社群媒體帳號，一樣，是為了隱私的理由。要是巴塞羅繆的內部出現在Instagram上，張貼的人就得立刻強制離開。」電梯在最頂樓震動著停下，萊斯莉一把打開格柵門，說：「妳還有問題嗎？」

我有，而且是很重要的一個問題，只不過我怕聽起來太沒教養，不太敢問。可是，我接著想到我的帳戶，經過那趟Uber後，餘額立刻少了五十塊。

我也想著，等到我去買完雜貨會剩更少。

還有我收到簡訊，提醒我手機費早已逾期。

還有我不久會收到的失業補助金支票，那貧乏的兩百六十元能在這個社區存活多久。

我想到那一切，立刻決定就算被當成沒教養的人也不在乎。

「我什麼時候可以拿到酬勞？」我說。

「非常好的問題，我很高興妳問了。」萊斯莉回答，一如往常老練世故。「妳會在五天後收到第一筆款項：一千元，現金。查理會在當天結束親手交給妳。妳在這裡的每個禮拜結束後，他都會這樣把錢給妳。」

我簡直因為鬆一口氣直接融化一地。我本來擔心可能要到月底，或者更糟——要等我過完三個月。我突然太過放鬆，甚至又多花了一會兒才感受到此安排的詭異之處。

「就這樣？」我說。

萊斯莉歪歪頭。「聽起來妳好像覺得這是件壞事。」

「我猜我本來以為會是支票吧，感覺起來比較正式，比較沒那麼——」

昨晚克洛伊用的字彙從腦中冒出來：可疑。

「這樣比較簡單，」萊斯莉說：「如果妳對這個安排不自在，或者改變了心意，現在可以退出，我不會覺得受到冒犯。」

「不，」我說，退出不在選項裡。「這個安排沒有問題。」

「太好了，那麼我就讓妳安頓一下。」萊斯莉遞出鑰匙圈，上面掛了兩把鑰匙；一把大的，一把小的。「大的那把開公寓門，小的那把開地下室的儲藏單位。」

她不像給我信箱鑰匙那樣直接扔到我手中，而是將鑰匙圈放入我掌心後，才將我的手指輕輕合攏起來。接著，她露出微笑、眼睛一眨，回到等在那兒的電梯，下降消失身影。

此時只剩我一人，我轉向12A，深深吸進穩定的一口氣。

這裡——此時此刻——就是我的人生。

就在這個地方。

在巴塞羅繆的頂樓。

該死。

更震驚的是，我竟然可以拿錢住在這裡。每週一千元。這個金額能讓我抹消債務，並且為我的未來存下積蓄——和一天之前相比，我的未來突然明亮了非常多。這樣的未來就在那扇門的另一端。

我打開鎖，走了進去。

5

我將窗外的石像鬼命名為喬治。

這是我拖著最後幾個收納箱進臥室時突然想到的。我站在螺旋梯最上方，從窗戶望出去，再次被華麗的公園景象迷住。近午時分的陽光傾洩而入，描繪著玻璃外面石頭翅膀的弧度。

「嗨，喬治，」我對石像鬼說。我也不曉得為什麼選這個名字，總之覺得很適合。「看來我們要當室友了。」

這天剩下的時間，我都在努力讓這個屬於過世陌生人的公寓更有我家的感覺。我將我那些沒什麼了不起的衣物轉移到非常了不起的更衣間（這地方大到足以裝下十倍的衣服），再將我貧乏的美妝用品排放在浴室檯子上。

臥室，我拿珍和父母的裱框相片讓床頭櫃有點個人風格。那張照片是十五歲的我拍的，裡頭的他們站在賓州波科諾山的布希齊爾瀑布前方。

兩年後，珍不在了。

又兩年後，我父母也不在了。

我沒有一天不想他們，但是今天那個感覺特別強烈。

陪伴床頭櫃照片的是我那本歷經風霜的《夢想者之心》，它是多年來我帶在身邊的那本，也是珍讀給我聽的那本。

「我完全就是金妮，」珍第一次讀的時候這麼說，示意那本書中的主角。「抱著希望、經歷千迴百轉——」

「那是什麼意思？」

「就是我經歷過太多感受。」

絕對就是金妮。她體驗了一切，有愉悅、有狂喜。去了趟大都會博物館，下午在中央公園度過，品嘗真正的紐約披薩，而讀者隨著她心情起伏，感受她的低落（被壞男孩懷特拋棄）和興奮（在帝國大廈頂樓與好男孩布萊德利的一吻）。就是因為這樣，《夢想者之心》才會成為一代又一代的少女在青少年時期心目中的最高基準。那是許多人夢想的生活，卻只有寥寥幾人能真正過上。

因為一開始是珍念給我聽，於是她和金妮在我心中便畫上了等號。每一次我讀那本書，就會想像去巴塞羅繆探索新事物並找到真愛的是我的姊姊，而非某個虛構人物。

那正是我這麼喜愛這本書的真正原因。那是珍應得的快樂結局，不是她現實中十之八九可能落入的悲慘命運。

同時，真正來到巴塞羅繆的卻是我。我望著《夢想者之心》的封面，再次難以置信我就在封面照片的建築物裡頭。我甚至看見我住的房間的窗戶，旁邊正是喬治，棲在建築物一角，貼著腳爪，翅膀大大展開。

我碰觸石像鬼的圖像，產生一股疼痛又喜愛的感受。只不過不只這樣，那是一種擁有他的感覺。接下來三個月，喬治屬於我。因為他就坐在我的房間窗外，所以他算是屬於我的。

在一個正義真的存在的世界，他會屬於珍。

我把書放在它該在的地方，帶著手機和筆電來到臥室窗戶，坐在喬治旁邊。首先，我傳簡訊給克洛伊，取消今晚讓她來訪公寓的計畫。我希望傳簡訊而不是打電話的方式能讓她不要問問題，同時再次對我目前的居住情況表達不認同。

不太走運。

在我送出訊息三秒後——不誇張，真的只有三秒——克洛伊的回覆就來了。

我為什麼不能過去？

我本要打字說我不太舒服，但想到更好的說詞。我太瞭解克洛伊，她會在一小時內帶著一加侖雞湯外加一罐感冒藥來到門前。

找工作。我回傳。

整天？

對，我傳過去，抱歉。

那我什麼時候能去看那個地方？保羅也想去。

我手邊沒有藉口了。當然，我可以馬上為了明天——甚至接下來這週——編出點東西，可是我不能接下來三個月都在編藉口，我得告訴她真話。

妳不能。

克洛伊的回覆立刻就來。為什麼不行？？？

禁止訪客。大樓守則。

電話響起時我連字都沒打完。

「那是什麼胡說八道？」我一接起，克洛伊馬上說。「禁止訪客？就連監獄都能見訪客。」

「我知道、我知道，聽起來很詭異。」

「因為它是真的很詭異，」克洛伊說：「我從沒聽過哪棟大樓跟住戶說他們不准有客人。」

「但是我不是住戶，我是員工。」

「朋友也可以去彼此工作的地方拜訪，妳就來過我公司很多次。」

「這裡住了一些有錢有勢的人——重點在有錢。他們對隱私非常看重。我其實也怪不了他們，要是我是電影明星或百萬富翁大概也會這樣。」

「妳防衛心有點強喔。」克洛伊說。

「我才沒有。」我回答，即使我的語氣鋒利得有些明顯。

「茱兒，我只是想多幫妳注意一點。」

「我不需要受人照顧，不會發生什麼壞事的。我不是我姊。」

「禁止訪客這件事、我爺爺的詭異態度，加上保羅跟我說了那地方的事情……我開始覺得毛骨悚然了。」

「等一下——保羅說了什麼？」

「這一切都那麼遮遮掩掩，」克洛伊說：「他說想住在這裡幾乎是不可能的。他事務所的所長想買下那裡，他們甚至不讓他進這棟大樓，跟他說都沒空房，不過可以把他放在大概要等十年的候補清單上。然後我又讀了一篇文章。」

我的腦袋開始旋轉，似乎湧上一陣惱人的頭痛。「什麼文章？」

「我在網路找到的，等下email給妳。上面提到了巴塞羅繆發生的一切詭異事情。」

「我們講的是哪種詭異？」

「《美國恐怖故事》（*American Horror Story*）等級的詭異，一些病啊，詭異事件啊。那裡住過一個女巫，茱兒，是真的女巫。我告訴妳，那地方真的非常可疑。」

「這裡和可疑根本是兩回事。」

「那妳說是哪一回事？」

「我說這只是份工作。」我望出窗戶，看著喬治的翅膀和底下的公園，以及再過去的城市。「一個夢想中的工作，在一間夢想中的公寓裡。」

「在一間我不可以看的公寓裡。」克洛伊補充。

「這很不尋常嗎？沒錯，但這是全世界最簡單的工作。基本上就是躺著賺。所以我為什麼要放棄？因為住在這裡的人喜歡有點隱私？」

「妳真正要問的應該是為什麼他們這麼需要隱私。」克洛伊說：「因為，就我的經驗，如果有什麼事好得不像是真的，那就是因為它確實不是真的。」

這通電話結束於我們同意彼此的不同意。我對克洛伊說我能理解她的擔憂，她則告訴我總算發生了點好事，她替我高興。我們打算盡快一起吃晚餐，即使我可能要到下週才負擔得起。

解決一項任務後，我著手開始找工作。關於這件事我沒對克洛伊說謊，我今天本來就打算這麼做——之後的每天也是一樣。我抓了筆電，確認好幾個求職網站上的最新貼文。有充足的工作開缺，只是不是給我的。這就是基層職員的詛咒。我像是隨處可見的一塊錢，而大家要找的則是五十塊。

不過我仍記下落在我狹窄資格範圍裡的所有工作，並且一一撰寫求職信。我抗拒著一股想用以下句子開頭的衝動——*拜託給我工作。拜託讓我證明自己。拜託給我這輩子從沒擁有過的自我價值感。*

反之，我寫下每個潛在雇主都想讀的陳腔濫調。諸如尋找全新挑戰、增加工作經驗、完成我的目標。我把信件和履歷一起寄出，總共三封，加入我過去兩週已寄出的四封信行列。

我對於得到回覆抱著不高的期望。最近我發現，最好還是別對事情抱持太高期望。我的父親也是這樣。*抱最大的希望，做最壞的打算。*他曾這麼說。

最後他用光了希望，而沒有任何打算能讓他承受接下來的事。

找工作也做完了——至少是這樣沒錯。我打開筆電裡一份試算表，嘗試為接下來幾週編列預算——實在是緊迫到令人膽戰心驚。在過去，我是靠信用卡度過拮据時期，現在這個選項已經沒有了。我的三張卡都超過額度，此時此刻也已凍結，我只剩下戶頭裡的錢能過活。而當我確認餘額，看到的數字直接讓我心臟一沉。

現在我名下只有四百三十二元了。

6

現在我名下只有三百二十二元。

真是謝了，我那張又一年無法逃脫的可惡手機合約。

這和推遲學生貸款或是信用卡公司一時的苛刻條款不一樣，手機是絕對不能拖延的開銷。那筆費用已經遲了一週，而我不想冒著被停話的風險。手機若沒用，潛在的雇主就沒可能打通。所以錢就這麼沒了——另外一百一十元馬上飛走。

我安慰自己，失業補助的支票一過午夜會立刻自動匯進帳戶，但是實在沒什麼安慰。我寧可踏實工作一週後能夠收到薪水支票。

因為我目前舒適的情況感覺起來並不踏實。

因為很像不勞而獲。

不是你賺來的東西絕對不要拿，我父親曾說，不管怎樣，你都得為此付出代價。

我把那話記在心中，決定來打掃一下——即使這公寓早就光亮如新。我從樓上浴室開始，將一塵不染的檯面擦乾淨，用玻璃清潔劑噴了鏡子。接著來到臥室，我撣了灰塵，又用在更衣間中找到的時髦吸塵器打掃那兒的地毯。

來到廚房，打掃繼續進行，我把檯面擦乾淨，接著來到書房，我拿雞毛撣子撣過書桌，桌面上前任主人的所有物早已一概清空。我突然感到非常詭異。她還有好多東西留在公寓——她的家具、碗盤、吸塵器。可是任何能標記她身分的東西都被移走了。

更衣間裡的衣服？沒了。

家族照片也沒了。雖然書房和客廳裡的壁紙都留下痕跡，有曾經掛過什麼東西、顏色有異的方形。

我打開書桌最上方的抽屜，強烈意識到自己從打掃變成了窺探，可是並非抱著猥瑣的心態。對於已逝屋主的骯髒祕密我都沒興趣，我想找的是她身分的線索。如果這是某個CEO或電影明星的公寓，我想知道是誰。

我先搜索書架，掃過一排排書籍，尋找過世屋主從事什麼職業的線索——如果無法直接知道身分。沒有任何破綻。不是用人造皮革裝訂的經典作品，書名燙金打凸，就是十年前的暢銷大作。只有一本書吸引我的注意力——《夢想者之心》。考慮到這個地點，這書十分合適。

那是本硬殼書，狀態極佳，和我最愛的那本紙本書非常不一樣。那本書脊綻開、內頁翻透，甚至邊緣都毛了。當我將書翻過來，作者回望著我。

葛蕾塔．曼維爾。

那不算是張非常好看的照片。她的臉部線條稍顯刻薄，銳利的顴骨、尖尖的下巴、細窄的鼻子。她的唇上有一抹幾乎難以窺見的笑意，讓她露出彷彿被逗樂的表情——不過是那種無人能理解的方式。好像她和攝影師在快門「啪」按下前剛交換了個私人笑話。

她沒再寫過其他書。珍將《夢想者之心》讀給我聽之後，我去查過，飢渴地想多找些她的作品。然而沒有別的作品可讀了，只有那本八〇年代中期出版、絕無僅有的完美小說。

我將《夢想者之心》放回架上、移往書桌。裡頭的內容物乏善可陳，平凡得令人失望。最上方的抽屜有迴紋針和原子筆，底下幾個則有幾張空資料夾和幾本陳舊的《紐約客》。帶有個人風格的文具或上面有名字的文件一概沒有。

但接著我注意到貼在雜誌封面的地址標籤，上頭不只有巴塞羅繆的地址和這間公寓的房號，還有一個名字。

瑪喬莉．米爾頓。

我忍不住有種失望感。我沒聽過她，也就代表這個人——在所有可能性之中——只是個普通的有錢女士。含著金湯匙出生、含著金湯匙死去，現在她的家人正在爭奪這把金湯匙。

我失望地把那些雜誌放回桌子裡，繼續打掃。這次換到客廳。我先朝大的進攻——地毯、窗戶、咖啡桌——接著才拿拖把去抹冠狀飾邊。我的鼻子距離壁紙不過幾英寸。

近看之下，那些花紋甚至更具壓迫感。花朵綻放、猶如大嘴，花瓣相互衝撞，其間的橢圓間隔塗上挑弄深黑色澤的一抹紅，讓我感到壁紙上恍若點綴眼珠。

我後退一步，瞇起眼，本來希望這樣能抹去壁紙上好像有一堆眼睛的印象——並沒有。不僅眼睛還在，那些花現在看起來也不像花了，擴散開的花朵呈現出臉的形狀。

冠狀飾邊也是。藏在精細灰泥裝飾中的，是同樣大大張開的眼睛與皺在一起的面孔。

我腦中理智而冷靜的部分知道那是一種視覺錯覺。然而，如今我已注意到了，就再也無法哄騙眼睛回到原本看見的景象。花已消失，我現在只能看到臉——怪誕、詭異的臉孔。鼻子彎曲、嘴唇畸形、下巴拉得老長，讓它們像在說話。

但是這些牆不說話。

它們只會觀察。

此時公寓裡的某個東西發出了聲音，被身在客廳的我聽見：悶悶的嘎吱響。一開始，我以為是老鼠。不過巴塞羅繆似乎不像是有老鼠的地方。此外，那聲音聽起來也和我聽過的老鼠截然不同。嘎吱嘎吱，還有那種長久以來靜止的物體硬是動起來會有的呻吟聲，令人聯想到生鏽的齒輪和僵硬的關節。

我跟著聲響來到聲音源頭：位於廚房，在爐子和洗碗槽中間的碗櫥。

食物升降機。

我一把打開碗櫥門，露出後方空蕩蕩的管道。一陣冷風朝我襲來，冰寒而冷冽。萊斯莉在導覽時讓我看的那條鬆垮垂著的繩子現在綳了個緊，而且在動。上方滑輪轉著，繩子一扯一扯，時停時走。它每動一次，就發出一聲短促刺耳的嘎吱。

我窺看進管道裡頭，一陣寒冷的氣流拂過臉面。起先我什麼也看不見，只有一片烏漆抹黑。就我所知，這裡可能直通巴塞羅繆的地下室。接著，有某個東西從黑暗中浮出，升上來迎接我。我立刻認出那是升降機的最上方。

木頭。

厚厚一層塵埃。

上方和底層有洞，好讓繩子滑過。

滑輪轉動、嘎吱作響，升降機持續上升。上方的灰塵被氣流旋轉著，因此冒起小團煙雲，像煙囪冒出的煙灰，從碗櫥門前飛旋出來，我在被吹到前退開一步。

我還以為這是百年前使用的玩意兒。煩躁的廚子一盤又一盤地將奢華菜餚送下去，升降機管道瀰漫烤雞、整副羊排、孜然、百里香和迷迭香的氣味。回程則把一疊疊吃剩的盤子、弄髒的銀器、底部晃蕩餘酒、杯緣殘留脣印的水晶高腳杯帶回來。

經過時間美化後，這聽起來自然顯得浪漫，然而事實上可能既不幸又可憐。至少在這上頭、在僕人工作吃飯睡覺的地方應該是這樣。

當滑輪的嘎吱聲終於停下，曾經空盪的地方現在被升降機塞滿。它與那空間完美貼合。如果只是偶然來訪的客人打開碗櫥門，要不是因為繩子，恐怕不會知道那是升降機。那就只是個木頭空間，和所有碗櫥一樣。

躺在底部的是一張紙，左側邊稍微參差不齊，明顯是從書上撕下來的。上頭印了一首詩，艾蜜莉·狄金生。〈因我無法為死亡駐足〉（Because I Could Not Stop for Death）。

我把紙張翻過來，看見有人在後面寫字。很短，只有五個字。字很大，筆畫很粗。

嗨，歡迎妳來！

下面則用稍小一點的字體寫下傳訊者的名字。

英格麗

我在廚房到處尋找筆和紙，在一只塞滿橡皮筋、番茄醬包和外帶菜單的雜物抽屜找到，並寫下我的回答——嗨，謝謝妳——放進升降機，右手抓住繩子往上拔了一下。

升降機震動。

上方滑輪嘎吱叫。

一直到升降機開始下降，我才理解這整個裝置實際上有多大：幾乎等同一名成年男性，重量也差不了多少，重到我得用雙手才能將它放低。它下降時，我便估算著它走了多少距離。五英尺、十英尺、十五英尺。

在我算到二十的時候，繩子在我雙手中一鬆，升降機降到了能走的最大極限。就我預估，那表示那公寓就在我正下方。

11A。

神祕的英格麗的家。即使我對她的身分毫無頭緒，卻已經覺得喜歡她了。

7

下午時，我出發買雜貨，從安靜的十二樓坐上電梯，經過比我那層更吵、更有活力的樓層。十樓，貝多芬的樂曲從走道那邊一間公寓飄來；九樓，我窺見門一甩關上，還伴隨一陣刺痛鼻子的消毒劑氣味。

七樓，電梯停下，接送另一位乘客——我在昨天導覽時看到的肥皂劇女演員。今天她和她的迷你小狗穿了一模一樣的絨毛邊夾克。

女演員的出現有一瞬間讓我不知該說什麼。我在腦中慌亂地搜索著她演的角色名字，就是我媽又愛又恨的那個……卡西蒂，就是卡西蒂。

「還能塞兩個人嗎？」她瞄著電梯門內側關起來的格柵。

「噢抱歉，當然可以。」

我打開格柵、挪到一邊，好讓女演員和她的狗進來。我們很快就再次下降，女演員調整著小狗穿的夾克帽兜，同時間，我想著要是我媽知道我和卡西蒂一起搭電梯，一定會覺得超有趣。

能這麼近地親眼看到她，感覺很不一樣。也許是因為她臉上帶了大量的妝吧。那張臉完全被粉底遮蓋，讓皮膚表面的質地宛若蜜桃。又或者可能是她再次戴上大如杯碟的太陽眼鏡，幾乎遮住了臉的三分之一。

「妳是新來的，對吧？」她說。

「剛搬進來，」我回答，盤算著是否該補充我只會住三個月，以及我是拿錢住在這裡的。最後我決定不要。如果這個飾演卡西蒂的女人想認為我是巴塞羅繆真正的住戶，我不會阻止她。

「我已經在這裡住六個月了，」她說：「得賣了我在馬里布的房子才能搬進來，但我覺得一定值得——噢，我是瑪莉安。」

我當然早就知道了。瑪莉安．鄧肯，她在小螢幕的時尚賤貨形象差不多是我正閱讀《夢想者之心》的青春期的一部分。瑪莉安伸出沒被狗占用的手，我握住了。

「我是茱兒，」我看向狗兒，「這可愛的小傢伙是誰呢？」

「這是魯法斯。」

我往小狗伶俐的雙耳中間輕拍一下，他則舔舔我的手當回應。

「啊，他喜歡妳。」瑪莉安說。

我們往下降，經過我第一次導覽時看到的另外兩人——那個步履蹣跚下樓梯的老人，以及他身旁累得半死的助手。這回老人沒有假裝不看，而是對我們露出微笑，顫抖地揮了個手。

「繼續保持下去，李奧納德先生，」瑪莉安對他喊：「你做得很好。」然後小小聲地對我說：「心臟問題。他每天走樓梯，因為他認為這樣可以預防血栓再次復發。」

「他發生過幾次？」

「三次，」她說：「就我所知。但話說回來，他當過參議員，我覺得光這樣就一定會造成一、兩次心臟病。」

在門廳，我向瑪莉安和魯法斯道別，朝那面信箱牆走去。12A的信箱是空的——不意外。我轉身要走時，看到其他人進了門廳。她看起來大概七十出頭，而且一點也沒要隱藏的打算。不像萊斯莉・伊芙琳打了撫平前額的肉毒桿菌，或像瑪莉安・鄧肯塗上水泥般的粉底。她的臉蒼白又稍顯浮腫，直直的灰髮掠過肩膀。

但是真正吸引我注意的是她的雙眼。即使在大廳昏暗的光線中，也呈現明亮的藍色，其中似乎閃耀著智慧光芒。我們目光交會——我傻瞪著，她則禮貌地假裝我沒有這樣。可是我忍不住。我在書衣後方看到的那張臉回望我不下百次，最近的一次就是今天早上。

「不好意思——」我停下來，因為自己的嗓音不禁瑟縮。我太緊張、太怯懦了。重來重來。「不好意思，但是……妳是葛蕾塔・曼維爾嗎？那位作家？」

她將一綹頭髮塞到耳後，露出蒙娜麗莎式的微笑。對於別人認出她來，她並無不悅，但也沒有多興高采烈。

「就是我本人。」她用如同洛琳・白考兒的沙啞嗓音說，口氣禮貌，但帶著戒心。

我胸中一陣悸動，心臟加速跳動。竟然是葛蕾塔・曼維爾，就在我眼前。

「我是茱兒。」我說。

葛蕾塔・曼維爾完全沒有和我握手的打算，而是側身繞過我，繼續朝信箱走去。我將公寓號碼記在心中。

10A。在我下方兩樓。

「很高興認識妳，」她說，聽起來卻一點也不高興。

「我很愛妳的書，《夢想者之心》改變了我的人生。我讀了大概……二十次吧。不是誇大。」我再次喊停，徹底意識到我只是滔滔不絕地進行獨白。我呼吸一口氣，挺直背脊（盡可能冷靜地）說：「不曉得能不能請妳幫我簽書？」

葛蕾塔沒有回頭。「妳手上沒有我的書。」

「我是說晚一點，」我說：「下次我們碰到的時候。」

「妳為什麼覺得會有下一次？」

「我是說，如果我們碰到。不過我是真的想感謝妳寫了那本書。我就是因為讀了那本書才搬來紐約，而現在我到了這裡——至少是臨時的。」

葛蕾塔從她的信箱轉過身，慢慢緩緩，沒有非常好奇，不過還是用那雙敏銳且探究的雙眼檢視著我。她的嘴唇微乎其微地噘起，好像在思考接下來要說什麼。

「臨時住戶？」

「對，剛搬進來。」

這使葛蕾塔很輕地點了個頭，說：「我想萊斯莉應該把規則都說過了？」

「她有。」

「那麼我想她一定告訴過妳不能騷擾住戶。」

我鯁住一下，點點頭。失望之情直湧上心頭。

「她確實說過住戶喜歡保有隱私。」

「我們確實如此，」葛蕾塔說：「下回我們再碰到，妳可能要把這件事銘記在心。」

她關上信箱，再次側身經過我，我們擦肩，而我退縮著避開，幾乎是用氣音的音量說：「不好意思打擾妳了。我只是以為妳會想知道《夢想者之心》是我最喜歡的書。」

葛蕾塔在門廳半路轉過身，一整手的郵件緊抱在胸前，藍色雙眼變得和冰一樣冷。

「那是妳最喜歡的書？」

我感到一陣打退堂鼓的衝動，「最喜歡的書之一」這幾個字到了嘴邊，卻顯得虛弱而無味。我自己打住。如果我只有這麼一次和葛蕾塔・曼維爾說話的機會——而且考慮到她這麼不高興，恐怕真的就那麼一次——那麼，我希望她知道事實。

「對。」

「如果是這樣，」她說：「那麼妳得多讀點書了。」

這句話可說帶有等同呼耳光的效果——熱辣又疼痛。我瑟縮一下、臉頰脹紅，甚至踩著腳跟往後退了一些，彷彿被那一擊打個正著。同時間，葛蕾塔高傲且大步地走進電梯，甚至懶得看我什麼反應。

得知她甚至不在乎我會因這羞辱受到多少影響，不知怎麼讓情況變得更糟了。

彷彿我是全世界最無足輕重的人。

但是，接著我轉向前門，看見查理就站在大廳裡頭。儘管我不認為他目睹了我和葛蕾塔・曼維爾的全部對話，看到的程度也夠清楚我為什麼會這樣不知所措。

他斜了斜帽子，說：「雖然我不能夠說住戶的壞話，也不該在他們沒禮貌的時候視而不見。她對妳真的很沒禮貌，拉森小姐。我代表巴塞羅繆住戶向妳道歉。」

「沒事，」我說：「我碰過更糟的。」

「不要因此受到影響，」查理露出微笑，為我拉開門。「現在，出門享受這美好的一天吧。」

我踏出外頭，看見三個女孩貼在一塊兒，和門上方的石像鬼一起自拍。其中一人舉起手機。

「來，說『巴塞羅繆』！」

「巴塞羅繆！」另外兩人異口同聲附和。

我凍結在門口直到相片拍完。幾個女孩咯咯笑著繼續前進，完全沒注意到我也入鏡了。不過話說回來，她們也有可能完全不會注意到我。在曼哈頓這區繁忙的人行道上很容易覺得自己隱形。除了巴塞羅繆的觀光客，我還看見遛狗的人、推嬰兒車的保母。煩躁的紐約客彷彿跑障礙賽似的，在人行道上繞開觀光客。

我在距離巴塞羅繆兩個街區的轉角加入他們，等待燈號轉變。那裡的街燈桿上用膠帶黏著廣告傳單，有一邊已經翹起，那張紙像受風吹襲的旗幟那樣拍振著。我瞥到一名女子，她的皮膚蒼白，有雙杏眼，和濃密的棕色長鬈髮。她的相片上方有著紅得猶如警鈴的字母，寫上極其熟悉的兩個字。

失蹤

記憶就這麼傾囊而出，一躍朝我湧上，直到人行道在腳下彷彿成為流沙。

我腦中充斥著珍消失後最開始的那些憂心忡忡的時期。

她也在傳單上。學校年鑑的照片擺在失蹤二字下方，那兩個字也一樣用了表示急迫的大紅色。幾週來，那張照片在我們那座小鎮隨處可見。上百張一模一樣的珍，卻沒有一個是真的她。

我轉過身，害怕如果再多看傳單一眼，就會變成珍的臉。

當燈號在幾秒後轉變，推著遛狗的人、保母和精疲力盡的紐約客舉步過街，我鬆了一口氣。我跟上去，腳步加快，和那張傳單拉開距離，越遠越好。

8

現在我名下只有兩百零五元。

曼哈頓的雜貨店不便宜，特別是在這個社區。儘管我買的是所能找到最不昂貴的物品。乾燥通心粉和普通紅醬，雜牌早餐麥片，一盒經濟包裝的冷凍披薩。我的唯一揮霍是少量新鮮蔬菜水果，讓我免於嚴重營養不良。讓我驚訝的是幾顆柳橙竟然和五磅盒裝義大利麵同樣價錢。

我帶著兩只沉甸下垂的紙袋離開店裡，裡面裝了超過一週所需的食糧。這是兩堆龐大而笨重的東西，我每走一步就不安地動著。同時它們也很重，這可能得怪在冷凍披薩身上。我把袋子抱得高一些，才能靠著肩膀，多得到一點支撐。即便如此，我也只能勉強穿越四面八方急忙經過我身邊的大批冷漠紐約客。可是，當我抵達巴塞羅繆，查理出現了。他看到我過來，便將門拉著，戲劇化地一揮雙臂，讓我進去，讓我有種身為皇家貴族的錯覺。

「謝謝你，查理，」我從兩個袋子之間的空隙說。

「拉森小姐，我來幫妳拿這些。」

我如此渴望能快點從重擔解脫，幾乎就要放手讓他幫我。但是接著我又想到這些巨大袋子裝了什麼：全是仿了知名商標和設計、令人不感興趣的自營品牌。我寧可查理不要看到，就不會有評斷我——或更糟——可憐我的機會。

也不是說他一定會這樣。

品德優良的人不會這樣。

可是那分羞辱和恐懼仍在。

我很想說我目前走投無路的財務慘況只是水逆，可是不是這樣。這分恐懼可以一路回溯到我念小學時，邀了一位叫凱蒂的新朋友來過夜。她的家人比我父母有錢，擁有一整棟房子；我的家人則住在從中切成兩個對稱空間的單位其中半邊，我們的鄰居習慣把她的聖誕裝飾一整年擺在那兒，更使此事成為醒目的事實。

凱蒂似乎不因半個房子都點綴銀色流蘇和一閃一閃的燈飾而困擾，也不在意我房間如此狹小，或者晚餐吃的是顯然預算有限的起司通心麵。可是接著早晨來臨，我的母親把一盒穀片放在流理檯上；那是雜牌水果圈穀片，不是家樂氏的。

「我不能吃那個。」凱蒂說。

「這是水果圈。」我母親說。

凱蒂用毫無遮掩的輕蔑打量盒子，「假的水果圈。我只吃真的那種。」

她最終跳過了早餐，這表示我也一起跳過了，並讓母親因此更加惱怒。第二天早上我也拒絕吃它，即便凱蒂早就離開。

「我要真的水果圈。」我表示。

這讓我母親嘆了一口氣。「那完全是一樣的東西，不過名字不同。」

「我要真的那種，」我說：「不要窮人的版本。」

母親開始哭泣，就在廚房桌前哭。而且也不是幽幽流淚，是那種肩膀抽動、臉脹得通紅的啜泣，讓我驚嚇又困惑地跑回房間。第二天早上，我醒來發現空碗旁邊放了一盒家樂氏水果圈。從那時起，我母親再也沒買過任何大眾品牌。

多年後，在我父母的葬禮，我想起凱蒂和那些雜牌水果圈，以及這些時間來我因為對名牌的執著花了多少錢——很可能有上千塊吧。而當我看著母親的棺材被往下降放進土中，橫過腦海的大半念頭是懊悔。我懊悔自己對穀片那種無足輕重的東西展現如此混帳的態度。

不管輕或重，總之我正在這裡，急匆匆經過查理面前、進入門廳。「我沒問題的，不過如果可以幫我按電梯，我不會拒絕。」

我的目光越過門廳，看見電梯正下降到它的鍍金籠中。我希望在上方樓層的某人把它按上去前就搭到，於是拔腿往前衝。雜貨袋子搖搖晃晃，查理努力要跟上我的腳步。我快到電梯前時，瞥到一名年輕女子從它旁邊的樓梯跑下來。她在趕時間，雙腿動得飛快，頭低低的，眼睛盯著手機。

「哇啊！小心！」查理喊著。

但是太遲了。女孩和我在門廳中央撞個正著。這一撞讓我們往反方向彈開。女孩踉蹌退後，我則完全摔倒，兩只雜貨袋子都從手中飛掉，整個人倒在門廳地板上。雖然手肘爆開一陣劇烈的疼痛，一路往下延伸到左臂，我更擔心的卻是散落門廳一地的雜貨。細細的乾燥義大利麵像一束束乾草那樣覆蓋地上，旁邊則是從摔破的瓶中湧出的醬料。橘子滾過那灘液體，留下紅色軌跡。

女孩馬上跑來我旁邊。「真的很對不起！我怎麼會這麼笨手笨腳！」

即使她試圖扶我起來，我卻仍在地上手忙腳亂，想在雜貨被其他人看見之前推回袋裡。但是這一撞已引來一小群人。查理當然在場，他正在忙著蒐集掉落的雜貨；還有帶魯法斯散完步回來的瑪莉安・鄧肯。魯法斯狂吠的時候，她就站在門口。這場騷動讓萊斯莉・伊芙琳從她辦公室衝出來，看看到底發生什麼事。

我顏面盡失，努力在撿回雜貨的同時忽視所有人。當我去拿其中一顆滾走的橘子，另一陣疼痛竄過手臂。

女孩驚呼一聲。「妳流血了。」

「只是番茄醬。」我說。

並不是。我偷看手臂一下，見到手肘正下方有一道長長的傷口，血不斷像洶湧的溪流那樣從傷口湧出，一路流到指節。這個景象讓我一陣頭暈，一時間忘了疼痛。只不過，在查理從夾克口袋抽出手帕、壓在傷口上時，疼痛再次回歸。

我四處張望，看到大塊大塊破掉的玻璃滿地散落，只能推測我是在撿雜貨時被其中一塊插進手臂。

「親愛的，妳得看醫生，」萊斯莉說：「我帶妳去急診室。」

這是個好主意——如果我能負擔。但是我不能。我的遣散費有一部分包含了再多兩個月的健康保險，可是即使那樣，去一趟急診室還得部分負擔一百元的費用。

「我沒事，」我說，即使我已開始覺得有事。查理給我的手帕被血浸成鮮紅。

「妳至少得給尼克醫生看看，」萊斯莉說：「他能判定妳需不需要縫。」

「我沒有時間去什麼醫生的辦公室。」

「尼克醫生住在這裡，」萊斯莉說：「十二樓，和妳一樣。」

查理將我最後的雜貨塞進面目全非的袋子。「這些我會幫妳照顧，拉森小姐，先上去讓尼克醫生看看。」

萊斯莉和那個女孩扶我站起來，拉著我沒受傷的手起身。我還來不及抗議，她們就把我帶進電梯。裡面只塞得進我們兩人，那就表示女孩得留在籠外。

「英格麗，謝謝妳。」萊斯莉將閘門關上前說：「接下來交給我就好。」

我透過格柵望著那個女孩。她就是英格麗？雖然我們看起來大概同年紀，她的穿著卻像更年輕人：大碼格子襯衫，露出粉紅膝蓋的破褲，左腳鞋帶鬆開的Converse帆布鞋。她的頭髮是深棕色，但是先前染過藍色；她的背後和肩膀有大約兩英寸長的染過的頭髮，呈扇型散開。

英格麗發現我盯著看，咬著下脣尷尬地對我揮個手，手指動來動去。

電梯裡，萊斯莉按下頂樓按鈕，我們便往上升。

「可憐的女孩，」她說，「我真的對這件事很抱歉。英格麗是個好女孩，不過時常對周遭的一切毫無意識，她一定感到很抱歉。但不用擔心，尼克醫生馬上會把妳治好。」

我們很快來到12B門口，我壓緊手臂上查理給的那條被血浸溼的手帕，萊斯莉對著門又快又急地敲了好幾下，門接著打開，尼克醫生站在我們面前。

我本來以為會看到某個年紀稍大、一派優雅的人；灰色頭髮，溼潤雙眼，加上花呢外套。但門口的人比我想像的醫生整整年輕了四十歲，而且好看很多。他的頭髮是赭色，榛果色雙眼，一副玳瑁框的眼鏡定調整身風格。他穿了件卡其外套和清爽的白襯衫，顯露出高䠷消瘦的體格。與其說他是醫生，不如說是在瑪莉安．鄧肯過往那些肥皂劇演醫生的演員。

「這是怎麼了？」他說，目光從萊斯莉移到我和我那條血淋淋的手臂。

「門廳發生了點意外，」萊斯莉對他說：「你可以快速幫茱兒檢查一下嗎？看她需不需要去急診室。」

「我不需要。」我說。

尼克醫生簡短對我一笑。「也許這該交給我來判斷，妳不覺得嗎？」

萊斯莉輕輕把我往門口推。「親愛的，去吧。我明天會來看妳狀況。」

「等等，妳要離開？」

「我得走了。聽到門廳騷動時我正處理事情到一半。」萊斯莉邊說邊急匆匆朝等在那裡的電梯跑去，下降消失蹤影。

我轉回尼克醫生面前，他說：「別緊張，我不會咬人。」

也許不會，不過整個狀況還是令我感到不自在。長相帥氣的醫生，還有錢到可以住在巴塞羅繆；他的隔鄰住了個拿別人錢住在這裡的妙齡女孩。在電影裡，他們會打情罵俏、火花四射，並迎接快樂結局。

但這不是電影，甚至也不是《夢想者之心》，而是冰冷的現實。

我來到這世界二十五年，足以讓我知道自己幾斤幾兩。我是個上班族，一個妳可能會或不會在影印機旁或電梯前注意到的女孩。

我是會在午餐休息時間看書的女孩……在我還有午餐休息時間的時候。

我是人們會在街上錯身，但不會回頭看一眼的女孩。

我是只和三個男人有過性經驗，卻仍感罪惡的女孩。因為我的父母是從高中開始愛情長跑的情侶，從沒和其他人有過親密行為。

我是被拋棄的次數多到數不出來的女孩。

我之所以吸引到隔壁帥醫生的目光，只是因為我把自己弄傷，血滴滴答答流在他門階上。最終，是那些血說服了我進入尼克醫生的公寓，臉上還糊著一副尷尬又抱歉的笑容。

「我真的覺得很抱歉，尼克醫生。」

「不需要，」他說：「萊斯莉的確該帶妳來這裡，還有，請叫我尼克。現在，我們來看一下妳的手。」

公寓和12A幾乎像是鏡中倒影。當然裝潢不同，但是配置相同，只是反過來了。客廳在正前方，但是書房在左邊，走道通往右。我跟著他，經過和12A一樣位於角落的用餐處，不過他的比較男性化。海軍藍牆壁，類似現代藝術的多刺吊燈。這裡的桌子是圓桌，周遭圍放紅色椅子。

「雖然這裡有很多房間，恐怕其中並沒有檢查室。」尼克醫生轉過頭說：「可能得先湊合一下了。」

他領我進廚房，作勢讓我坐在流理檯旁一張凳子上。「我馬上回來。」他說，然後再次消失在走道。

趁他不在，我打量了一下這裡。我們的廚房差不多一樣大，類似配置，雖然尼克醫生的路線比較親民。淺棕色磁磚和沙色流理檯。唯一那抹明亮來自掛在洗碗槽上方的畫作，描繪著一條蛇，大嘴往下緊咬住自己的尾巴，長長的身體蜷成一個形狀完美的數字8。

我好奇地靠近那幅畫。看起來很舊，表面有蜘蛛網般的數百條細小裂痕，不過畫作本身仍然鮮明，用色大膽，引人注目。蛇背上的鱗片是猩紅色，肚子則是海綠色，只能見到單一隻眼，塗上深沉的黃色，裡頭不見瞳孔，只有讓人聯想到點燃火柴的一顆空蕩蕩淚滴形狀。

尼克醫生帶著急救箱和醫療包回來。

「啊，妳注意到我的銜尾蛇了，」他說：「我海外旅行的時候帶回來的，喜歡嗎？」

答案絕對是否定的。顏色太鮮豔、主題太陰鬱。讓我想到安德魯帶我去過的一間墨西哥餐廳，它們的主題是亡靈節——也就是死人的節日。裡頭的服務生做了面部彩繪，還有裝飾得花枝招展的頭骨從天花板往下看。我整個吃飯過程都不自在地動來動去。

當那條蛇用灼熱目光望著我，我同樣在凳子上動來動去。它眼睛明燦燦，一眨也不眨，似乎在挑戰我敢不敢回瞪。我不敢。

「那是什麼意思？」

「應該是代表宇宙循環不息的特質，」尼克醫生說：「誕生、活著、死亡、重生。」

「生生不息。」我說。

尼克迅速點了個頭。「沒錯。」

我又多看一秒那條蛇的眼睛，尼克醫生清洗雙手、擦乾，戴上乳膠手套，輕輕將手帕從傷口剝下來。

「到底發生了什麼事？」他說完，又補充道：「等等，不要告訴我——妳在中央公園械鬥？」

「只是兩個女生轟轟烈烈撞個正著，外加一瓶破掉的義大利麵醬。在這裡一定司空見慣，對吧？」

他用雙氧水清理傷口時，我拚命不動，努力不要因為突然且噬骨的疼痛瑟縮。尼克醫生發現了，盡量用閒聊引開我的注意力。

「茱兒，我想問妳，妳覺得住在巴塞羅繆感覺如何？」

「你怎麼知道我住這裡？」

「既然萊斯莉帶妳來找我，我推測妳一定是住戶，」他說：「我猜錯了嗎？」

「一部分。我是——」我搜尋著萊斯莉昨天的用詞。「臨時住戶——其實就在隔壁。」

「啊，所以妳就是獲得了12 A的幸運公寓看守者。剛搬進來？」

「今天。」

「那麼讓我正式歡迎妳搬進這裡，」他說：「希望我的醫療專業可以彌補沒給妳準備歡迎燉菜的失禮行為。」

「你是哪科醫生？」

「外科。」

他處理著我的手臂，我看了一下：嗯，是外科醫生的手沒錯。修長、優雅的手指，巧妙且行雲流水地移動。當他收回手，我發現傷口清理好後看起來比較沒那麼嚴重，只是個兩英寸長的切口，只要貼上一方紗布，再用醫療膠帶固定好，應該沒多久就能痊癒。

「現在應該這樣就行了。」尼克醫生將乳膠手套剝下來，說：「血止住了，不過繃帶先包到早上是個好主意。妳上次打破傷風是什麼時候？」

我聳聳肩。這我完全不曉得。

「妳可能會想去打一劑，以策安全。上次健康檢查是什麼時候？」

「呃，去年，」我說，雖然真相是我也一樣不記得。我對醫療服務的策略就是：除非一定得看，不然就不看。即使在我還有工作的時候，定時健檢和預防性檢測感覺都像浪費錢。「可能兩年前。」

「那麼，如果妳不介意，我想檢查一下妳的生命徵象。」

「我該擔心嗎？」

「一點也不用，只是預防。摔倒或失血後心跳有時會變得不規律，我只是想確認一切都好。」

尼克醫生從醫療包裡挖出聽診器，貼在我胸口，鎖骨正下方。「深呼吸。」

我照做，同時吸到一抹他的古龍水。其中有一絲檀香、柑橘和一些別的；是苦澀味，我想是茴香。它有著相似的銳利且強烈的氣味。

「很好。」尼克醫生稍移動聽診器一英寸，我又深吸一口氣。「妳的名字非常有趣，茱兒。是什麼的縮寫嗎？小名之類的？」

「不是小名。大多人都以為是茱莉亞或茱莉安妮的簡稱，但我的名字就叫茱兒。我父親曾說，我出生的時候，母親看了我眼睛一下，就說它們閃耀得好像珠寶。」

尼克醫生注視著我的雙眼——雖然不過停留一秒，也夠讓我心跳加快了。我不禁思考不曉得他聽不聽得到，尤其當他說：「我先講：妳母親說的沒錯。」

我要自己不准臉紅，雖然我懷疑橫豎沒有用。我的臉頰散開一片顯而易見的暖意。

「那尼克是尼可拉斯的簡稱嗎？」

「正確答案。」他說，將血壓臂帶繞在我的右手上臂。

「你在巴塞羅繆住了多久？」

「我懷疑妳真正想知道的是：我這個年紀的人怎麼有辦法負擔得起住進這棟大樓裡的公寓。」

他當然沒有說錯，我就是想知道這個。我又臉紅了，這次是因為太容易被看穿。

「對不起，」我說：「這不關我的事。」

「沒事，要是我們的角色對調，我也會好奇。關於妳這問題的答案是：我這輩子都住在這裡。這間公寓數十年來都屬於我的家人。我父母五年前過世，我繼承了這裡。他們在歐洲旅行時碰到車禍去世了。」

「我很抱歉。」我又說，真心希望自己能閉上嘴巴。

「沒關係。這麼突然地失去他們確實很難受，有時我也會產生罪惡感，因為要是他們沒死，我現在應該會住在布魯克林某個沒電梯的公寓，而不是全世界最有名的建築物之一。就某種程度，我覺得自己也像公寓看守人。只是在我父母回來之前先看守著這個地方。」

尼克醫生量完我的血壓，說：「收縮一百二十，舒張八十，完美。妳健康狀況似乎非常好，茱兒。」

「謝謝你，尼克醫──」我趕在講完之前叫停。「尼克，很謝謝你。」

「一點問題也沒有。更別說這是好鄰居該做的事。」

他帶我回到走道。因為這裡和12A配置完全相反，我迷失了方向，沒往右走，反而向左，不小心朝著走道盡頭那扇門走了幾步。那扇門比其他的都寬，以一道門栓鎖起。我快速轉過身，又回到正確方向，跟著尼克來到前門。

「很抱歉剛剛這麼多話，」我們到門廳時，我對他說：「我不是故意讓你想起不好的回憶。」

「沒什麼需要道歉的。我有很多好的回憶可以平衡不好的回憶。此外，我的故事也沒多罕見，我想每個家庭至少都有過一個大悲劇。」

可是他錯了。

我家有兩個。

9

我離開尼克的公寓時，手機震動起來。那是克洛伊寄來的email，我一面打開12A的門，一面草草瞥了一眼。那條主旨讓我不禁發出有點惱火的嘆息。

恐怖的東西

沒有內容，只有一個網站連結。我點了之後，被帶往一篇文章，標題用字強烈，甚至散發不祥氣息。

巴塞羅繆的詛咒

我沒讀文章，而是將手機塞回口袋，進12A，把鑰匙丟進門廳桌上的碗中……不過我瞄準失利，鑰匙打到桌子邊緣，接著喀噹掉到門廳地面的暖氣口上。那是一片用來蓋住暖氣口的古老格柵板——花飾鑄鐵，間隔很寬，能讓鑰匙直接滾下去。

它也確實滾下去了。

就在頃刻之間。

我雙手雙膝趴到地上、看進格柵裡頭，幾乎只見一片黑暗。

這很不妙，非常不妙。不曉得弄丟鑰匙是不是也算違反規則。大概是吧。

我的臉貼著在格柵，此時門上卻傳來敲門聲，查理的聲音從另一側傳來。

「拉森小姐，妳在裡面嗎？」

「我在，」從地上站起來的時候，我說。打開門前，我一手抹過臉頰，以防格柵已在臉上留下痕跡。

我一把將門打開，看見查理就在門口，手中捧著兩大袋雜貨。這不是門廳那兩只體無完膚又破爛的袋子，而是嶄新的。

「我想妳應該會需要這些。」查理說。

我接過其中一只袋子，拿去廚房，查理帶著另一只跟進來。這裡面裝了我和英格麗相撞時摔壞的所有替代品。新的一包經濟裝義大利麵，新一罐醬料，新的柳橙、新的披薩，甚至還多加一條黑巧克力；頹廢又高貴的那種。

「我努力搶救妳買的東西，但恐怕沒辦法救到多少。」查理說：「所以我快速去了店裡一趟。」

我望著那些雜貨，心中感動筆墨難以形容。「查理，你不用這樣的。」

「這沒有什麼，」他說：「我女兒和妳同年，我不願去想像她會挨餓好幾天這種事。如果我讓妳也落到這種狀況，就是個失職的父親。」

他知道我負擔不了重買所有雜貨，而我並不驚訝。他看到我都買了些什麼，在在暗示著我預算緊繃。

「我欠你多少錢？」

讓我鬆一口氣的是，他對這個問題嗤了一口氣，好像那是隻討人厭的蒼蠅。「不用擔憂這種事，拉森小姐。這算是彌補在門廳發生的不幸事件。」

「你是說碰撞意外還是葛蕾塔．曼維爾？」

「都有。」查理說。

「意外總會發生。而關於葛蕾塔．曼維爾，我已經不放心上了。」我打開巧克力棒邊邊的包裝，「啪」的折下一塊，拿給查理。「此外，這裡的人都超級善良，雖然在某一刻那些善良必然會消失。」

「妳懷疑人性的善良嗎？」查理「咚」地把巧克力丟進口中。

我有樣學樣，一邊大嚼一邊講話。「我懷疑的是有錢又善良這件事。」

「妳不該這樣的；這裡大多數人兩者兼備。」查理用大拇指和食指拂過小鬍子，撫順毛躁的鬍鬚。「不過恐怕我只能保證我有其中之一。」

「沒錯，你是最善良的一個。我覺得好像該找個方式回報你。」

「只要對其他人做件善行就可以，」他說：「那種回報就很足夠了。」

「我會做兩件，」我咬著下脣。「因為我可能還需要另一個幫助。我的鑰匙……呃……好像掉進暖氣口了。」

查理甩了一下頭，努力想壓下笑意。「哪裡的？」

「門廳的，」我說：「門旁邊。」

我們立刻回到門廳。查理的胖大腹部緊貼地板時，我就在旁觀看。他拿了一根筆形磁吸棒，將那東西的一端穿過格柵放低。

「我真的很抱歉。」我說。

查理扭動著棒子。「常常發生。這些格柵實在臭名遠播。我都把它們想像成怪物，來什麼就吃什麼。」

這比喻十分貼切。我看著暖氣口越久，越覺得那看起來像是等著被餵食的黑暗深淵。

「例如鑰匙。」我說。

「還有戒指、藥瓶，甚至手機——要是掉下去的角度正確。」

「你們一定三不五時會接到搞丟玩具的電話。」

「也沒很多，」查理說：「巴塞羅繆沒有住任何小孩。」

「一個都沒有？」

「沒有。這個地方不是很適合孩子。我們希望住戶年紀可以大一點——還有安靜一點。」

他小心翼翼地將棒子從格柵拉出，我的鑰匙圈就在一端搖來晃去。查理把它拔下來，輕輕放進門廳桌上那只碗裡。磁吸棒又回到他的夾克內袋。

「如果又發生這種事，就拿根螺絲起子，」他說：「格柵非常好拆卸，妳可以直接伸手進去拿。」

「謝謝，」我說，放下心來嘆了口氣。「謝謝這一切。」

查理將帽子一斜。「茱兒，這是我的榮幸。」

他離開後，我回到廚房、打開雜貨，不只因為他的慷慨而超級感動，還有他多用心幫我找替代品。除了巧克力，袋裡的每樣東西都和我買的一模一樣。

當我收好最後一點雜貨，正好聽到碗櫥傳來走漏形跡的嘎嘎聲。升降機在動。

我拉起碗櫥的門，它正好上升進入視野，裡面是另一首詩。

〈記得〉（Remember），克里斯提娜．羅賽蒂（Christina Rossetti）。

看見這個令我輕輕冒了個嗝，心臟搶了一拍。我知道這首詩，我父母的喪禮上有朗讀。

> 記得我，當我離開時。

好諷刺，畢竟我是多麼想忘記那一切——坐在我家人從沒去過的教堂裡前方的長椅，旁邊是克洛伊，我們身後是零零散散、悄然無聲的送葬者。那首詩由我高中英文老師朗讀，善良又美好的詹姆斯太太。她一邊念誦詩的第一句，嗓音一邊在寂靜教堂中迴盪。

紙後面，英格麗留給我另一個訊息。

妳手臂的事，很對不起

我用了先前用的同一枝筆、同一張紙，寫下回覆。

> 沒事，別擔心。

我把紙放進升降機，送回11A。這次來回比較容易，無論對重量或距離我都比較有心理準備。

我五分鐘後收到回覆，大多是因為升降機的緩慢上升才花了這時間。裡面又是新的一首詩。

〈火與冰〉（Fire and Ice），羅伯．佛斯特（Robert Frost）。

> 有人說世界將在火中毀滅。

背後，英格麗沒有寫上另一句道歉，而是一道命令。

中央公園，想像[5]。十五分鐘。

5 紐約中央公園的草莓園（Strawberry Fields）特以紀念約翰．藍儂，用歌曲〈Strawberry Fields Forever〉命名，並用另一首歌〈Imagine〉創作一塊馬賽克拼貼，常有人來此憑弔。

10

我按照指示，十五分鐘後抵達那幅「想像」馬賽克裝飾，在普通觀光客群和彈奏披頭四的蹩腳街頭藝人中尋找英格麗。這是個美麗的下午，十五度左右，晴朗又清爽，讓我想起童年，想起南瓜、堆堆樹葉與要糖果遊戲。

——也讓我想起母親。她特別鍾愛一年的這個時節，稱之為海瑟季節，因為那正是她的名字。

當我終於瞥見英格麗，見她手中有兩支熱狗。她將其中一支遞給我。

「道歉禮物，」她說：「因為我太白痴。我超討厭那些只看手機不看路的傢伙，結果我也這樣了，真是不可原諒，我是爛人中的爛人。」

「那只是意外。」

「一個愚蠢而且可以避免的意外。」她大咬了一口熱狗。「痛嗎？我覺得一定很痛，妳流了好多血。」

然後她倒抽一口氣——

「妳要縫嗎？拜託告訴我妳不用。」

「只要包繃帶。」我說。

英格麗誇張地吐出一口氣，同時一手捧心。「感謝老天，我超討厭縫針。他們說妳應該不會有感覺，但我會。縫線會拉扯妳的皮膚，噁。」

她開始往公園更深處走。雖然光是和她相處一分鐘就讓人筋疲力盡，我還是跟了上去。她的迷人之處大概就和龍捲風差不多吧，你會忍不住想看它們可以旋轉得多厲害。

結果英格麗旋轉得十分誇張。她走在我前方幾步，一有什麼話要講就立刻轉過來——也就是大概每五秒鐘。

「我好喜歡公園，妳呢？」

一轉。

「就是覺得，哇，城市正中央竟然有這種完美的野生環境。」

再轉。

「妳知道這全是人工的，所有東西都是設計出來的，所以也讓它……怎麼說呢……更完美了。」

這回轉了兩圈；迅速又連續轉兩圈，使得英格麗臉脹紅，有點頭暈，像個翻太多次側手翻的小孩。

從許多方面，她都讓我想到小孩。不只是她容易亢奮的個性，還加上外表。我們停在中央公園大湖邊緣時，我忍不住注意到和她的身高差距。我大概高英格麗六吋，也就表示她勉強算得上整整五呎。還有她那麼瘦，全身大概就是皮包骨。無論從哪一方面，她看起來都很餓，我甚至把自己的熱狗推給她，堅持要她吃掉。

「絕對不可以，」她說：「那是我的道歉熱狗。雖然我很可能也得為此道歉，沒人曉得這裡面有些什麼。」

「我剛吃過午餐，」我說：「還有，我接受妳的道歉。」

英格麗煞有其事地用屈膝禮接過。

「是說，我是茱兒。」

英格麗咬了一口，先嚼幾下才說話。「我知道。」

「妳是11A的英格麗。」

「正是在下，11A的英格麗·蓋倫荷，擅長使用升降機。我真是沒想過竟會學到這項生活技能，反正就是這樣。」

她「咚」的一屁股坐上最近的長椅，把熱狗吃完。我仍站著，望著在水上划動的船以及一堆正越過弓橋的行人，突然頓悟：這就是12A景觀的一樓版本。

「妳覺得巴塞羅繆怎麼樣？」英格麗說完，才把最後一小塊熱狗扔進嘴裡。「很夢幻對吧？」

「非常。」

英格麗用手背抹掉嘴角的一點芥末。「在這裡住三個月？」

我點點頭。

「我也一樣，」她說：「目前我住了兩週。」

「之前妳住在哪裡？」

「維吉尼亞，再之前是西雅圖，但我原本是波士頓來的。」她在長椅上躺下，末梢染藍的髮絲在腦袋周遭散開。「所以我猜現在我不算住在任何地方，我是遊牧民族。」

我不禁思考她這是刻意還是出於必須。不斷逃避別無選擇的情況以及很背的運氣……一個和我很像的人。雖然說實話，我看不出自己和她有哪裡像。

然後我又突然醒悟：我看到了珍。

她們都同樣有著一副鬼靈精怪的浪人個性，義無反顧朝著誇張又過激的頂峰前進。在珍身旁，我從沒有過平和的感覺。即便她是我的姊姊，也是我最好的朋友。但我喜歡這樣一點也不平靜，我需要它來中和我那些害羞、安靜、井然有序的性子。珍也心知肚明。她會牽著我的手，飛快跑去小鎮另一邊的森林，在那裡，我們會站在樹木殘株上學泰山喊叫，直到喉嚨發痛；或者跑進小鎮老礦場那個百葉窗拉起的總部，領我走過多年無人碰觸、發著霉味的辦公室；或者從電影院後門跑進去，在燈暗之後溜到我們的位置上。

她能引發許多感受，也能治癒許多感受，擦傷的膝蓋，蚊子叮咬，心的破碎。

茱兒和珍，永遠在一起。

直到突然之間，我們不在一起了。

「我兩年前離開波士頓，」英格麗對我說：「我來到紐約，之前我忘了提——就是紐約這部分——這件事越少提越好。所以我就去了西雅圖，在那裡端了很多盤子，超級可怕。那些咖啡因過量的混帳老是有一堆特殊要求。今年夏天我去了維吉尼亞，在海灘一間酒吧找到調酒工作，接著又回來這裡。我這傻子還以為這次可以成功——沒有，我的意思是完全沒有。我看到巴塞羅繆的廣告時，對下一步該走去哪裡完全沒頭緒，沒錯，就是字面那個意思。其餘都是過往回憶了。」

光是聽到這件事就讓我產生有如時差的症狀。這麼短的時間，這麼多個地方。

「那妳最後怎麼會到巴塞羅繆？」英格麗挺起身，拍了拍長椅上她旁邊的位置。「都告訴我吧。」

我坐下來。「其實沒什麼可講，除了在同一天失去工作又失去男友之外。」

英格麗露出和問我縫針時同樣的震驚表情。「他死了嗎？」

「只有心死，」我說：「如果他還有心的話。」

「男生怎麼全都那麼爛？我簡直要開始覺得他們打從生下來就這樣了。好像他們在很小的時候就有人教這些人說，你可以當個混帳，因為大多女人都會放他們一馬。我第一次就是因為這樣才離開紐約，為了個蠢到爆炸的男孩。」

「他傷了妳的心嗎？」

「傷透了，」英格麗說：「不過，總之我到了這裡。」

「妳的家人呢？」我說。

「我沒有家人。」英格麗檢查著指甲，上頭塗了和頭髮末梢相同的一抹藍色。「我是說，有，我有過家人，這很明顯。不過他們已經不在了。」

聽到那幾個字——不在了——讓我心臟狠跳了幾個快拍。

「我的也是，」我說：「現在只剩下我。雖然我有個姊姊，或說『有過』姊姊。但我已經不曉得了。」

我本沒打算說出口，可是那些話就這麼溜出來了，自然而然。然而，因為我說出口，現在似乎感覺好多了。讓英格麗明白我們在同一條船上似乎是正確的行為。

「她失蹤了？」她說。

「嗯。」

「多久？」

「八年。」實在很難相信過了這麼久。對於事情發生的那天，我還記憶猶新，就像不過幾小時前。「當時我十七歲。」

「發生了什麼事？」

「根據警方說法，珍逃家了；根據我爸說法，她遭人誘拐……根據我媽說法，她非常可能被人謀殺。」

「那根據妳的說法呢？」英格麗說。

「我沒有說法。」

對我而言，珍到底發生什麼事都無所謂，我只在乎她不在了這個事實。而且，如果她是刻意離開，還真是連聲再見也不說。

我很氣她，又想念她，她的消失在我心上留下一個無人能夠填補的洞。

出事的時候在二月，是個時常陰天、雪卻沒下很大、寒冷又蒼白的月份。珍剛結束在麥肯多的輪班。那間當地藥局位於陰鬱的主街，那條街是我們小鎮最後一塊繁華之地。自從一年半前從高中畢業，她就在那裡當收銀員，存上大學的錢……這是她的說法，即使我們都知道她不是想念大學的那種人。

就我們所知，最後看到她的人是麥肯多先生本人。珍一直在藥局的藍白條紋遮雨棚底下等待，當一輛黑色福斯金龜車在邊欄停下，他從店家櫥窗看著她跳上車。

麥肯多先生主動對任何願意聽他說的人以下情況：沒有掙扎，方向盤後的駕駛也不是珍不認識的人。打開乘客座車門之前，她還透過窗戶對駕駛揮了個手。

麥肯多先生從沒看清楚方向盤後是誰，只見到珍上車時那件藍色收銀員制服的後背。金龜車開走了。

珍失蹤了。

她消失後接下來幾天，情況開始逐漸明朗：珍的朋友中沒人開黑色金龜車，朋友的朋友也沒有。不管方向盤後方的是誰，除了珍以外沒有人認識。

但是黑色金龜車並非罕見。車輛登記紀錄顯示，光是賓州就有上千條登記，而麥肯多先生沒想過要記下車牌；他沒有這麼做的理由。當警察問他，他任何字母或數字都想不起來。鎮上很多人以此指控可憐的麥肯多先生，彷彿要不是因為他金魚腦，珍就能被找到。

我父母則比較寬容。失蹤過後幾週，當情況看起來越來越不可能找到珍，我父親前去麥肯多先生的店，告訴他我們不會介意。

當時我並不知道這件事。這是在我父母喪禮幾年後麥肯多先生告訴我的。

無巧不巧，那正好是我領悟珍永遠不會回來的那天。在那之前，我一直抱著一線希望，想說如果她只是逃家，也許會自己回來。但是我父母的死算得上高調，他們上了新聞。要是珍聽到消息，我認為她絕對會回來看他們下葬。

她沒回來，我就不再抱持她還活著的想法，也不再期待她回家。在我心中，珍已加入我父母安眠地底的行列。

「就算她還活著，我也知道她絕對不會回來。」我說。

「我很遺憾。」英格麗說，之後就沒再多講。我把她搞得一片哀戚、陷入沉默。

接下來幾分鐘，我們什麼也沒做，只是望向湖面，感受著微風吹在皮膚上。風沙沙吹動我們周遭樹木的枝枒，金黃樹葉顫動，掉下了好幾片，像碎紙花一樣飄落到地。

「妳真的喜歡住在巴塞羅繆嗎？」最終，英格麗說：「還是妳只是覺得我喜歡才這麼說？」

「我喜歡啊，」我說：「妳不喜歡嗎？」

「我不確定。」英格麗的音量變得細微又緩慢，我有點驚訝，畢竟她講起其他事時都把分貝加到最大、速度催到最快。「我是說，這裡很棒、超美，真的。可是有些地方感覺……不太對。妳可能還沒感覺到，但妳會的。」

我想我已經感覺到了。像是壁紙，即使我知道那是花的圖樣，不是臉，某種程度還是令我不適，即便我不想承認。

「但這是棟老建築，」我說：「總會讓人感覺怪怪。」

「可是這裡不只這樣，」英格麗把膝蓋抱到胸前，這個動作讓她看起來更像個孩子。「這裡……讓我害怕。」

「我覺得沒有什麼好害怕的。」我說。同時，克洛伊寄給我的那篇令人不安的文章讓我一陣毛骨悚然。

巴塞羅繆的詛咒。

「妳有聽過這裡發生的一些事情嗎？」英格麗說。

「我知道屋主從屋頂跳下來的。」

「那個算是最小咖，還有更糟的，超級糟。」

但是英格麗沒有細說，而是轉過去，眼神越過樹頂，望向隱約位於再過去位置的巴塞羅繆。位於北邊角落的是喬治，俯瞰著中央公園以西。看到他，令我心中湧上一陣喜愛。

「妳覺得有沒有可能，就算一個地方沒有任何幽靈，還是會鬧鬼？」她說：「因為我感覺起來就是那樣。巴塞羅繆好像被自己過往的歷史纏住，在那裡發生的一切壞事像灰塵一樣堆積起來，飄浮在空氣中——然後我們把它吸進去，茱兒。」

「妳不用留在那裡，」我說：「我是說，如果那讓妳這麼不舒服的話。」

英格麗聳聳肩。「我還能去哪？另外，我需要錢。」

她也不用多說什麼，就是這件事，她和我比我想像中有更多共通點。

「我也需要錢。」我說，使用本年度最佳的保守語氣。「我不敢相信這工作會開這麼高的薪水。萊斯莉告訴我的時候我簡直要昏過去。」

「姊妹，我們一樣啦。另外也很抱歉剛剛把妳嚇得那麼毛。我很好，巴塞羅繆也很好，我想我只是覺得寂寞。妳知道嗎？所有規則我都沒問題，除了不能有訪客的那條。有時這感覺起來像關禁閉，尤其在愛瑞卡離開後。」

「誰是愛瑞卡？」

「噢，愛瑞卡．米契爾。在妳之前她住在12Ａ。」

我看了她一下。「妳是說屋主？那個死掉的女人？」

「愛瑞卡和我們一樣是公寓看守人，」英格麗說：「她人很好，我們有時會一起出去，可是我到這裡沒幾天她就離開了。這很怪，因為她跟我說過她至少還剩兩個月。」

我很驚訝萊斯莉從沒提起在我之前12Ａ還有另一個公寓看守人。也不是說她非講不可，先前誰住那裡不關我的事。但是萊斯莉當時一副主人才剛過世、突然讓這地方空了下來的模樣。

「妳確定她住12Ａ？」

「確定，」英格麗說：「她用升降機送了歡迎紙條下來給我。妳來的時候，我想也這樣做應該滿好玩的。」

「愛瑞卡有告訴妳她為什麼先離開嗎？」

「她什麼也沒告訴我，是她離開後一天，伊芙琳女士說了我才知道。我猜她是找到新住處之類的吧。我滿失望的，因為有個樓上鄰居可以一起玩其實很不錯。」英格麗臉色亮起來。「嘿，我有個想法，我們應該每天都這麼做：到公園吃午餐，直到任期結束。」

我遲疑了。不是因為我不喜歡英格麗。我喜歡她，相當喜歡，只是我不確定有沒有辦法每天應付她。單是今天下午就讓我筋疲力盡。

「拜託嘛，」她說：「我在那棟樓裡實在無聊得要死，可是這裡有個超級大公園可以探索，想像一下嘛茱茱——是說，我決定了，我要這樣叫妳。」

「收到。」我說，無法藏起笑容。

「我知道這不是最好的綽號，但妳的名字已經有點像別名，所以我沒剩多少選擇。而且我知道茱茱感覺起來可以有點不好，但也可以有點好。妳是好的那種，絕對是。」

我抱持高度懷疑。多年來，不好的那個總在我身邊轉來繞去。

「但就像我說的，茱茱，想想我們可以一起做的各種好玩事。」英格麗伸出手指開始數算各種選項。「賞鳥啊，野餐啊，划船啊，吃一大堆熱狗。妳覺得如何？」

她對我露出期待的眼神。充滿希望，又十分飢渴——和寂寞。就和我過去兩週一樣寂寞。除了克洛伊，我其他朋友似乎都消失了。我不知道這是我的問題還是他們。也許是我在不知不覺中將他們推開，又也許，那是我跌落深谷自然產生的附加效果。失去無可避免會吸引更多失去。先是珍，再是我父母，接著我的工作，和安德魯。每一次失去便讓越來越多朋友離開。也許英格麗會成為逆轉情勢的那一個。

「當然，」我說：「我加入。」

英格麗興奮拍手。「那就這樣定了，我們中午在門廳見面，給我妳的電話。」

我從口袋拿出來遞給她，英格麗把她的號碼輸入我的聯絡名單，名字全部用大寫拼出來。我在她的手機也依樣畫葫蘆，把自己的名字以相應且無害的小寫字母輸進去。

「如果妳想甩掉我，我會傳訊息喔，」她警告說：「現在我們來自拍當作打勾勾。」

她舉起我的手機，擠過來貼著我，我們的臉塞滿螢幕。英格麗咧嘴，笑得超開，我則一臉因為太貼近而有些茫然的表情。不過我還是笑了，因為這是長久以來第一次，情況似乎沒有那麼糟。我有個暫時地方可住，錢正在送來的路上，還交到個新朋友。

「完美。」英格麗說。

她點下手機，「喀」一聲，完成協議。

11

在巴塞羅繆的第一晚，我處於既喜悅又困惑的狀態，想著自己怎麼會到了這個地方。一整個傍晚都像一連串隨性所致的腳步，一支急就章而成的快樂舞蹈。

首先，我爬上螺旋樓梯進到臥室，脫掉鞋子，深深著迷於地毯長長毛絨的柔軟，走在上頭就像腳底按摩。

接著，我將主浴室的爪腳浴缸放滿水，倒進洗臉臺底下發現的昂貴薰衣草泡泡浴精，浸泡到皮膚通紅、指尖皺得像梅乾。

泡完澡後，我微波一塊冷凍披薩（它又黏又燙），「噗咚」丟到一只漂亮、精緻、光是碰觸就讓我緊張的瓷盤。我在廚房雜物抽屜找到一盒火柴，點燃餐廳裡的蠟燭，獨自一人坐在大得荒謬、像塊船跳板的桌子一端用餐，同時間，閃爍的燭光映在窗戶上頭。

晚餐結束後，我打開克洛伊給的其中一瓶酒，一屁股坐到客廳窗邊，伴著降臨於曼哈頓的夜色喝酒。中央公園順著小徑的路燈「啪」的亮起，朝急忙經過的慢跑者、觀光客和情侶灑下鬼魅般的鹵素光。我拿窗邊的黃銅單筒望遠鏡窺看，特別注視一對手牽著手的情侶。他們分開時依依不捨，手指還勾著，留戀最後那一點碰觸。

我喝乾了杯中的酒。

然後再倒滿。

我力圖假裝我其實沒有感覺起來那麼寂寞。

時間流逝，經過幾個小時。當我的第三杯酒也喝光，便撤退到廚房，逗留在那兒，將酒杯洗淨，又去擦拭已很乾淨的檯面。我認真考慮要不要來第四杯酒，卻覺得不是好主意。我不想在兩週內二度醉得路都走不好，雖然情境不會有太多不同。第一回，當克洛伊帶我出門，考慮不周地灌下那些瑪格莉特，是傷心的酒醉，每啜幾口就哭幾聲。但是現在，我莫名地既快樂又滿足，而且有生以來第一次，我感到充滿希望。

我不做多想，從檯面拿起火柴，就著盒子擦亮一根，直到火焰在尖端升起。接著，我把左手舉到火焰上方幾吋，用張開的手掌感覺著它的暖意。我以前很常這麼做，但很久沒這樣了。因為沒這需要。

而今，那股古老的衝動再次回歸。我慢慢將手朝著火焰降低。我一面這麼做，一面想著父母——和珍——和安德魯，以及火焰先噬咬照片邊緣，隨後才一路往中央燒去的景象。

我掌心的暖意沒有多久就轉為熱燙，再飛快被疼痛取代。

可是我沒有移開手；還不到時候。

我要它再多痛一會兒。

直到手開始因疼痛而抽搐我才停下，自我防護機制啟動。我吹熄火柴，火焰瞬間消失，它曾經點燃的唯一證據，便是那幾束旋繞的煙柱。

我劃燃另一根，打算重複這個過程，升降機通道卻傳出奇怪的聲響。雖然稍微被關起的碗櫥門掩蓋，我還是聽得出聲音不是來自升降機本身。沒有滑輪的緩緩轉動，也不是幾乎注意不到的細微嘎吱。

這個聲音不一樣。

更大聲、更尖銳，很明顯是人發出的。

我突然頓悟：那個聲音聽起來像尖叫，透過升降機通道從下方公寓傳來。

英格麗的公寓。

我整個人僵在廚房、偏著腦袋，在點燃的蠟燭慢慢往拇指和食指燒去時仔細聆聽有無第二聲尖叫。火燒到我手的時候——熱燙疼痛一閃而過——我喊了一聲、掉了火柴，然後看著火焰在廚房地上熄滅。

燒痛的感覺鞭策我開始動作。我含著指尖、緩和痛感，離開廚房、走上走道進門廳，迅速離開12A，順著十二樓的走道往樓梯去。

那聲尖叫——或至少我認為是——在我走下十一樓時不斷在腦中重播。我在回想時又重聽一次，更加確定去找英格麗是對的決定。她很可能受了傷，可能陷入危險，又或者其實沒有，我就只是反應過度。這種事以前也有過。十七歲後，我的所有經驗都告訴我一定要杞人憂天。

但是不知為何，那個聲音讓我不覺得是反應過度。英格麗真的發出了尖叫。在我心中再也沒有別的可能。尤其此時此刻，我在巴塞羅繆的深夜死寂中移動，四面八方安靜得要命，停在下方某層樓的電梯一動也不動。我在樓梯井聽到的唯一聲響，就是我自己小心謹慎的微弱腳步聲。

來到十一樓時，我確認一下手錶。凌晨一點。另一個需要擔憂的理由。關於為何會有人在這種時間發出一聲尖叫，我可以想到好幾個糟糕的解釋。

在我敲響11A的門之前先暫停片刻，希望能聽到另一個開心一點、能讓我放寬心的聲音。像是英格麗大聲講電話，或者門另一邊傳來笑聲。

然而我什麼也沒聽到，於是出手敲門。我動作放得很輕，才不會打擾到這層樓的其他人。

「英格麗？」我說：「是我，茱兒。沒發生什麼事吧？」

幾秒過去。整整十秒，然後二十。當我打算再敲一次，門喀啦打開。英格麗出現了。她看著我，眼睛瞪大。我似乎嚇了她一跳。

「茱兒，妳在這裡做什麼？」

「來確認妳有沒有事，」我停頓一下，不太確定。「我以為聽到了尖叫。」

英格麗也停頓了一下，隔了好幾秒才硬擠出微笑。

「一定是妳的電視。」

「我沒在看電視。那是——」

我打住，不確定該感到尷尬，或鬆一口氣——或兩者皆是。反之，我甚至更擔心了。英格麗似乎有些不對勁。她的語調沒有起伏，顯得不情願——和她在公園一刻也靜不下來的樣子大相逕庭。透過門縫，我只能看到她一半的身體。她和稍早做同樣打扮，右手深深插在牛仔褲前口袋，好像在找什麼似的。

「聽起來很像妳在尖叫，」我終於說出來。「我聽到了，有點擔心。」

「那不是我。」英格麗說。

「但我聽到了什麼。」

「或者妳『以為』自己聽到了什麼，這很常發生，但我沒事，真的。」

可是她的表情是另一回事。除了齜牙咧嘴的笑容，那雙大睜的眼睛裡還有深沉的光芒，似乎燃著不可言說的憂慮。我突然頓悟：她看起來很害怕。

我更靠近門，直接望進她的雙眼。「妳確定嗎？」我低聲說。

英格麗眨眨眼。「嗯，一切都好。」

「那麼很抱歉，打擾到妳了。」我從門口退開，逼自己也露出微笑。

「妳這麼擔心我，人真的很好，」英格麗說：「妳是個貼心鬼。」

「我們明天還要出去對嗎？」

「中午準時，」英格麗說：「不見不散。」

我對她揮一下手，在走道上前進幾步。英格麗沒有回應，而是又看了我好一會兒。關上門前，她的笑容散去，嘴變成陰沉的一直線。

就目前來說，我沒有事什麼能做。如果英格麗說她沒事，那麼我就得相信她。她說我沒聽見尖叫，我也得這麼相信。但當我爬上兩道樓梯——一道上十二樓，一道上12A的臥室——卻怎麼也揮之不去一個感覺：英格麗撒謊。

現在

伯納離開了。

進來一個醫生。

他比較老，雪白頭髮，剛毅下巴，小小的眼鏡架在榛果色眼睛前方。

「嗨，我是華格納醫生。」他用德文的念法發音，把「華」發成「伐」。事實上，他說的每一個字都帶著濃厚口音，難懂卻又迷人。「妳感覺如何？」

我的資訊太少，無法釐清到底該感覺怎樣才算是適當的答案。我隱約記得有人跟我說我被車撞到，那麼我猜，我還活著就該慶幸。

「我頭好痛。」我說。

「我想也是，」華格納醫生對我說：「妳的頭被撞得相當嚴重，但是沒有腦震盪，這點滿幸運的。」

我再次去碰頭上的繃帶。這次比較輕，只夠感覺一下包在紗布底下的頭顱輪廓。

「不過妳的生命徵象很不錯，這是最重要的。」華格納醫生說：「妳會看到大腿到肋骨的部分有一些挫傷，但骨頭沒斷、沒有內部損傷。考慮到妳的狀況，其實可能更糟的。」

我試圖點頭，動作卻被護頸妨礙。它又重又熱。我的鎖骨周圍積了一塊塊汗水形成的小池，我用一指滑到護頸後面，想弄掉一些汗水。

「妳很快就可以把那個拿下來，」華格納醫生說：「其實只是預防措施。不過目前我得問妳幾個問題。」

我什麼也沒說。我不確定自己有沒有辦法回答，也不確定就算我回答，醫生會不會相信。不過我仍努力在被護頸限制的狀態下點個頭。

「關於這起意外，妳記得多少？」

「不多。」我說。

「但是妳**確實**記得？」

「對。」

至少我覺得自己記得。我想不起任何具體事物，只有斷片。我深呼吸一口氣，努力集中思緒，但腦中只有一堆難以控制又不可靠的雜念。我的頭顱像剛被搖晃過的雪花球，小片小片的重要資訊旋轉、飛舞，卻尚未落定。而且無論我多努力嘗試，卻一片也抓不到。

我想起輪胎的刺耳聲音。

猛催狂按的汽車喇叭。

我身後某處發出的驚慌喊叫。

疼痛；黑暗。

就和抵達醫院一樣，我只記得一半。伯納，還有他色彩鮮豔的手術服，有人告訴我關於車子的不幸消息，但是我想不起我怎麼來到這裡，又或者我到底——我到底在抵達時說了什麼。

我決定怪在止痛藥上。它們害我頭暈目眩。

「那麼我們換個問題，」華格納醫生說：「有目擊證人說他看到妳從巴塞羅繆衝出來，一頭衝向迎面而來的車子。他說妳停都沒停，連一秒都沒有。」

然後我就想起來了。

即使我一心只想忘記。

「沒有錯。」我說。

醫生從那小小的眼鏡框後方對我投以好奇的眼神。「那不是什麼正常的舉動。」

「當時也不是什麼正常的情況。」

「發生了什麼事？妳是離家出走嗎？」

「不是，」我說：「是逃亡。」

四天前

12

我夢到我的家人。

母親、父親、珍——和我最後一次看到她時一模一樣，永遠的十九歲。

他們三人走過荒涼的中央公園，是那兒唯一的人煙。時間是晚上，公園伸手不見五指，每盞路燈都熄滅。然而我的家人自身散發光芒，一面橫越公園，一面閃耀著微弱帶點綠的灰光。

我從巴塞羅繆的屋頂看著他們前進，正坐在喬治旁邊，他的其中一片石頭翅膀收折起來、將我包住，這是石像鬼的二分之一擁抱。

出了公園，父母看見我，舉手揮動。珍出聲對我喊叫，發著光的雙手圈住嘴巴、當作擴音。

「妳不屬於這裡！」

她喊道。

那些話一傳過來，喬治的翅膀就動了。

他不再抱著我。

而是推我。

他就這麼將我推下屋頂，抵在我背上的石頭翅膀冰冰冷冷。我立時墜落，當我朝著底下人行道直直落下，人在半空中狂扭。

我喉中堵著一聲尖叫醒來，幾乎就要吶喊出聲。我用力將它嚥回，途中咳嗽了幾次。接著，我坐起身，透過窗戶瞄了瞄喬治。

「老兄，有點過分啊。」我說。

我的話語甚至還沒在空洞的臥室裡散去，就聽到了別的。

一個聲音。

從樓下傳來。

我甚至不確定這算不算聲音，其實更像一股感覺，難以形容的感覺：我不是一個人。如果要我描述，可能也說不出個所以然。這不是能夠輕易定義的聲響。不是腳步、不是輕拍，甚至也不是沙沙響，雖然那是我能想到最類似的比喻。

有些動靜。

聽起來就像那樣。

有什麼在這個空間移動，並因此留下微乎其微的細語。

我溜下床，躡手躡腳走到樓梯最上方，探身更努力地聽——結果什麼也沒聽到。但是那個感覺——那令人寒毛直豎的感覺就是揮之不去。這公寓裡不是只有我一個人。

我突然想到可能是萊斯莉．伊芙琳，一大清早來公寓確認我是否照規矩來，她一定有進這地方的鑰匙。我有點火大地披上破破爛爛的毛巾布袍子，飛奔下樓。她根本沒提過會來公寓確認，不然我絕對不會同意——

我是想騙誰？為了那一萬兩千元，我大概什麼都會同意。

但是當我下樓，卻發現公寓空空盪盪。門鎖著，門閂和鍊子安然無恙。無論是聲音、存在感、或不管你想怎麼稱呼那股該死的感覺，都只是我的想像，是我的夢魘留下的模糊殘餘。

雖然累得要死，可是我提心吊膽到睡不回去，於是我去廚房泡咖啡。這公寓沒有快速方便的膠囊咖啡機，卻搞了個超高科技又複雜到誇張的機器，光是想打開它就花了腦袋昏沉的我好幾分鐘。因為實在弄太久，等到咖啡終於開始滴到壺裡，我的身體已經渴望咖啡因渴望到疼痛。

咖啡在煮的時候我回樓上沖澡，試圖甩掉夢魘。老天，那真是個詭異又可怕的夢。

當然也有其他的夢。父母死後不久，我的夢魘內容是燃燒的床和濃厚黑煙，以及因疾病變黑的體內臟器。有時實在痛苦到克洛伊甚至得把我搖醒，因為我的喊叫簡直要吵醒整棟宿舍。可是沒有一個夢魘感覺起來那麼真、那麼栩栩如生。一部分的我不禁擔心，如果我從窗戶往外看向中央公園，我的家人還會在那裡，發著光芒走過弓橋。

所以我一早上都只瞪著時鐘。

著裝穿衣時，我就看著臥室的數位鬧鐘。

去倒早就煮了太久的咖啡時，則看著微波爐上的時間。

在客廳喝前述那杯咖啡時，我望著老爺鐘，數著壁紙上那一對對的眼睛。大概數到六十四時，時鐘噹噹報出時刻。我的心一沉，不過九點。

被解雇的時候，我獲得一份裝滿資訊的資料夾，諸如找工作小祕訣、職業輔導師以及關於學生貸款的資訊，若我想再回學校就能派上用場。總而言之，就是當某人正式成為無業游民時生活中需要面對的一切。

那份資料夾裡沒有的，則是對於突然入手的大把自由該如何運用的建言。畢竟這又是一種除非親身體驗，不然無法理解的感受：無業非常無聊，無聊到能粉碎靈魂。

對於「去上班」這個行為能占去你一整天多少時間，人們毫無概念。上班前的準備，通勤去上班，八小時待在桌前，接著通勤下班。這麼多的時間被自動吞噬。如果把它拿走，面前除了長長一段等著被填滿、無所事事的時間外，什麼也沒有。

在時間殺死你前，先殺時間。

這話是父親告訴我的，就在母親生病和他失業不久後。那是處於他對鳥舍短暫產生喜愛的高峰期。他花了好多小時，毫無緣由地在車庫建造鳥舍。當我問他為什麼要做這件事，他從正在上色的松木板抬起頭，說：「因為我需要感受人生中至少有一樣東西是我可以掌控的。」

那是只有親身經歷才能理解的心情。十九歲時我只是困惑。如今，當我成為無業的成人，我懂了。雖說在我整個人有如被颶風掃到的當下，要找到個能夠控制的東西太強人所難。

所以我又開始另一回合的找工作，藉此殺殺時間，不過沒找到什麼之前沒看過的職缺。我稍微做點打掃，即便沒有東西需要清理。我清空幾乎空無一物的垃圾桶，將袋子拿去靠近樓梯井某個隱密凹處的垃圾滑槽，袋子丟進去，聽著它一路溜下，直達地下室，發出輕輕「咚」一聲，落到最底。

殺了五秒鐘。

當老爺鐘宣告中午來臨，我離開公寓，在前往門廳的途中沒見到任何新面孔，只有普通的可疑人士來來去去。李奧納德先生和他的看護在樓梯上苦苦掙扎；瑪莉安．鄧肯和魯法斯就在門廳，剛散步回來。今天瑪莉安穿戴了海水綠的披肩和同色系頭巾，魯法斯則得意洋洋地戴著紅色手帕。

「嗨，親愛的，」瑪莉安朝電梯晃去，一面調整著她的太陽眼鏡。「今天外面好冷，對不對啊，魯法斯？」

小狗表示同意地吠叫。

既然英格麗還沒到，我便去信箱那裡看看有沒有寄給12A的東西。沒有。

我關上信箱、檢查手錶。

十二點過五分。

英格麗遲到了。

當我的手機在口袋響起，我立刻去拿，以為是她。卻在看到真正打來的人是誰時不禁胃裡一緊。

安德魯。

我予以無視。一秒過後，來了封簡訊。

請打給我。

接著又來第二封。

我們可以談談嗎？

接著第三封。

拜託????????

我不回應。安德魯不配，就像他配不上我一樣。

只不過我是現在才理解，我和他打從一開始就不該約會。我們之間毫無共同點。但是克洛伊那時才剛開始和保羅交往，我很寂寞。安德魯突然之間冒出來，某個我每天下班常會看到、負責清空辦公室垃圾的可愛工友。很快的，我開始在離開時和他說再見，接著變成電梯旁小聊片刻，然後似乎每過一天，對話就越來越長。

他似乎友善又聰明，只是有點害羞，再加上他每次露出微笑，酒窩就更明顯。還有，只要有我在，他好像總會掛著微笑。

最終，他邀我出去約會，我接受了。自然而然有了後續發展：更多約會、做愛、更多性愛，再來同居。這份共識沒說出口，但我倆都覺得事情將會由此繼續發展下去。

我真是錯得不能再錯。

我離開後那些時日，對安德魯的感覺從傷痛轉成盛怒，再到某種又一次遭到拋棄的感受。我恨他背著我偷吃，恨自己竟然相信他，之後出現另一種更糟的情緒——不被接受。我對他而言哪裡不夠好？為什麼對任何人來說我就是不夠好？為什麼我愛的每個人都不斷離開？

我又瞄了手機一眼。英格麗現在遲到十分鐘了。

我突然想到，也許是我把見面地點搞混了，我們應該要在中央公園見面才是。我想像著英格麗正在那裡，在**想像**馬賽克那兒和其中一個街頭藝人調情，一面覺得我把她給甩了。

我傳簡訊。我們是要在公園見面嗎？

兩分鐘過去，沒有回應，我決定走去公園瞧瞧。再傳簡訊似乎太神經質。我走出巴塞羅繆時，尋找著查理的身影，想問他有沒有看到英格麗離開大樓，但是我只看到另一名門房——一個年紀比較大、正在微笑的男人。我還不知道他的名字。他告訴我查理上晚班，今天晚點的班則請了病假。

「家裡急事，」他說：「和他的女兒有關。」

我謝過他，繼續走，過馬路前往街道臨公園那側。氣候比昨天更多雲，還有一絲寒意，預告著冬天飛速降臨。絕對不算是海瑟季節。

我很快抵達草莓園，那裡有兩名街頭藝人，正在「想像」馬賽克對面漫不經心地撥弦，彈奏同一首歌的不同版本、進行單挑，兩人吸引到疏疏落落幾個容易取悅的路人，其中沒有英格麗。

我再次檢查手機。還是沒有。

我繼續前進，朝湖水和昨天坐的長椅走去。我坐下來，寄出另一封簡訊。

我現在在公園裡。和昨天一樣的長椅。

五分鐘過去，沒有英格麗的回應，我發出第三封簡訊。

沒發生什麼事吧？

我知道這好像擔心得有點誇張，可是目前狀況總讓我放不下心。我想到昨晚——她公寓傳上來的尖叫、我去敲門和她打開門中間令人不自在的延遲、她眼中一閃而過的陰暗神色，在在暗示情況有些不對勁。

我對自己說我不該擔心。

但我還是擔心。

這一切都拜珍失蹤之賜。出事那天，我們起先根本沒有把她放在心上。她才十九歲，儼然一匹脫韁野馬，老愛不說一聲自己跑走。有時她也不會先講就跳過晚餐，不過午夜不回家，全身上下都是在某朋友家地下室沾染的啤酒和香菸味。

她那晚沒能回來，我們便全都假設是上述情況。我們不等她就吃晚餐、看電視上一些外星人主題的愚蠢電影。當我的父母上床睡覺，我熬夜重看《夢想者之心》裡我最喜歡的部分。一切的一切，都是拉森家典型的夜晚。

直到第二天清晨，我們才明白有些什麼不對勁。父親醒來去浴室，途中發現珍的臥室門開了條縫，房間空無一人，床沒有碰過。他叫醒母親和我，問我們前晚有沒有聽到珍回家：我們沒有。打了幾通尷尬又過早的電話給她朋友後，我們終於理解了眼前的可怕真相。

珍失蹤了。

事實上，她前天下午就失蹤了，而我們沒有一個人立刻想到要確認她的行蹤。當我回憶起我們最一開始的缺乏思慮，忍不住會想：如果我們快點行動，或至少馬上多擔心一點，珍會不會還在這裡。

如今我總是有很多擔心。大學時，我堅持克洛伊整天對我報告行蹤，簡直把她逼瘋。少少幾次她沒這麼做，我腹底就會冒出一股令人刺痛的焦慮。此時英格麗的情況也讓我有那種感覺——約莫橡子那麼大的擔憂。當我再次確認電話，發現再十五分鐘就要一點，那顆橡子又長大了些。

我離開公園，擔憂感拉著我回去巴塞羅繆。我在路上又傳了另一封簡訊，只是請英格麗回覆一下。我再次意識到自己反應過度，可是我不在乎。

我在大樓裡和狄蘭擦身而過——另一個公寓看守人。他穿得一副要去公園慢跑的模樣：運動衫、慢跑鞋。電吉他聲從他的耳機尖銳傳出。我進入他剛離開的電梯，差點按下頂樓按鈕，不過轉而按下十一樓的那顆。我對自己說，確認一下英格麗的狀況也不會少一塊肉。我甚至為她的爽約想出了一些理由：也許她不舒服，沒有看手機；也許電池沒電，她沒耐心等到它充好。

又或許——只是或許——我對昨晚的直覺正確無誤。英格麗惹上某種麻煩，可是太害怕了，不敢說出口。我閉上眼，回想她毫無起伏的語調，有如糊上去的笑容，以及關上門前笑容消失的模樣。

我一站到11A外面，最後又檢查一次手機，看看有無英格麗的回應。確認沒有之後，我敲了門：很輕的兩聲。好像只是普普通通意外來訪，不是從我胃底深處的憂慮發芽往上長的產物。

門晃開來。

門另一邊站著身穿另一件香奈兒套裝的萊斯莉．伊芙琳。那套衣服紅得就像12A的壁紙。她掛著一臉煩躁的表情，一綹頭髮從梳高的髮髻竄出，正捲捲地落在前額。

「茱兒，」她說，見到我出現的驚訝無所遁形。「妳的手怎麼樣了？」

我心不在焉地碰觸藏在夾克和罩衫底下的繃帶。割傷根本無足輕重，我幾乎沒意識到。

「我手很好，」我的眼神越過她肩膀，看向公寓裡頭。「英格麗在嗎？」

「不在。」萊斯莉說，十分明顯地嘆了一口氣。

「妳知道她在哪裡嗎？」

「我不知道，親愛的，很抱歉。」

「但她不是住在11A嗎？」

「她本來是。」

我注意到她的用詞，不禁皺起眉頭。

「現在不住這裡了嗎？」我說。

「沒錯，」萊斯莉肯定地說。「英格麗不在了。」

13

珍不在了。

我姊姊第一次沒回家的一週後，父親如此說道。當時快要午夜，我們兩人單獨在廚房，母親幾小時前先躺下休息。在那個節骨眼上，黑色金龜車已是眾所周知的資訊，警方也和珍的朋友談過話，她的照片出現在郡裡每根電線桿和店面上。父親啜了一口黑咖啡（他把自己泡在裡頭好幾天了），簡潔且悲傷地說：「珍不在了。」

我記得心裡的感覺是困惑大於悲傷。我仍抱著珍會回來的希望。那時，我不能理解的是她一開始究竟為何要離開，而今，當我看到萊斯莉把散亂的鬈髮撥回原位，心中也感到同樣的困惑。

「不在了？她不住在這裡了？」

「沒錯。」萊斯莉輕蔑地吸了一下鼻子。

我想到那些規則，英格麗一定是違了某條規則，很大一條。畢竟她這麼突然又令人震驚的離開，這是我能想到的唯一理由。

「她做錯什麼事了嗎？」

「就算有我也不曉得，」萊斯莉說：「她沒有被踢出去——如果妳是這個意思。」

「但是英格麗告訴我她還會在這裡待十個禮拜。」

「她的確應該這樣。」

我又受到另一股困惑重擊，這一切都沒有道理。「她就這麼走了？」

「沒錯，」萊斯莉對我說：「像一陣風，而且沒事先通知——容我在此補充。」

「英格麗甚至沒跟妳說她要走？」

「她沒有。要是能事先給我個通知，我真的會非常感激。但是她就這樣在大半夜溜走了。」

「有人看到她離開嗎？值班的門房是誰？」

「應該是查理，」萊斯莉說：「可是他沒看見她離開。」

「為什麼？」

「那個時候他在地下室，底下的監視攝影機沒有正常運作，所以他離開崗位、想把它修好，回來的時候在門廳中央發現11A的鑰匙。英格麗離開的時候掉在那裡的。」

「那是在什麼時候？」

「我不確定，妳得問查理。」

「妳確定她真的走了嗎？」我脫口說出心中想法。「有沒有可能她是不小心把鑰匙掉在門廳、沒注意到；說不定她某個朋友有急事，她得匆忙離開。現在搞不好正在回來的路上。」

雖然我的理論很有可能，但也不太可能。而且這仍無法解釋英格麗為何沒回我簡訊。很顯然萊斯莉也有同樣想法。她倚著門框，用滿是憐憫的眼神望著我。而我不介意。珍消失後，我總拿一些牽強附會的理論提醒父母，解釋她會去哪裡，還有我為何那麼確定她會回來。我的父母也用同樣的眼神看我。我才十七歲，就成為大宇宙力量的信徒。

「妳不覺得這不太可能嗎？」

「確實，」我說，「但英格麗在大半夜沒告訴任何人就離開，也不太可能。」

萊斯莉偏著頭，不羈的鬈髮再次處於投奔自由的邊緣。「妳對英格麗為什麼這麼感興趣？」

我可以給她好幾個原因，而且全是真話。例如英格麗友善又有趣，我喜歡和她相處；例如她讓我想到珍；例如能認識除了克洛伊之外真心想和我相處的人，可說令人耳目一新。

反之，我告訴萊斯莉我感到憂心的最大原因。

「我覺得昨晚好像聽到了尖叫聲。」

萊斯莉露出誇張的一絲驚訝神情。「在11A？」

「對。」

「什麼時候？」

「大概凌晨一點。我下去看英格麗的狀況，但是她跟我說我聽錯了。」

「其他住戶都沒申報有聽到尖叫。」萊斯莉說：「妳確定真的是嗎？」

「我——我不太曉得。」

這其實不該有疑問。我要不是聽到，就是沒聽到。然而句尾的那一丁點兒不確定仍代表某種意義。那讓我意識到——而且是以非常挫折的方式——也許我聽到的真的只是想像的產物。

可是，如果是這樣，英格麗來應門時為什麼要表現得那麼詭異？

「我會到處問問有沒有別人也聽到動靜。」萊斯莉說：「在像這兒一樣安靜的大樓裡，不可能會沒注意到這種事。」

「我只是擔心她。」我努力表明我的憂心。

「她離開了，親愛的，」萊斯莉輕蔑地說：「像大半夜裡的小偷。是說我一開始就是這麼認為：她是個賊。所以我才會過來這裡。我本來很確定會發現這兒全被搬空，可是所有物品都還在，英格麗只拿走了她的東西。」

「她什麼都沒留下?沒有任何暗示她會回來或去了哪裡的東西?」

「就我所知沒有，」萊斯莉從門口退開。「想進來看就進來吧。」

越過打開的門口，我看見一條走道和客廳，有著幾乎和12A一個模子印出來的景象。房間非常整齊又時髦。這裡沒有生了窺探眼睛的紅色壁紙，只有奶油色的牆壁、為之增色的物品，諸如現代藝術，以及彷彿直接從質感家飾目錄蹦出來的陳設。事實上，整座公寓有種樣品屋的感覺：家具完善，但是無人居住。

「所有東西都和英格麗搬進來時一模一樣，」萊斯莉說：「所以如果她真的留下了什麼，會在地下室的儲藏單位。我還沒確認那裡，畢竟英格麗把那邊的鑰匙弄掉了。查理在門廳找到的鑰匙圈上沒有那把。」

那就代表英格麗可能從來沒用過。我知道自己絕對不需要去用12A的儲藏單位。我的個人物品都在臥室的更衣室中，那裡就夠大了，能裝下我這輩子擁有的一切，甚至還有多餘空間。

萊斯莉碰碰我的肩膀，說：「我不會太擔心英格麗。我知道她離開一定有充足原因。還有，我坦白說，我真心想聽聽那個原因。」

我也是。因為此時此刻，這一切都很不合理。我爬樓梯到十二樓，被新湧上的擔憂死死纏住。回到12A中，我一股腦兒倒在客廳沙發上，腦中密布困惑的雲層。英格麗為什麼想離開巴塞羅繆?為什麼會有人想離開?

我瞥看外頭，大霧迅速籠罩城市，霧氣低低掠過中央公園，使得樹頂猶如雲朵飄浮在空中。很美，是一種憂鬱的美。這幅景觀不是誰都負擔得起，是能從口袋拿出百萬鉅款的人才有的特權。

英格麗擁有過完全一樣的景色，甚至還有酬勞能拿。這就構成一個更大的問題：她為什麼突然拋下免租金的住處，和即將獲得一萬兩千元的未來？雖然英格麗對巴塞羅繆有所保留，卻也說得明白，她就和我一樣身無分文、無處可去。可是當她離開巴塞羅繆，也丟下了額外的一萬元。除了十萬火急的事之外，我無法揣測她為何要拒絕那麼一筆錢。

英格麗一夜之間變了——真的就是一個晚上的時間而已。

我從夾克口袋挖出手機，還是沒有英格麗的消息。當我往下滑過傳給她的簡訊，看見她連一封都沒有讀。

我沒再傳了，決定打電話。我敲下她以全大寫拼出的名字，親耳聽著電話直接進語音信箱。

「嗨！不好意思我現在沒辦法接電話，請在嗶聲後留下訊息，我會盡快回電。」稍停片刻。「噢，是說，怕你不知道，我是英格麗。」

最後，嗶聲響起。

「嗨，英格麗，」我努力想讓聲調大約落在日常和擔憂之間。「我是住在巴塞羅繆的茱兒，萊斯莉剛告訴我妳在晚上搬走了。那個……沒什麼事吧？打個電話或傳簡訊報平安好嗎？」

我掛掉電話、瞪著手機，不確定接下來該怎麼做。

沒有什麼能做的。

克洛伊就會這麼說。她會告訴我英格麗只是個陌生人，這是她自己的事，我必須專注在找工作和存點錢上，讓我的人生回到正軌。

就各方面來說，她都是對的。

我確實得找到工作，還要賺錢，還要開始一點一滴重建我的生活。

然而稍早感到的那一小顆橡果似的擔憂，現在長成了一棵綠葉豐美的小樹，茂密的枝枒深入我的四枝。讓它茁壯的正是昨晚的詭異事件：那個聽起來像尖叫的聲音、英格麗不自然的平靜態度、試圖對我的憂慮四兩撥千斤。

我沒事，真的。

我昨晚沒被說服，現在也絕對沒有。唯一能減輕憂慮的方式，就是直接聽到英格麗本人的消息。但是，首先我得找出她去了哪裡。

珍失蹤的時候，警方給我們一張必須按部就班執行的步驟清單，這樣可以更容易地找到她的去向，雖說也沒幫上什麼忙，不過我希望現在若按相同步驟嘗試找出英格麗，我能多點幸運。

第一步：評估情況。

簡單。英格麗在半夜沒告訴任何人就離開了。

第二步：思考可能讓她離開的原因。

我很想認為她是因為正面理由才離開，像是一些開心的事。例如突然找到工作，或贏了樂透，或突然在中央公園煞到一個街頭藝人。然而我天性就不是樂觀主義者，總之再也不是了。

第三步：想想她可能會去哪些地方。

直接放棄。嚴格說，世上任何地方都有可能。

第四步：想想她失蹤後可能聯絡誰。

這個比較可行，感謝社交媒體。如果英格麗在網路上和在現實生活中一樣總過度分享私人資訊，只要更新個動態說她回到波士頓，或在阿拉斯加表演花式調酒，就足以讓我安心。只要不是未知狀況，就很夠了。

我拿來筆電，開始搜尋英格麗的社交媒體帳號，從臉書開始。結果卻比我預期難上許多。我太久沒用，花了好幾分鐘又猜錯兩次，才想起我的密碼。

等我終於登入，看到的第一個東西就是我過時的大頭貼。那是一張度假照片，安德魯和我在迪士尼世界，站在主要大街，我的手攬著他的腰，他的手抱住我肩膀，灰姑娘的城堡聳立後方。

這照片嚇了我一跳，多半是因為原版照片就在我搬出去前點火燒掉的照片之中。再看到這張照片和見鬼沒兩樣。那是我們唯一的度假，即使兩人其實不太能負擔。可是那時我覺得這筆錢花得值得。在照片裡，我們看起來很快樂——曾經快樂。至少我是這樣。但也許安德魯早就想著找別人上床。也許他已經這麼做了，而我無知得十分幸福。

我刪掉照片，換上空白的預設圖。對比我目前的狀態，那似乎是更合適的投射。

這個障礙一解決，我就開始搜尋英格麗．蓋倫荷，努力回想她跟我說過她兩年來都住了哪些地方。我縮小範圍，搜尋紐約、西雅圖和波士頓，找到兩個英格麗．蓋倫荷，但是兩個都不是我要找的英格麗。

我轉往推特，得到類似結果。有好多英格麗．蓋倫荷，沒有一個像我認識的那個。

下一個換Instagram，我用手機應用程式來開。

終於成功。

英格麗．蓋倫荷有帳號。

個人圖像中，她一頭藍髮。是一抹過於鮮明、讓人聯想到棉花糖的顏色。

但是，接著我看見她上傳的照片，心臟不禁一沉：都是些普通照片。光線昏暗的食物照、角度詭異的自拍。最近一張照片是英格麗在中央公園的自拍，左肩上方可稍微看到一點巴塞羅繆。

那是兩天前拍的，很可能與我在12A聽導覽的時間差不多。搞不好英格麗是我興奮激動地透過客廳窗戶看第一眼時從公園瞥見的行人之一，說不定也有機會在那相片中看到我，一道從巴塞羅繆十二樓窗戶往外望的模糊身影。

英格麗的圖說十分俐落——三個愛心表情符號。粉紅色、怦怦跳。

照片得到十五個喜歡，外加某個叫齊克的人的一則留言，那人寫道，**不敢相信妳回紐約卻沒揪我**。

雖然英格麗沒回覆，看到她在這城市至少有一個認識的人，依然令人開心。也許現在她就和他在一起。我仔細研究齊克的大頭貼：棒球帽，參差雜亂的鬍子，磨損的滑板高調掛在照片範圍中，給了我關於這傢伙所需的一切訊息。

當我點進他的照片牆，這個印象變得更強烈。大多照片都是自拍：浴室鏡中打赤膊的他；瓊斯海灘上打赤膊的他；在街上打赤膊的他。牛仔褲垂得之低，都能秀出他的四角內褲了。甚至今天早上他也拍了張打赤膊的照片，那是躺在床上的一張快照，旁邊還睡了個女人。唯一能看到的就是她的一小塊裸肩，以及披散在枕頭套上的長髮。

金髮，沒有一絲藍色，絕對不是英格麗。

不過我仍傳了訊息給齊克，以免她決定去找他……套句他的話，揪他。

嗨，我是英格麗的鄰居，我想要聯絡她。你最近有她的消息嗎？如果沒有，你有任何概念她可能在哪裡嗎？我很擔心她。

我留下名字和號碼，請他回電。

之後，我再回英格麗的 Instagram 帳號，期望著她的舊照片能對她的可能去向提供一些線索。在公園自拍之前的照片，是她的指甲特寫。指甲塗成亮綠色，五天前拍的，圖說引用《卡巴萊》（*Cabaret*）[6]中的莎莉．鮑爾斯。

「若我該將指甲塗成綠色，我就該這麼做。倘若有人問我原因，我會說：『我認為這樣很美麗！』」

七個喜歡，沒有回應。

真正吸引我注意的，是再前一張照片。八天前拍的，另一張英格麗雙手的特寫。這次指甲是淺粉紅色，像是熟透的桃子。她的雙手擱在一本書上，上方冒出一張書籤的紅色流蘇。從她張開的手指間，略可瞥見一張熟悉的圖像——喬治棲身在巴塞羅繆角落，此外還有一點點熟悉的字體，拼出一個同樣熟悉的書名。

《夢想者之心》。

英格麗配上的圖說令人更為震驚。

6 英國作家克里斯多福．伊薛伍德（Christopher Isherwood, 1904-1986）的小說。

我見到作者了！

我也見到了作者，而且她不是很高興。話說回來，這張照片似乎表示葛蕾塔和英格麗……如果不是朋友，至少也算點頭之交。這也代表即使機會渺茫，她說不定知道英格麗去了哪裡。

我嘆了一口氣，抓了克洛伊給我的最後一瓶酒，離開公寓，在走道上朝樓梯井走去。

我要賭上違反巴塞羅繆另一條規則的風險，去找葛蕾塔．曼維爾，即使她一定會因此不爽得要命。

14

我在10A門上敲的第一下猶豫到不行，在咚咚響的心跳掩蓋下我甚至聽不見，所以我再敲一次，用上更多力氣。門後方傳來在地板上吱吱嘎嘎的腳步聲，外加某人的喊叫。「該死的，我第一次就聽到了。」

門終於打開時只開了一條縫。葛蕾塔．曼維爾用瞇得細細的眼睛透過門縫窺看。「又是妳。」她說。

我舉起酒瓶。「我買了東西給妳。」

門打開到足以讓我窺見她一身黑色寬鬆長褲和灰色毛衣的打扮，腳上一雙粉紅色拖鞋。她打量酒瓶時，左腳不耐地踏步。

「道歉禮物，」我說：「因為昨天在門廳打擾了妳——還有現在，加上以後可能給妳帶來的打擾。」

葛蕾塔接過酒瓶、檢查標籤。這年份一定相當不錯，因為她沒露出怪表情。我真得感謝克洛伊給我的餞別禮物不是我們一般喝的廉價葡萄酒。尤其葛蕾塔還從門口晃走，讓門打得更開。我在門口暫停片刻，在她的聲音從敞開大門傳出來後才敢移動。

「妳可以進來，也可以離開。對我來說沒差。」

我決定進去，葛蕾塔因此點了個頭。她轉過身，默然無語地順著走廊繼續走。我跟過去，偷偷窺看公寓配置。這裡和我那間非常不同，房間更小，但是數量更多。我往後望了走道一眼，見到好幾扇門，通往一些地方。我想應該是辦公室、臥室，或者圖書室。

不過，說實話這一整間公寓都可以算得上圖書館了。到處都是書，堆滿門對面的書架；放在茶几上；平地升起一堆堆歪斜的書塔。連廚房也有書——一本瑪格莉特．愛特伍的平裝本，打開來、面朝下，蓋在檯面上。

「再問一次，妳是哪位？」葛蕾塔從廚房大理石檯面的中島抽屜拿出開瓶器，說：「你們這些來來去去的公寓看守人實在太多了，我根本記不得。」

「茱兒。」我說。

「沒錯，茱兒。還有，我的書是妳的最愛……之類之類的。」

葛蕾塔一個使勁兒，以拔出軟木塞的動作總結了這句話。她只拿了一只酒杯，先倒了一半才遞給我。

「乾杯。」她說。

「妳不喝嗎？」

「很不幸，我不能喝。醫囑禁止。」

「抱歉，」我說：「我不曉得。」

「妳怎麼會曉得呢。」葛蕾塔說：「別再道歉了，喝吧。」

我強迫自己啜了一口，留心不要喝得太多太快。考慮到我對接下來要做的事多焦慮，這真的很可能發生，然後就會說太多話、問太多問題、把葛蕾塔惹得比先前更不爽。我又啜了一口，這口是為了穩定精神。

「茱兒，告訴我，」葛蕾塔說：「妳來這裡真正的原因是什麼？」

我從杯子抬起頭。「我一定要有什麼隱藏動機嗎？」

「不見得，但我懷疑妳有。就我經驗，沒有人會帶著禮物出現，除非他們有所求。例如，要我替他們最喜歡的書簽名。」

「我沒帶我的書來。」

「真是錯失良機，妳說是不是？」

「但妳是對的，我來這裡確實有別的原因，」我暫停片刻，讓自己攝取更多酒精、增加心理防禦。「我是來問妳英格麗・蓋倫荷的事。」

「誰？」葛蕾塔問。

「她是公寓看守人，在妳上面那間。她昨晚離開了——嚴格說是在大半夜，而且沒人知道她去了哪裡。因為她在Instagram上提過見到妳，我就想，有沒有可能妳們是朋友，妳會知道她的去向。」

葛蕾塔偏頭看了我一眼，藍眼中閃爍著好奇。「親愛的，妳剛剛說的話我一點兒都聽不懂。」

「所以妳不認識英格麗？」

「妳說的是那個頭髮染成可怕顏色的女孩嗎？」

「對。」

「我碰過她兩次，」葛蕾塔說：「那並不算在認識某人的範圍。第一次是萊斯莉在我經過門廳時幫我們介紹，而我所謂『介紹』，其實是搭話。我想我們的伊芙琳女士是想讓那女孩願意留下來。」

「那是在什麼時候？」

「兩週之前吧，我想。」

這很可能發生在英格麗的面試導覽途中。這個日期符合她告訴我她在這裡住的時間。

「第二次是在什麼時候？」

「兩天前。她過來找我，」葛蕾塔比了比檯面上打開的酒瓶。「不過沒有帶酒，所以就這點來說，妳比她好。」

「那她的隱藏動機是什麼？」

「妳進步了呢，」葛蕾塔邊說邊讚許地點個頭。「她想問我巴塞羅繆的事，想知道我怎麼寫出一本關於這裡的書。她很好奇這裡發生的一些事情。」

我往前傾，手肘撐在中島檯面。「什麼樣的事？」

「大樓傳說中的悲慘過去，我告訴她那是陳年舊事，如果她想挖八卦，應該試試網路。我自己不用，但我聽說那上頭充斥很多這種玩意兒。」

「就這樣？」我說。

「最多兩分鐘交談。」

「之後妳就沒和她說過話了？」

「沒有。」

「妳確定嗎？」

於是，葛蕾塔的表情再次黯淡，雙眼中閃爍的好奇神情猶如從兩片暴風雨雲間窺探而出的一束陽光——轉瞬即逝、引人遐想。

「我老了，親愛的，」她說：「但還不到痴呆的地步。」

我愧疚地回到酒上，對著杯子喃喃說道：「我沒有那個意思，我只想找到她。」

「她失蹤了？」

「也許吧，」這般含糊的回答又讓我一陣不悅。我試著補充點什麼、調整一下。「我一整天都在找她，她沒回應，加上她離開的方式……怎麼說呢，很讓人擔心。」

「為什麼？」葛蕾塔說：「她可以隨心所欲地來去，不是嗎？就像妳一樣，妳是公寓看守人，不是囚犯。」

「只是——妳昨晚應該沒聽到什麼不尋常狀況吧？像是從上面的公寓傳來奇怪聲響？」

「妳想說的是哪種聲響？」

尖叫。我想說的是尖叫。沒有具體說出口是因為我希望葛蕾塔能在沒有接受暗示之下說出來。如果她說了，我就會知道不是只有我聽見了，那聲尖叫是真的。

「任何不太正常的聲響。」我說。

「沒有，」葛蕾塔回答：「雖然我懷疑妳是否真的聽到了聲音。」

「我覺得我有。」

「可是現在呢？」

「現在我覺得是我想像出來的。」

只不過我不認為有這可能。當然，人們有可能聽到不存在的聲音，特別是在新住處的第一晚。樓梯上的腳步聲，窗戶傳來敲打。我醒來時也聽到了一些什麼——某種滑來滑去卻算不上聲音的動靜。但人不會天馬行空想像出一聲尖叫。

「我晚上大多時間都醒著，」葛蕾塔說：「失眠。年紀越大，我需要的睡眠越少。如果妳問我，我會說這是一種祝福，也是一種詛咒。所以，如果樓上真的傳來什麼怪聲，我一定會聽到。而對於妳朋友——」

她對著流理檯面一掌拍下。這個動作十分突然，而且令人不安。

我將杯子放在桌上。「曼維爾女士？」

葛蕾塔閉上眼睛，本就蒼白的臉色轉為死灰，整副身軀都歪斜了。起先很慢，不過接著這動作順勢傾倒成岌岌可危的角度。我衝到她身邊，一邊找椅子一邊撐住她。在進餐廳的門旁，我找到一張椅子，輕輕將她帶到那裡。

她的意識因此被帶回清醒狀態，精神猛地再次集中，眼中又有了生氣。她「啪」的箝住我的手腕，指節因上了年紀生出許多疙瘩。在紙一樣薄的皮膚底下，紫色血管清晰可見。

「噢，瞧瞧我，」她有點暈眩。「這可真是丟臉。」

我待在她面前，不確定還能做什麼，從頭到腳竄過一陣顫抖。「妳要看醫生嗎？我可以去找尼克醫生。」

「我還沒有要翹辮子，」她說：「真的，沒怎樣的。我有時會發點毛病。」

「昏眩病嗎？」

「我都說這叫睡美人病，因為感覺起來就是那樣。突然之間，你失去意識。但下一秒我就像沒事人一樣，又『呼』一聲活過來。茱兒，可別變老，老了是很可怕的。可是在他媽的一切太遲之前，不會有人告訴你這件事。」

於是我便知道可以不用再傻站著了。她又恢復成本來那個普通又暴躁的人格。我仍驚魂未甫，不過暫且回到廚房流理檯和我的那杯酒前。這次我沒有小口喝，而是大口灌下去。

「如果妳想，可以問我一個關於書的問題，」葛蕾塔說：「妳應得的。」

就一個？我有一百個問題。但我注意到她的用詞。不是我的書，也不是那本書。這讓我明白，她什麼都可以談，就是不想談《夢想者之心》。

「妳為什麼不再寫作了？」

「簡單解釋就是我很懶惰——而且沒了動力。還有，財務層面我沒有寫作的需要。我家很有錢，那本書讓我更有錢。即便到今天，它仍帶來足夠的收入，能讓我住得非常舒服。」

「住在巴塞羅繆，」我說：「妳住在這裡很久了嗎？」

「妳是想問我寫《夢想者之心》的時候是不是住在這裡吧？」

我要問的就是這個。基於我這麼容易就被看穿，我不禁又大喝另一口酒。

「妳這是個未經許可的真心提問，答案是：沒錯。」葛蕾塔說：「我寫書的時候就住在巴塞羅繆。」

「這間公寓？」

葛蕾塔快速搖了一下頭。「別問。」

「那本書是自傳嗎？」

「更像某種一廂情願，」葛蕾塔回答：「我不像金妮，這是我父母的公寓。我在這裡長大，結婚之後就搬出去，離婚之後則搬回來。我毫無目標、痛苦不堪，手上突然有了大把時間，決定寫出期望中的人生應該是什麼模樣，藉以消磨時間。當書寫完，我又搬了出去。」

「為什麼？」我問，仍無法理解怎麼會有人選擇離開巴塞羅繆。

「那妳說人為什麼要搬家？」葛蕾塔若有所思道：「我需要改變視野。此外，一直和父母住在一起也會膩。大家不都是因為這樣離巢的嗎？」

大多人確實是這樣，但我不是。我是別無選擇。

「是因為妳基於這個原因、在這個時間寫了書，才這麼恨它嗎？」

葛蕾塔抬起頭，彷彿受到冒犯。「誰說我恨它？」

「我只是假設。」

「不對，妳是臆測，」葛蕾塔說：「這是有差別的。關於書，與其說我恨它，不如說我對它很失望。」

「但是它為妳帶來那麼大的成功，也感動了那麼多人。」

「我和寫書那時已經是非常不一樣的人。回想一下你更年輕的時候，想想你的品味、行為舉止和習慣。從那時起，你就變了；你會進化。我們全是這樣的。這也代表年輕時的你一定有些部分是現在的你所厭惡的。」

我點點頭，想到我的母親，和那些雜牌的穀片。

「我寫那本書的時候是這麼的需要幻想，結果沒做到每個好作家都該做的事：說出真相，」葛蕾塔說：「我是個騙子，那本書是我最大的謊言。」

我喝下剩餘的酒，準備做一件我從沒想過自己得做的事：替作者捍衛她寫的書。

「妳忘了讀者也需要幻想，」我說：「我的姊姊和我曾經躺在她床上讀《夢想者之心》，想像我們和金妮處於同個情境。那本書讓我們知道，在我們渺小而垂死的小鎮之外，還有別種生活。那本書給了我們希望。就連現在，在我所有希望都被剝奪的同時，還是很喜歡《夢想者之心》，而且一直感謝妳寫了它。的確，書裡的曼哈頓不存在於現實人生；沒錯，這城市沒多少人最後能得到金妮的快樂結局。但是小說可以是一種出口，就是因為這樣，我們才需要一個理想版本的紐約，來平衡這個擁擠、粗糙又令人心碎的真實本體。」

「那真實世界怎麼辦？」葛蕾塔說。

「還記得我剛說到的姊姊嗎？我十七歲的時候，她消失了。」我知道我該閉嘴，但是現在酒精使我的舌頭肆無忌憚，發現自己停不下來。「我父母在我十九歲的時候過世，所以坦白說，我受夠真實世界了。」

葛蕾塔舉起手，掌心貼著臉頰，花了整整十秒打量我。我被她盯得無法動彈、僵在原地，因為自己太過多話而困窘。

「我還以為妳很溫馴。」她說。

我從不覺得自己溫馴，更像脆弱吧，容易碰傷。

「我不知道，我猜可能是吧。」

「那麼妳得小心了，」她說，「這地方對溫馴的人不怎麼友善，這裡會把妳嚼碎、整個人吞下去。」

「妳是說紐約還是巴塞羅繆？」

葛蕾塔仍未移開目光。「兩個都是。」她說。

15

我從十樓爬樓梯上十二樓時，葛蕾塔說的話在心中揮之不去。不只是她那些嚼碎吐出來的言論，而是英格麗去找她的原因。為什麼英格麗要探問巴塞羅繆和它的過去？又或者，套句葛蕾塔的話：傳說中的悲慘過去。

這裡……讓我害怕。

英格麗就是這樣描述巴塞羅繆的，而我也相信。她的結巴在我聽來，活像是某種差點脫口而出的告白，像她嘗試告訴我一些不知道能不能大聲說出口的事。我之所以忽視，只是因為她肯定地將此事歸咎於寂寞，以及她的自由靈魂因巴塞羅繆諸多規則而受挫。

而今，我懷疑她比表現出來的還害怕。

大半夜沒有任何預警就離開，你要不是覺得自己有危險，絕對不會那樣做。

只有害怕得要命才會以那種方式離開。

停下來。

想一想。

評估情況。

然而，英格麗究竟為什麼離開巴塞羅繆其實早已不重要。此時此刻，我將重點放在找出她身在何處、得知她是否安全。因為我有個憂心忡忡的預感，認為她並不安全。這可以稱之為經歷過珍失蹤後發展出的第六感。

我在十一樓的樓梯平臺停下來檢查手機，英格麗依舊沒讀我訊息，也就代表她應該也沒聽我留下的語音訊息。我本來希望此時能獲得她的回覆，即使只是告訴我不要再煩她，也比毫無音訊來得好。

我把手機塞回口袋，正打算繼續上樓，狄蘭——也就是巴塞羅繆另一位公寓看守人——從11B離開。他的打扮和昨天類似。一樣的垮褲，耳朵上一樣的黑色圓盤，唯一變的是他的T恤。今天穿的是超脫樂團。

我出現在他那層樓顯然讓他嚇了一跳，藏在那片柔軟垂下黑髮簾幕後的眼睛睜得好大。

「嘿，」他說：「妳迷路了嗎？」

「其實我是想找一個人，」我說：「你認識英格麗嗎？」

「不太認識。」

我頗為驚訝，畢竟英格麗那麼外向。最可能的狀況是：英格麗認為不需要在狄蘭身上花時間，他顯然不怎麼愛閒聊。等電梯時，他站在那兒曲伸右腿，伸展了幾下，像是準備拔腿狂奔的跑者。

「完全不認識？你們是鄰居，卻從來沒有交流一下？」

「如果在電梯彼此打招呼等於交流，那麼：有，我們有交流。其他就沒了。妳為什麼想知道？」

「因為她搬走了，我試著想聯絡她。」

狄蘭的眼睛睜得更大。

「英格麗走了？什麼時候？」

「昨晚某個時候，」我說：「我本來希望她會告訴你她打算離開。」

「就如我剛才所說，我們不常講話。她基本上算是陌生人。」

「那你為什麼好像很驚訝？」

「因為她才剛到這兒，我以為她會留久一點。」

「你在這裡多久了？」

「兩個月，」狄蘭說：「問題問完了嗎？我得去個地方。」

狄蘭懶得等電梯（它正停在幾層樓之下），於是決定選樓梯。要不是他超級大遲到，就是超級想甩掉我。

我在他身後喊著。「再問一件事。」

狄蘭在十樓和十一樓之間的平臺暫停，斜斜抬起頭望著我。

「昨天晚上你有聽到什麼怪聲嗎？」我說：「從英格麗的公寓？」

「昨天晚上？」他說：「沒有，抱歉，幫不了妳。」

然後他就再次舉步，我甚至來不及問他另一個問題，他已加速繞過樓梯平臺，跑下更多樓梯。我也走樓梯，速度比狄蘭慢；而且沒有往下，是往上。

我下方幾層的電梯閘門發出「噹」一聲關起，那個聲響迅速順著樓梯井往上竄，嚇了我一跳。右方，樓梯井中央的纜線一個拉緊，電梯開始上升。當電梯進入視線，我看見尼克在裡面，聽診器掛在脖子上。他透過電梯窗戶看見我，友善地揮了個手，我也回了個揮手，急忙爬上剩餘的樓梯到十二樓，我們同時抵達。

「嗨，鄰居妳好，」尼克走出電梯時說：「手還好嗎？」

「非常好，那個……很謝謝你幫我處理。」

我因自己的語調縮了一下。還可以再尷尬一點啊。我將之歸咎於尼克的帥氣醫生氣場太令人膽怯，也懷疑在葛蕾塔那裡喝的酒可能得負點責任。現在酒意上來，讓我有些頭暈。

「出診嗎？」我作勢比著聽診器。

「很不幸，是的。李奧納德先生有心悸症狀，他信誓旦旦說大的要來了。」

「他沒事吧？」

「我希望，」尼克說：「這不太算我的專業。我讓他服了些阿斯匹靈，跟他說要是情況變糟，就得打九一一。但我太瞭解他了，他不會打的。李奧納德先生非常固執。是說，妳又去了哪裡？」

「十樓。」

「和鄰居交朋友？」

我遲疑一下，不確定能對他坦白多少。「這會違規嗎？」

「技術上：會。除非妳受到邀請。」

「那我要行使緘默權。」

尼克笑出來，笑容十分美好，愉快地咯咯笑著，讓我很高興能逗他開心。曾經，我無時無刻能讓安德魯笑開懷，他嘶啞且悅耳的笑聲是我最喜歡的特質之一。在一起的第一個月我很常聽到，同居之後稍微少了些。接下來，在我們都沒注意到時，笑聲完全消失了。說不定，要是我們注意到了，就會有截然不同的結果。

「我不會告訴萊斯莉的，如果妳擔心的是這個。」尼克說：「堅持這些蠢規則的人是她，這裡大多人根本不介意公寓看守人做什麼。」

「那我就坦白了──我去找了葛蕾塔．曼維爾。」

「這倒是有點讓人驚訝。我印象中葛蕾塔不愛社交——如果保守說的話。妳是怎麼得到她喜愛的？」

「我沒有，」我說：「我用賄賂的。」

尼克又笑開來，讓我知道他十分享受這段對話。我也是。我想我們可能算在調情吧，我不太確定。但也可能只是說些醉話。我不是那種會和隔壁鄰居調情的女孩。

「竟然訴諸賄賂一途，這事一定對妳很重要吧。」

「我得和她談談英格麗・蓋倫荷的事。」

尼克皺眉。「啊，那個跑走的。」

「所以你聽說了。」我說。

「這棟大樓風聲傳很快。」

如此這般，我明白英格麗去找葛蕾塔・曼維爾問巴塞羅繆的過去時犯了個錯。她應該問別人才對，問個友善點、帥一點、一輩子都住在這裡的人。

「我打賭你對這地方瞭若指掌。」我說。

尼克聳聳肩。「幾年下來我確實聽過一些事。」

我咬著下脣，不敢相信自己接下來竟會這麼說。「你想去喝個咖啡嗎？或者去吃個東西？」

尼克驚訝地看我一眼。「有建議的嗎？」

「你來選吧。畢竟你才是熟門熟路。」

此外，我希望他也對巴塞羅繆熟門熟路。

16

尼克沒選出去吃飯，而是建議回他公寓。「我有隔夜披薩和冷啤酒，」他說：「不好意思這麼簡單。」

「簡單最好。」我說。

自由也是，有鑑於我其實沒錢請鄰居吃晚餐，順便打探巴塞羅繆的情報。

在12B，尼克先遞給我一瓶啤酒，才回廚房加熱披薩。他不在的時候，我啜著啤酒在客廳瞎晃，看著擺滿牆壁的照片。有些是一身時髦、打扮俐落的尼克在各個遙遠國度。凡爾賽宮、威尼斯，太陽高掛在天空照耀的非洲大草原。看見這些照片，讓我不禁想像起鏡頭另一邊會是誰。是女人嗎？他們一起去全世界旅行嗎？她傷了他的心嗎？

咖啡桌上有一本和我父母很類似的皮革裝幀相簿。他們那本早就沒了，就和我家的大多數物品一樣。我想起12A臥室床頭櫃上那幅加了框的照片。那是我家人剩下唯一的影像，我甚至不在裡頭。我很羨慕尼克和他那一整本家族照。

相簿裡的第一張照片往往歲月最久，那張色調古舊的照片上有一對男女站在巴塞羅繆前方，女人的面容晦暗不清，五官被太強的陽光和太淡的妝容弄得失去色彩；和她在一起的男人很好看，卻有一股邪氣，雖說也很眼熟。

我把相簿帶到廚房，尼克正從烤箱拿出重新加熱的幾片披薩，正後方的銜尾蛇圖畫以火焰般的獨眼瞪著我。

「這是你的家人嗎？」我問。

尼克靠過來，將照片看清楚些。「我的曾祖父母。」

我檢視照片，注意到尼克和他曾祖父相似的地方：一樣的笑容、一樣的堅毅下顎——以及不像的地方：例如眼神。尼克的眼神比較柔和，沒那麼強硬。

「他們也住在巴塞羅繆？」

「就是這間公寓，」尼克說：「像我說的，我的家人住在這裡很多年了。」

我繼續翻閱相簿，沒在翻過的照片中特別看出什麼順序，而是各種大小、尺寸、色澤的影像大雜燴。一張小男孩吹泡泡的彩色照片（我想應該是小時候的尼克），就擺在一張黑白照片旁邊：漫天大雪的中央公園，有兩個身影依偎在一起。

「那是我的祖父母，」尼克對我說：「尼可拉斯和提莉。」

下一頁是一張絕美的照片，裡面有個相貌令人驚豔的女人。她的袍子是緞製，絲質手套包覆到手肘。女子的頭髮深黑如午夜，皮膚白晰如雪花石膏。她的面容線條俐落，整體融合在一起，形成一副醒目甚至可說美豔的模樣。

她用同樣一雙陌生又熟悉的眼睛凝視相機，彷彿要穿透鏡頭，直接注視我。我見過那個眼神。不只相片，而是親眼見到。

「這個女人看起來有點像葛蕾塔．曼維爾。」我說。

「因為那是她祖母。」尼克說：「她家和我家是幾十年的好友。她住在巴塞羅繆好多年了，葛蕾塔一家子都是。她就是我們所謂的遺產繼承者。」

「就像你一樣。」

「我想是吧。長長一列巴塞羅繆住戶隊伍中的最後一個。」

「沒有兄弟姊妹？」

「獨生子。妳呢？」

我又看了一眼葛蕾塔祖母的照片。她讓我聯想到珍——不算是長相，而是氣質。我從她眼中感覺到躁動不安，有一股想流浪的衝動。

「一樣。」我說。

「妳的父母呢？」

「他們死了，」我平靜地說：「六年前。」

「我很遺憾，」尼克說：「這不容易，我懂的，我也經歷過。長大過程中，我們總以為父母會一直活著，直到某一天，他們突然就不見了。」

他將披薩轉到兩只盤中，拿到餐廳圓桌上。我們並肩坐好、調整位置，讓兩人都能透過窗戶望見在中央公園降下的薄暮。這樣的安排散發近似約會的氛圍，我因此有些緊張。距離上回我做任何類似約會的舉動，已經好有一陣子，老早忘了當個單身的普通人是什麼感覺。

只不過這件事一點也不普通。普通人不會在能俯瞰中央公園的房間吃晚餐，一起吃晚餐的同伴也不會是個住在城裡最知名建築之一的帥氣醫生。

「茱兒，我問妳，」尼克說：「妳是做什麼的？」

「你是說我的工作嗎？」

「對，就是那個意思。」

「我是公寓看守人。」

「我是說這份工作以外。」

我咬了一口披薩，藉以拖延時間，暗自希望尼克會失去耐心，換別的話題——但他沒有。於是我不得不吞下去，承認這可悲的事實。

「目前我還在找工作，」我說：「最近被遣散了，一直找不到別的工作。」

「這也沒有怎樣，」尼克回答：「妳甚至可以當成因禍得福。那妳真正想做的事是什麼？」

「我——我其實不知道。我從來沒有好好想過。」

「從來沒有？」尼克說，甚至把披薩掉到盤子上，以強調心中驚訝。

我當然有。在我年紀還小、還充滿希望，也被鼓勵仔細去想這件事的時候。十歲，我想成為芭蕾舞伶或獸醫，天真爛漫得不曉得這兩個職業有多麼艱辛。大學我選擇主修英國文學，想說也許可以當編輯或老師。畢業時，我跟著克洛伊從賓州來到紐約，扛著一屁股債，不能傻傻等待，隨心所欲選擇想做的工作。什麼差事能讓我付帳單、買食物擺上桌，我就非接受不可。

「跟我說說你自己，」我對尼克說，恨不得能改變話題。「你一直想當外科醫生嗎？」

「我沒有多少選擇，」他說：「這是我被寄予的期望。」

「但是你真正想做的事是什麼？」

尼克露出笑容。「被妳回敬了。」

「這回馬槍非常公平。」我說。

「那麼我要修改我的答案：我想當外科醫生，是因為這是我從很小就接觸的東西。我隸屬於源遠流長傳承下來的外科醫生一職，從曾祖父開始。我這輩子都很清楚他們對自己的職業多麼驕傲。

他們幫助他人，救回在生死邊緣的人，有點像神祕主義者——讓人起死回生。看著這一切，知道能加入家族事業，我開心得不得了。」

「這事業一定做得有聲有色，畢竟能負擔在巴塞羅繆的公寓。」

「我非常幸運，」尼克說：「但說實話，我從來不覺得這裡有多特別——雖然它其實很特別，我現在知道了。可是長大過程中，這裡對我就只是家，妳懂嗎？當你還是小孩，絕對不會知道自己的情況和所有人都不一樣。直到我離家去上大學才曉得，在這個地方長大有多特別。」尼克說：「我那時才終於知道，原來大多人沒辦法住在像巴塞羅繆這樣的地方。」

我從披薩上揀了塊義大利香腸扔進嘴裡。「就是因為這樣，我才不懂為什麼英格麗那樣的人要離開。」

「妳去找葛蕾塔我滿驚訝的，」尼克說：「我不認為她們認識……仔細想想，我也不曉得妳認識英格麗。」

「只有稍微認識，」我說：「你完全不認識她，對吧？」

「我們有短暫見過面，在她搬進來那天快速打了個招呼。之後我可能有在公寓附近見到她一、兩次，但沒什麼實際認識。」

「我們本來打算一起出去，現在……」

「她突然離開，讓妳很擔心。」

「有一點，」我承認。「她離開的方式讓我覺得很怪。」

「我倒不覺得，」尼克說，又喝一口他的啤酒。「是說，以前也有公寓看守人跑掉。」

「沒事先通知？還在大半夜？」

「不太是那樣的，但是，不管什麼原因，他們都知道自己做的事不對。在妳之前住12A的人也是那樣。」

「愛瑞卡．米契爾？」

尼克看著我，一臉驚訝。「妳怎麼會知道她？」

「英格麗提過，」我說：「她說她提早兩個月離開。」

「我印象中差不多。她在這裡住了一個月，然後告訴萊斯莉她不太喜歡那些規矩。萊斯莉便祝她一切順心，愛瑞卡則搬了出去。我猜英格麗可能也是一樣。很顯然她不喜歡這裡、想要離開──這我理解。巴塞羅繆不是誰都行的。這裡可以很──」

「令人毛骨悚然？」

他弓起眉毛。「有趣的用詞。我本來是要說這地方可以很特別。妳真的覺得這裡很令人毛骨悚然嗎？」

只有壁紙。我想。

「一點點，」我說，又補充道。「我聽到一些事。」

「我猜猜──」尼克說：「這裡被詛咒了。」

我不禁想起那篇至今未讀的文章，就是克洛伊寄給我的那篇。「巴塞羅繆的詛咒。」只是，英格麗用了另一個方式形容這裡。

鬧鬼。

她就是這麼說的。巴塞羅繆受到自身的過往陰魂不散地糾纏。雖然鬼魂和詛咒二詞也能互換，總之，兩者都和這裡揮之不去的黑暗力量有關，不讓這地方得到安寧。

「對，還有其他的，」我說：「我和英格麗談到的時候她似乎很害怕。」

「她怕巴塞羅繆？」尼克說，語氣中滿滿的難以置信。

「我不知道是這棟建築本身，還是裡面的事物，」我說：「但她絕對是害怕的。我覺得她就是因為這樣才離開。我正在試圖找出她到底去了哪裡。」

「我希望英格麗有來找我談，」尼克一手拂過頭髮。他與其說厭煩，更像惱火，雖然我也稍微感覺到他的煩躁。竟然有人畏懼他向來當成家的地方，他因此厭煩不已。「我想我可以讓她安心。」

「所以我猜這些什麼詛咒的東西完全是空穴來風。」

「絕對是，」尼克露出微乎其微一抹笑。「沒錯，這裡的確發生過不好的事。但是這社區的每棟建築都發生過不好的事。不同的地方在於，當這裡出事，總會被媒體和網路混淆。這是一棟非常注重隱私的大樓，住戶也喜歡這樣。但有些人把隱私當成見不得人，自己拿各種胡說八道填進來。」

「所以你覺得英格麗受到了誤導？」我說。

「我覺得這取決於她聽到了什麼。這個關於詛咒的謠言，是幾十年前發生的事件的結果，遠在我出生之前。大多時候這裡都很平靜。」

我注意到他的用字。*大多時候。*

「這不算很令人安心。」

「相信我，這裡沒有什麼好怕的。」尼克說：「巴塞羅繆基本上是個挺快樂的地方，妳也很喜歡這裡，不是嗎？」

「當然，」我將目光投向窗外廣闊的中央公園。「有很多值得喜歡的地方。」

「很好。現在，答應我一件事：如果妳真的怕到非離開不可，至少先來和我聊聊。」

「好讓你說服我留下？」

尼克害羞地聳了個肩，一起一落。「或至少在妳離開前先問到妳的號碼。」

看來沒錯，我們真的在調情。我不禁想，也許我的個性真的和我以為的不同。也許我不只如此。

「我的號碼，」我靦腆一笑。「是12A。」

17

十五分鐘後，我回到自己的公寓。雖然尼克沒有露出我留得比他想像久的模樣，我仍覺得早離開比晚離開好。尤其，在他顯然沒打算分享這大樓的任何幽暗祕密後——如果真有什麼可以分享。我從尼克身上感覺到，他深信巴塞羅繆就和上西區任何建築一樣平常——或不平常，根據目前情況而言。

就是因為這樣，我現在才會坐在臥室窗戶旁。夜色籠罩的黑暗天空下，喬治只剩模糊的輪廓。我在身旁放了一杯茶、查理買給我的巧克力棒吃剩下的部分，以及我的筆電，開著克洛伊昨天寄給我的電子郵件。

〈巴塞羅繆的詛咒〉。

假使我判斷英格麗因為害怕而逃走的理論沒錯，那麼，我想知道會令她害怕的所有理由——還有我是不是也該感到害怕。

我點擊連結，被帶到一個都市傳說網站。就是安德魯會讀的那種東西，用那些下水道的鱷魚、廢棄地鐵隧道中的鼴鼠人故事當釣魚式標題。這個比大多網站看起來更專業；頁面乾淨，很好閱讀。

歡迎我的第一樣事物是巴塞羅繆的照片，在如詩如畫的氣候下，從中央公園角度拍攝。藍色的天空、燦爛的陽光，秋天的樹葉好似著火。我甚至看到了喬治，陽光在他的翅膀上閃耀。

那張圖片與文章呈現出明顯對比，文內的恐嚇意味簡直滿到要溢出螢幕。

打從開門迎接住戶那瞬間，紐約巴塞羅繆公寓大樓就染上悲劇色彩。在它百年的歷史上，這棟俯瞰中央公園的哥德式建築目睹了形形色色的死亡，包括謀殺、自殺，以及最知名的第一起悲劇：瘟疫。

一九一八年擴散到全球的西班牙流感疫情猶如野火延燒，已對次年一月在眾聲宣揚中開張的巴塞羅繆造成夠大的傷害。五個月後，當疾病橫掃大樓，短短數週殺死二十四名住戶，慘狀令人驚訝。雖然有少數知名人士因病去世，包含伊迪絲・海格，亦即船運巨擘魯道夫・海格的年輕妻子，但大多受害者都是僕人，其擁擠的住處使得疾病快速散播。

我從螢幕抬起頭，滿心不安。因為12A本是僕人的住處，部分流感病患很可能就曾睡在這個房間。

也許他們每一個都睡過這裡。

也許他們甚至死在這裡。

這可怕的想法因為文章下方的照片變得更糟糕。照片顯示數張帆布擔架——至少七張——擱在巴塞羅繆外面的人行道，每張上頭都躺了一具屍體。雖然毯子蓋住了死者的臉和身體，還是可以看得見腳。七對赤足，腳底骯髒。

當我想到這些腳掌曾踏過我現在坐的位置，一陣寒意竄過全身。我稍微抖了下，想將那感覺甩掉。沒用，因為當我看到底下的照片，另一股感覺再次湧上。

又是巴塞羅繆建築的正面，這次以粗質地的黑白照片呈現。一小群人聚集在街上——一堆陽傘外加黑色禮帽。高聳立於它們上方的是一名身穿黑衣的男人，獨自佇立屋頂一角，有如天空下一道細瘦剪影。

這棟大樓的主人，在眾目睽睽之下自殺的前一刻。

照片下的文字也證實了此事。

在對房宅進行徹底檢驗後，醫生判定，造成流感死亡的原因是僕人住處的不良通風。此事使出資建造大樓的設計者，湯瑪斯．巴塞羅繆遭受重挫。他本人也是醫生。因為這起事件，他心煩意亂，結果從以他命名的建築物屋頂一躍而下。事發當日是個美麗的七月天，這起駭人慘劇有超過百人目擊。

底下有個連結，當我點擊下去，便被帶往《紐約時報》針對這起自殺的原始報導。頭條標題有著黑暗的雙重涵義。

悲劇重創巴塞羅繆

我瞇著眼睛，注視因時間流逝而模糊的報紙，尋找關鍵細節。那是七月中的一個週日下午，中央公園像個大熔爐，裡頭滿是想逃離夏日炎熱的紐約客，其中有些人迅速注意到某人有如名聞遐邇的石像鬼，站在巴塞羅繆屋頂。

然後他就跳了下來。

目擊者特別強調此一事實。並非意外滑落。

巴塞羅繆醫生是自殺的，留下年輕妻子露艾拉和一個七歲兒子。

這就是我接下來幾小時的功課，克洛伊寄給我的文章，就像某種巴塞羅繆歷史的羅塞塔石碑[7]。每條項目都伴隨數條連結，連往維基百科、新聞網站、線上論壇等等。我全數點擊，心甘情願地滾下充滿謠言、鬼故事與都市傳說的兔子洞。

我得知，在大樓混亂不安的開頭之後，一切塵埃落定。接下來二十、三十年間，好一段時期都相對平靜，只偶發幾起較突出的知名事件。一九二八年，有人從樓梯滾下去，折斷頸子；一九三二年，一個初出茅廬的小明星吸食鴉片過量。

我得知，那道百轉千回的樓梯井傳說鬧鬼，要不是從樓梯摔下去的那個人，就是因流感死亡的僕人之一。

我得知，那間無名的公寓也同樣盛傳鬧鬼，推測蟄伏在那兒的是上述提到的伊迪絲·海格。

我也得知，一九四四年十一月一日，該死的二次大戰總算來到盡頭，一名在巴塞羅繆工作的十九歲女孩被人發現於中央公園遭到殘忍謀殺。

她的名字叫露比·史密斯，是與前社交名流柯內莉亞·史旺森同住的女僕。根據史旺森所說，露比每天早上喜歡先去公園散步，七點再回來叫她起床。當她沒來喊人，史旺森去公園找女孩，並發現她躺在巴塞羅繆對面那側樹木繁茂的區域。

露比的屍體遭到開膛破肚，拿走數個重要器官，包含心臟。

凶器從未尋獲，露比的器官也是。

新聞將之命名為寶石紅謀殺案（Ruby Red Killing）。

因為沒有任何防禦性傷口或掙扎跡象，警方做出結論，認為露比認識攻擊她的人。犯罪現場周遭缺少血跡，他們因此推判這名命運多舛的女僕並非在被找到的地方遭殺害。但是警方確實在露比位於柯內莉亞．史旺森公寓中的小小臥室裡找到血跡，那是門後方的一小塊鮮紅汙漬。

柯內莉亞．史旺森立時成為警方的頭號嫌疑犯。他們進行調查，並在史旺森的過往發現了一段素行不良的時期。一九二〇晚期，她住在巴黎，迷上一位自稱神祕主義者的瑪莉．達米諾夫，也是人稱*Le Calice D'Or*的超自然社團之領導人。

該法文字意為「黃金聖杯」。

這項資訊促使警方以謀殺露比．史密斯的罪名起訴柯內莉亞．史旺森。在逮捕報告中，警方發現謀殺發生的日期是在萬聖節當夜。

柯內莉亞．史旺森宣稱只在社交層面熟識瑪莉．達米諾夫，然而，兩人的一名舊識出面表示，她們遠不只如此。他告訴警方，傳聞說兩人是親密愛人。

此案最後從未開庭。柯內莉亞．史旺森一九四五年三月死於未公開病因，留下一名還只是青少年的女兒。

史旺森醜聞後，巴塞羅繆再次得到相對寧靜的另一段時期。過去二十年發生過兩起謀殺，一起發生在二〇〇四年，衝動殺人，一名女子射殺了她出軌的丈夫——這是我從沒想過的決定。安德魯

7　羅塞塔石碑（Rosetta stone。製作於西元前一九六年，上面刻了埃及法老托勒密五世的詔書，考古學家依此嘗試解讀埃及象形文的意義。

真該感到走運。

另一起謀殺發生在二〇〇八年，聲稱為搶劫擦槍走火。受害者是一名喜歡男性伴遊的百老匯導演。傳聞中的行凶者是其中一名伴遊——意料中事。雖然那名伴遊發誓不是他幹的，最終仍在牢房用自己的衣服上吊死去。

就算不計入無法避免的心臟病、中風與癌症等緩慢折磨。巴塞羅繆至少有三十起非自然死亡。雖然好像很多，我也清楚壞事可能在任何地方、任何建築物中發生，諸如謀殺、健康問題，以及一些詭異意外。要求巴塞羅繆與眾不同未免無理取鬧。

感覺起來，這裡當然沒被詛咒、沒有鬧鬼，或擁有任何一棟公寓建築會被貼上的負面標籤。這裡十分舒適，空間寬敞、裝潢漂亮——當然，除了壁紙之外。你很容易看出為什麼尼克和葛蕾塔選擇住在這兒。如果我能負擔，當然也想住不只三個月。可是，這只是讓英格麗離開的決定變得更奇怪。

我關上筆電、確認手機。還是沒有她的消息。

英格麗的無聲無息最讓我困擾的是：明明威脅要是我不出現會奪命連環call的人是她。就連我們之所以會有第一次接觸——門廳那次亂七八糟又丟人現眼的相撞——也是因為她在看手機。直到現在我才想起，那不是我們第一次接觸。技術上而言，我們在那一小時前才剛接觸過，而且是用最不尋常的方式。

我衝出臥室，歪歪扭扭下了樓梯，前去廚房。既然英格麗用升降機自我介紹，我輕易就能聯想到她也會用同樣的方式道別。無庸置疑，當我「啪」的打開升降機的門，便找到另一首詩。

愛倫坡。〈鐘〉（The Bells）。

一把鑰匙擺在上頭。

我拿起來，利用從頭頂灑下的廚房燈光檢視鑰匙。它比普通的房屋鑰匙小，只有那樣迷你一把。然而，我非常清楚它是用來開什麼的。我也有一把一模一樣的，就掛在目前擱在門廳碗裡的鑰匙圈上。

是拿來開儲藏單位的。

也就是萊斯莉說英格麗丟在門廳地上的鑰匙中缺的那一把。

我大惑不解，不曉得她為什麼把鑰匙放在升降機裡，唯一能猜到的是，她在11A的儲藏單位留了東西，很可能希望我去拿，之後見面時拿給她。

我將鑰匙塞進口袋，很快放鬆了心情。這麼一來，表示她不是匆匆忙忙由巴塞羅繆逃離，而是本就計畫離開。我所有的擔心似乎都是白忙一場。我拿起那首詩，非常確定只要翻過來就能找到解釋或指示，也許還有不久後就能見面的計畫。

詩後面寫的東西和以上全然無關。

事實上，我不過看了英格麗寫的東西一眼，就直接墜入擔憂的深淵。

我又讀一次，瞪著英格麗以顫抖的手潦草寫下的兩個字。

小心

如果要去地下室，我得一路搭電梯經過門廳、進入巴塞羅繆深處。和建築其他部分相比，地下室原始到不行，舉目可見裸露的石牆與水泥的支撐梁柱，底下也很冷。我一走出電梯，一陣冷風就迎面襲來，感覺像是某種警告，又或者，只是英格麗的訊息像砂紙般磨傷我膽子帶來的副作用。

18

小心

地下室彷彿墓穴地窖的氛圍幫了倒忙。這裡溼冷又陰暗，好像打從百年前巴塞羅繆在上方蓋起後就再無人煙。但是我來到了這裡，握著英格麗留下的鑰匙，誠心希望不管儲藏單位裡放了什麼，都能讓我得知她的去向。

電梯對面的支撐柱上掛了臺監視攝影機，就是萊斯莉說英格麗昨晚離開時不會動的那個。我看了看它，思忖不曉得有沒有人在看著我。雖然我有注意到門廳再過去的凹室一整排的監視螢幕，卻沒見到任何人在看。

我持續深入地下室，隨處可見鐵絲網籠。電梯後方的那個裝著極其古老的設備：油膩膩的輪盤、纜線和齒輪。另一個裡面是暖氣爐、熱水器，還有空調機組。全在嗡嗡響——也是個讓地下室散發額外威脅感的詭譎聲音。

另一個聲音加入，刺耳的沙沙響，而且迅速變得大聲。我朝噪音來源轉過去，看見一隻膨膨的垃圾袋一頭栽進足足有雙倍寬拖車那麼大的垃圾車裡。它旁邊有扇橫移式鐵捲門，這樣就能把它移到外面、清空內容物。整個區域都被鐵絲網圍欄團團包住。

我沒很驚訝。這底下就連電燈泡都被關在籠裡。

我繞過垃圾車，嚇到了李奧納德先生的看護。她就站在另一側，也嚇了我一跳。我們一個猛吸氣——這個同步發生的倒抽氣在石牆間到處迴響。

「妳要把我嚇死了，」她說：「有一瞬間我還以為妳是伊芙琳小姐。」

「抱歉，」我說：「我是茱兒。」

那名女子冷淡地點點頭。「珍奈。」

「很高興認識妳。」

珍奈的穿著完全為了地下室的寒冷所準備。紫色看護服外披著口袋大開的鼠灰色羊毛衫，一手擱在她豐滿的胸部上，無聲地讓我理解我嚇了她多大一跳。她一直將另一隻手揹在身後，想藏起手上點燃的香菸。

不過，當她發現我早就看到，便將香菸拿到嘴邊。「妳就是那些公寓看守人是不是？最新的那個？」

我不禁想，她會知道這件事是因為萊斯莉告訴她，還是我看起來就像。可能是前者，也可能是後者。

「我是。」

「妳得待多久？」珍奈問，一副進來坐牢的口氣。

「三個月。」

「還喜歡嗎？」

「喜歡，」我說：「這裡很好，但有很多規矩得遵守。」

珍奈盯了我一陣子。她的頭髮往後綁，因此把額頭拉得很緊，表情變得木然。「妳不會去打我小報告吧？巴塞羅繆禁止吸菸。」

「到處都不行嗎？」

「不行，」她又大吸一口。「伊芙琳女士有令。」

「我不會說。」我說。

「那就謝謝了。」

珍奈吸了最後一口，才在水泥地上踩熄香菸。當她俯身撿起，一只打火機從羊毛衫口袋掉出來。我撿起來，她把菸屁股丟進腳邊的咖啡罐、推到角落，讓它和陰影融為一體。

「妳掉了這個。」我把打火機遞給她。

珍奈把東西塞回羊毛衫。「謝了，這該死的毛衣，東西老是掉出來。」

「妳走之前，不曉得是不是可以幫幫我。有個公寓看守人昨天晚上離開了，我想聯絡她。她叫英格麗．蓋倫荷，住在11A。」

「聽都沒聽過。」

珍奈拖著腳走去電梯，我跟上，拿出手機，滑到英格麗和我在中央公園拍的照片，舉到她面前。「這就是她。」

珍奈按下電梯按鈕，短短瞥了照片一眼。「有，我看過她一、兩次。」

「有講過話嗎？」

「我最近唯一講過話的人是李奧納德先生。妳為什麼要找她？」

「她離開後我就沒她消息了，」我說：「我很擔心。」

「抱歉，幫不了妳，」珍奈說：「我有太多事情得處理了——家有病人。李奧納德先生真心認為自己每分每秒都可能突然倒下。」

「我瞭解。不過，要是妳想起什麼，或從這棟大樓其他人口中聽到她的消息，能告訴我的話我會非常感激。我住在12A。」

電梯抵達，珍奈走了進去。

「聽著，茱莉——」

「茱兒。」我提醒她。

「噢對，茱兒。我不想對妳指手指腳，我也不是這裡的老大，不過，妳還是從我這裡聽到比較好，而不是伊芙琳小姐那傢伙。」珍奈拉上電梯門的鐵格柵，雙手塞進羊毛衫口袋。「在巴塞羅繆，最好管好自己就行。我不會到處問一堆問題，建議妳也照我這麼做。」

她戳下按鈕，電梯啟動，帶她上升離開地下室，消失無蹤。

我跟著蜷縮在紅色鐵絲中一串連接儲藏單位的赤裸電燈泡，它們列在迷宮般的走廊兩側，每扇鐵絲網門上都有和公寓相對應的號碼，從2A開始。

這令我想到狗舍，安靜到誇張，到令人毛骨悚然的程度。

死寂被我的手機打破。突然之間，它在我口袋深處刺耳響起。我想說不定是英格麗，立刻拿出來看號碼。雖然那個號碼我不認識，我還是慌亂地接起來。「喂？」

「是茱兒嗎？」

打來的是個男人，聲音慵懶輕飄，明顯是吸毒人士那種慢吞吞的說話方法。

「是我。」

「嗨，茱兒，我是齊克？」

他自我介紹的語氣好像在問問題，彷彿不太知道自己是誰——但我知道。他是齊克，英格麗在Instagram上的朋友。他終於打給我了。

「噢，齊克。英格麗和你在一起嗎？」

我開始走在走道上，偷偷窺看經過的單位幾眼。大多都很整齊，沒什麼特別之處，只不過是許多堆疊成整齊一排排的箱子，內容物用潦草的馬克筆寫上醒目標記：碗盤、衣服、書籍。

「和我在一起？」齊克說：「沒，我們沒那麼熟。我們幾年前在布魯克林的倉庫銳舞聚會認識，之後只出來過幾次。」

「你今天有聽到她的消息嗎？」

「沒有。她是失蹤了還是怎樣？」

「我只是真的很需要和她談談。」

就連齊克懶洋洋的聲音都藏不住逐漸增加的疑心。「請問妳是怎麼認識英格麗的？」

「我是她鄰居，」我說：「之前的鄰居吧，我想。」

其中一個單位有張雙人床，兩側欄杆和床墊甚至彎折到部分傾斜，最上方有幾堆折起的床單，外層裹著薄薄一層灰塵。

「她搬出那棟華麗大樓了？」齊克說。

「你怎麼知道她之前住在巴塞羅繆？」

「她告訴我的。」

「什麼時候？」

「兩天前。」

正是英格麗在公園照相的那天，也是齊克留言的那天。

走廊突然往左一個急轉，我順著走，注意到上面的號碼：8A、8B。裡頭屬於8C的那個放了臺帶輪的洗腎機器。我之所以知道，是因為我媽的生命快到盡頭時用的正是那個型號。我陪她去過幾次，即使深深痛恨那一切——醫院的消毒劑味道、白得誇張的牆壁。看到她接上糾纏成團的一堆管子，血液流竄其中，簡直像插在袋裝綜合果汁的螺旋吸管。

我走過機器、加快步伐，直到抵達大樓另一側。我會知道，是因為出現了另一條垃圾滑槽，底下擺了輛垃圾車，雖然比另一個小，而且此時此刻是空的。垃圾車左方則有扇黑門，上面沒有標記。

「她說了什麼？」我問齊克。

「我不確定能不能跟妳多說，」他說，「我不認識妳。」

「聽好，英格麗可能陷入了某些麻煩——雖然我希望她沒有，但在我和她說上話前都沒辦法確定，所以拜託你告訴我發生了什麼事。」

這裡的走廊又轉了另一個大彎。當我繞過去，發現自己正瞪著10A的儲藏單位。

葛蕾塔．曼維爾的公寓。

那只籠中滿是硬紙板箱，每個上頭標記的都不是內容，而是價值。

有用。

沒用。

多愁善感的廉價品。

「她來找我，」齊克說：「正常狀態。很多人會來找我，我呢──嗯，算某種中間人，藥草那些的，如果妳聽得懂。」

我聽得懂，而且一點也不驚訝。

「所以英格麗去跟你買大麻？」

葛蕾塔的儲藏籠對面就是11A，那裡和其他儲藏籠都不一樣，方方的鐵絲空間裡唯一的物品是個鞋盒。它擱在水泥地面，蓋子有些歪斜，好像英格麗急忙地把它留在那裡。

「她想要的不是那個，」齊克說：「她想知道，該在哪裡買一種我不經手的東西。不過我知道誰弄得到，並且告訴她我可以當他們的中間人。她給我現金，我和供應商交易，再買回來給英格麗。就這樣。」

我手忙腳亂，一手抓手機、另一手拿鑰匙，打開了籠子。

「供應商是誰？」

齊克發出嘲弄的聲音。「該死，我才不會告訴妳名字。」

我走進籠中、靠近盒子。

「那至少告訴我英格麗買了什麼。」

我得到兩次答案，同步揭曉。一個來自齊克，他透過電話，衝口吐出那幾個字；另一個，就在我掀起鞋盒蓋子時現身。

擱在衛生紙鋪成的墊子上的，是一把槍。

19

槍擱在我床上，一抹深黑與矢車菊藍的被子形成對比，旁邊是同樣在英格麗留下的鞋盒找到、裝滿的彈匣。六顆子彈，隨時可以發射。

我得擠出全身勇氣，將鞋盒從地下室拿進電梯。我在恐懼中度過前往十二樓的漫長旅程。當我終於拿出槍和彈匣，只用拇指和食指去捏，遠遠地拿在一隻手臂長的距離。

這是我這輩子第一次碰槍。

成長過程中，我們家裡唯一的槍械，是父親上鎖收在槍櫃裡一把非常少用的獵槍。我很確定童年中只看過一、兩次，而且只有匆匆一瞥。

但是現在，我的眼神無法從那把武器移開，它在臥室裡散發強烈的存在感。都要感謝Google，以及多到令人崩潰、詳細介紹槍枝的網站，我得以明白，目前手上的是一把九厘米的葛拉克G43。

在我和齊克剩下的對話中，我知道英格麗告訴他自己需要槍——而且要快。她給了他兩千現金，他拿給他的匿名聯絡人，帶回這把葛拉克。

「最多就一小時，」他說：「英格麗拿了槍離開，那是我最後一次見到她。」

我還是不知道為什麼英格麗——這個很可能在高中時期被票選為最不可能擁槍的人——會覺得自己需要一把槍。

還有為什麼要在離開時把槍留給我。

為什麼她還是不回應？即使我發了五、六封簡訊，而且內容全部都是和**到底發生什麼事妳跑去哪裡為什麼留把槍給我**並無二致的文字？

我只知道我得把那玩意兒從公寓弄出去。雖然萊斯莉從沒提過，但是我很確定巴塞羅繆一定有條關於公寓看守人擁槍自重的規則。最大的問題在於：該怎麼弄出去。這不是能就這麼丟下垃圾滑槽的物品，要悄悄溜到中央公園、把它扔進湖裡，我也感到不太自在。而齊克早已打回我說要退給供槍者的主意。

「沒可能，」他說：「他不是這樣做生意的。」

但是，儘管身邊有槍讓我精神緊繃，在聽到英格麗的回應之前，我卻猶豫著是否該把它丟掉。她留這東西一定有她的原因。

光是英格麗有槍的事實就引發了個恐怖的可能性。徹底摧毀她是因為太害怕巴塞羅繆詭異的過往、不敢住在這裡的想法。槍是武器，用來自衛。你不需要拿這東西保護自己不受建築傷害，就算你莫名認為它鬧鬼也一樣。在這情況下，你沒辦法對鬼或詛咒開槍。

但你可以射殺想傷害你的人。

我突然想起她說自己住過的每個地方，波士頓、紐約、西雅圖和維吉尼亞。

說不定英格麗不只是定不下來。

說不定她是在逃亡。

而不管她在躲誰，那個人都追到了她，逼得她再次逃亡。

我的思緒回到昨晚以及在英格麗門外不自然的那幾分鐘。認真回想，我不禁覺得我注意到的一切都很不自然：虛假的笑容、插在口袋裡的手，我想和她對上眼神時她的那一眨——會不會是她在用自己的方法告訴我一些不能大聲說出口的東西?

例如她一點也不好。

例如她必須離開巴塞羅繆。

例如只要多說一句——就算只是一個字——都不會帶給我們任何好處。

現在，英格麗不見，我怎麼也甩不掉自己也得背負一點責任的感覺。如果我更強勢或更雞婆，說不定她就會覺得能對我吐露發生了什麼事。

也許我就能幫她。

也許我現在還是可以。

我把槍和彈藥放回鞋盒，就和拿出來時一樣，小心翼翼的。接著，我把鞋盒蓋子蓋上，整個東西拿到樓下廚房，推進洗碗槽底下的碗櫥。放在那裡總好過放在臥室，不然我肯定整晚睡不著覺。

我檢查手錶：快十一點了。從我發現英格麗離開，大約過了十個鐘頭。珍失蹤時，我的家人也差不多等了這麼久才報警，還是太遲。來我們家的其中一名警察甚至痛斥我們花這麼久才聯絡他們。

總會有個瞬間，擔憂變成恐懼，他說，那個瞬間你們就該打來了。

我已經走到那個瞬間了。我找到槍的那一刻，就跨過了擔憂和恐懼的門檻；也是因為這樣，我才會拿起手機，深呼吸一口氣，撥了九一一。我立刻與調派員接上了線。

「我想申報失蹤人口。」我說。

「名字是?」

調派員的語調一派冷靜，這股鎮定讓人在鬆一口氣的同時又有點抓狂。要是對方能緊急一些，我可能會覺得好點。

「英格麗・蓋倫荷。」

「英格麗失蹤多久了？」

「十小時，」我說，又更正。「昨天晚上算起。」

調派員的語調終於滲入一絲情感，卻是我不太樂見的那種：懷疑。

「妳確定嗎？」他說。

「確定。她在半夜離開，十小時來我完全沒她音訊。」

「英格麗幾歲？」

我沒說話；我不知道。

「她未成年嗎？」調派員說，催促的語氣。

「不是。」

「高齡人士？」

「不是，」我又暫停，「她二十出頭。」

調派員的語調滲入更多質疑。「妳不曉得她到底幾歲？」

「不知道，」我說完，急忙追加。「對不起。」

「所以她不是妳親戚？」

「不是。我們是……」

然而，我思考確切字眼時又是一陣停頓。嚴格說，我不會稱英格麗是朋友，甚至熟識。

「鄰居，」我說：「我們是鄰居，她電話不回，簡訊也是。」

「她最後出現的地方在哪裡？」

終於有個容易回答的問題了。「巴塞羅繆。」

「這是她的住處？」

「對。」

「那裡出現了掙扎跡象嗎？」

「我不確定，」薄弱而且沒用的回答。我又加一句，努力彌補。「我想沒有。」

現在換成調派員停下來。當他終於開口，聲音中包含的不只懷疑和不信，還有困惑——外加憐憫——以及一絲不耐，清楚表現出他認為我在浪費他時間。

「女士，妳確定她不只是離開幾天而已嗎？」

「有人告訴我她搬走了。」我說。

「那不就解釋了她為什麼離開嗎？」

調派員的語調讓我瑟縮一下。憐憫不見了，困惑也是，只剩不耐。

「我知道情況聽起來好像只是她搬走了沒告訴我，」我說：「但是她留給我一張紙條，叫我要小心——還留下一把槍。這讓我覺得她搞不好陷入了麻煩。」

「她有提過覺得自己受到威脅嗎？」

「她跟我說她很害怕。」我說。

「那是在什麼時候？」調派員說。

「昨天，然後她在半夜就離開了。」

「妳確定她沒有再說過別的？也許是在其他場合？」

「沒有對我說，但我們昨天才認識。」

就這樣，我失去了他的信任。這也沒辦法，就連我都聽得出自己有多可悲。

「小姐，我知道妳很擔心妳的鄰居，」調派員的聲音突然變得溫和，好像在和小孩子說話。「但我真的不知道該怎麼幫妳，妳給我的查詢資訊非常微薄。妳不是她的家人，而且，恕我直言——聽起來妳甚至不認識這個女人。我能做的就只有禮貌地請妳結束通話，把這條線讓給真正緊急的人。」

我照做了。調派員說的沒錯，我不認識英格麗，但我並非電話中那個聽起來可悲又妄想的女子。

當前的情況非常、非常地不對勁。在我找到英格麗之前，我不可能再得到更多訊息。我現在唯一曉得的就是——調派員對於這件事說得非常明白。如果我想找到英格麗，只能靠自己了。

20

另一個夜晚，另一個惡夢。

又是我的家人。他們仍處於中央公園，走在弓橋上，全部手握著手，對我微笑。

雖然，這回他們身上著了火。

我再次棲身屋頂，位於喬治其中一片張開的翅膀。我看著火焰吞噬他們所有人。先是我父親，接著母親，然後是珍。火焰在他們頭頂燒到最高點，底下的水映出他們著火的身影，將三團火焰變成六團。當珍用燃燒的手朝我揮動，她的倒影也如法炮製。

「小心。」她喊，她口中吐出黑煙。

煙霧濃厚、漆黑、翻騰又強烈，我從巴塞羅繆屋頂就能聞到。我聽見下方傳來激烈的消防警報，尖刺地在走道四處迴盪。

我看著喬治，他生了鳥喙的臉面不帶感情，望著我燃燒的父母。「請不要推我。」我說。

他回答時，喙狀的嘴一動也不動。

「我不會。」

接著他就用石頭翅膀將我推下屋頂。

我在客廳的猩紅沙發上猛然驚醒，夢魘有如汗水般黏在我身上。我仍能聞到黑煙、聽見消防警報的刺耳聲響，好像我尚未醒來，只是又一頭墜入另一個類似的夢。黑煙搔弄著我的鼻子和喉嚨。

我咳出聲。

直到這時我才理解發生了什麼事。

這不是夢。

這件事真的發生了。

巴塞羅繆某個地方著火了。

黑煙的氣味在公寓到處飄，外頭走道消防警報大響，在那持續不斷的鏗鏘聲響中，有著另一個聲音——敲門聲。

有人在門口。

在隆隆響的敲門之間，傳來尼克的聲音。

「茱兒？」他大喊：「妳在裡面嗎？我們得離開這裡！」

我一把將門打開，看見尼克穿著T恤、運動褲和夾腳拖站在那裡。他的頭髮蓬亂、眼神恐懼。

「怎麼了？」我說。

「火災，不確定哪裡。」

我從衣帽架扯下夾克、急忙套上，即使尼克已動手將我拖出公寓。我將門甩上，因為我讀過要是遇到公寓大火時該怎麼辦。這好像和氣流有點關係。

尼克一路拉著我進走道，那裡可見一層朦朧薄煙，因為牆上緊急照明燈刺眼的頻閃變得更明顯。我咳了兩次，兩道粗厲刺耳的聲音，消失在消防警報的嘈雜之中。

「有火災逃生門嗎？」我得用吼的尼克才聽得見。

「沒有，」尼克吼回來。「只有大樓後面的消防梯。」

他拉著我經過電梯和內部樓梯，前往位於走道遠端無標記的那扇門。尼克對著門用力一推，但門沒開。

「幹，」他說：「我想是鎖起來了。」

他又推了門一下才拿肩膀猛撞上去。門毫無退讓。

「我們得走主樓梯。」他說，回身將我拉往剛剛過來的方向。

我們很快又抵達電梯和樓梯井，現在那兒恍若煙囪，陣陣噴出黑煙。這景象令人大為震撼，我不禁停下腳步，不管尼克怎麼扯我手臂，我就是恐懼到無法動彈。

「茱兒，我們不能停。」

他又用簡直要扭斷手臂的力量扯了我一下，我感到自己不情不願地被拉往樓梯。我們迅速從那裡下樓，尼克的步伐雖快，但很穩定，我則比較失控，先加速，又慢下，直到再次被拖著往前走。

黑煙在十一樓越演越烈，形成一道濃霧般波浪起伏的牆壁。我拉起夾克、遮住口鼻，尼克也用T恤這麼做。

「妳先繼續走，」他說：「我想確認上面都沒有人了。」

我不想獨自一人走下剩餘的樓梯。我不確定我的身體是否願意聽話。我又停了下來，恐懼似乎隨著黑煙團團將我包圍，滲入身體毛孔。

「我和你一起去。」我說。

尼克搖頭。「太危險了，妳得繼續逃。」

我不情不願地答應了，磕磕絆絆下樓梯到十樓。在樓梯平臺上，我瞄了走道一眼，在煙霧瀰漫中瞇眼尋找葛蕾塔．曼維爾的公寓。在一片矇矓中，門幾乎看不見。就我猜想，她應該成功出了大樓。但要是她還沒呢？我想像著她陷入那個突然昏睡的症狀，對黑煙和尖吼的警鈴渾然無覺。

就像尼克拉著我一樣，那幅畫面牽動我走上走道，朝10A過去，並且敲門，門馬上打開。葛蕾塔站在門口，像披帳子一樣披著法蘭絨睡袍，穿和先前一樣的拖鞋。她臉上綁了條印花大手帕，蓋住口鼻。

「我不需要妳來拯救我。」她說。

但她需要。她在走廊邁步出發時速度慢如蝸牛，對我半推半就。雖然就她狀況，我想不是因為害怕，而是體力太差。我們甚至還沒到樓梯，她的呼吸就變得粗重。當我試著慢慢讓她下第一階，她的雙腿打顫得像隨風飄盪的棕櫚樹。

「第一階。」我說。

也就是說，至少還有兩百階得下。

我悄悄從樓梯井往下看──除了旋繞往上竄的黑煙外，我什麼也看不到。那瞬間，我被恐懼攫住。

我咳了起來，葛蕾塔也是。她手帕底下那塊三角空間一拍一振。

我抓住她的手，兩人都曉得我們不可能成功走下那些樓梯。葛蕾塔太虛弱，我則太害怕。

「電梯。」我又把她往上拉，回到本來想往下走那可悲的一小階。

「火災的時候不能坐電梯。」

我當然知道，就像我也知道必須關上公寓門。

「沒有別的選擇了。」我厲聲回答。

我朝電梯走去，像尼克拖著我一樣拖著葛蕾塔。我能感到她的手腕在我指頭下扭動，抗拒著我的蠻力。但我沒有因此減慢；恐懼驅策著我前進。

電梯沒停在十樓。老實說，我也不抱期待。不過我仍希望著也許——說不定——它會在那裡等我們。人生中沒有這種好運氣。不得已，我只能大力按下往下的鈕、靜靜等待。

但是等待真的很不容易。

警鈴聲仍在四壁反彈、閃光燈刺痛眼睛、黑煙仍翻騰上竄、可能只有老天才知道尼克在哪裡。我不斷咳嗽，雙眼湧上淚水，雖然現在可能不是因為黑煙，而是真的在流淚。恐懼在我頭顱中狂響，比警鈴敲得還大聲。

電梯終於抵達時，我把葛蕾塔推進去，闔上格柵，按下去門廳的鈕。電梯轟隆一聲、大抖一下，我們開始下降。

九樓黑煙更濃。

八樓依舊很糟。

我們不斷下降，進入比上方樓層更厚、更黑的煙雲中，它們形成令人窒息的氣流竄進電梯。抵達七樓時（很顯然那裡就是起火點），煙更濃烈，狠狠刺進我的喉嚨。

透過黑煙，我看見消防員拿著帶上樓的消防水帶在七樓走道來回奔走，水帶像蟒蛇一樣盤繞電梯井。

我們正要通過七樓，我卻在電梯嗡鳴、尖喊的消防警鈴以及消防員的靴子重重踏在樓梯中聽到別的聲音。那是一陣刺耳的吠聲，外加在磁磚上飛奔而過的腳爪。一團像模糊毛球的身影衝過電梯前方。

我用力按下緊急停止鈕，電梯顫動著突然停下，葛蕾塔對我投以恐懼的眼神。

「妳在做什麼？」

「有一隻狗，」我說，這幾個字跟另一聲咳嗽一起吐出。「我想是魯法斯。」

我腦中嚇壞的那部分叫我不要理他，魯法斯不會有事，我應該專心將葛蕾塔帶到安全處。但接著魯法斯又開始吠叫，聲音直擊我心中。他聽起來簡直和我一樣害怕。也是因為這樣，我一把拉開格柵，接著開細鐵條門——它比看起來難搞多了，得用上兩隻手外加額外出力一扯才打得開。

電梯停在樓梯平臺再下三呎的地方，逼我必須自行爬上七樓。接著我貼地爬行，以避開黑煙——又是一個沒想過會用上的火災緊急對策。

爬的時候，我邊咳邊喊魯法斯的名字，這聲音消失在一切嘈雜中。我透過黑煙掃視，想再次找到他，卻徒勞無功。他太小，黑煙又太濃，我的眼睛不斷流淚。透過模糊淚光，我看見消防員大步衝進7C，聲音被悶在頭盔和面罩底下。打開的公寓門裡噴出一團熱流。

火焰。

陣陣跳動、明亮耀眼，將走道染成催眠人心的橘黃色。

我爬起身，不禁受到吸引。我不再害怕了，只有強烈的好奇心。

我在走道上踏出一步。當我再次邁開步伐，不禁咳出聲音。

「茱兒，」葛蕾塔在電梯喊道：「抓了狗就快點離開這裡。」

我不理她，又走了一步。雖然我懷疑在這件事上我根本沒有選擇，卻怎麼也無法控制。

我一直走，走到臉上明顯感到暖意，火焰的熱度撫觸著我的皮膚。

我對著黑煙閉上眼睛。

我深呼吸一口氣，用力吸入、直到開始咳嗽的程度。我咳得既粗又重，身軀因此抽搐顫動。

我因煙霧頭暈眼花，搞不清東南西北，搞不清自己為什麼在這兒、我他媽的在做什麼，並且感受著這個驚駭瞬間。但接著我就聽到後方傳來狗吠，我一個回身，瞥見一道熟悉身影奔過煙霧。

魯法斯。

驚慌又茫然。

他和我都是如此。

我再次盲目摸索著往地上一伏，搶在他飛速跑經過我前東倒西歪地前進。然後，我將他拉入懷中。魯法斯狂吠掙扎，激動地用爪子抓我胸口。我沒朝電梯爬回去，而是以坐著的姿態緩慢往前挪，維持著這個尷尬的姿勢直到抵達。我小心地往下三呎回到電梯，一手抓著魯法斯，另一手將格柵大力甩上。我身旁的葛蕾塔先用驚駭恐懼的眼神瞪了我一眼，才按了往下的按鈕。

我們往下進入巴塞羅繆的下半部，越是下降，煙霧就變得越薄。抵達門廳時，已經減弱到只剩一抹薄雲。可是即便如此，我還是不斷咳嗽，如果沒在咳，就一個勁兒狂喘。

葛蕾塔一直很安靜，不肯看我。老天，她一定覺得我瘋了。不過，如果我和她一樣不知道這種有勇無謀行為背後的原因，也會有同樣想法。

當我們離開電梯、越過門廳，遇到一組三人的急救人員正要衝進大樓。他們帶著一張擔架，帶輪的四腳折起。其中一人朝我看來，眼神有著詢問意味。

我勉力點了個頭，表示我們還行。

他們繼續走，一路爬上樓梯，我們則往另一個方向去，跟著從前門延伸進來的消防水帶。我、葛蕾塔和魯法斯三人依偎在一起，走到外頭那條街，街上被停在邊欄的兩輛消防車以及一輛救護車的警鈴燈光染得通紅。這個街區已被封閉，人只能聚集在中央公園西側中央，大多都是媒體。

我們一抵達人行道，記者就擠上前。

攝影燈朝我們射來，亮到閃瞎眼。

好幾聲劈劈啪啪，像是鞭炮。

一名記者喊出個問題，但我聽不見，火災警鈴讓我耳鳴了。

和我一樣煩躁的魯法斯汪汪大叫，將瑪莉安．鄧肯從亂晃的成群民眾中釣了出來。她穿得活像諾瑪．戴斯蒙[8]，輕飄飄的腰帶長袖袍、包頭巾、貓眼形狀的墨鏡。她的臉上糊著冷霜。

「魯法斯？」

她朝我衝來，將魯法斯從我懷中抱起。

「我的寶貝！我好擔心你，」她對我說：「警報就這麼響了，到處都是煙，魯法斯嚇壞了，從我懷中跳出去。我想去找他，但是消防員說我必須繼續前進。」

她開始哭，冷霜表面出現條條斑紋，被淚水劃出痕跡。

「謝謝妳，」她說：「謝謝、謝謝妳！」

我只能勉強點個頭。警鈴和閃光燈把我弄得頭太暈，黑煙有如暴風雨雲，不斷在我肺中翻騰。

我把葛蕾塔留給瑪莉安，輕輕推擠過人群。要從旁觀者分出誰是巴塞羅繆的居民非常容易；就是那些身穿睡衣的人。我瞥到狄蘭只穿著一件睡褲和球鞋，對寒冷彷彿無動於衷；萊斯莉．伊芙琳穿著黑色和服式睡袍，她和尼克點算居民人數時，衣料優雅地嗖嗖掃過。

當急救人員帶著被固定在擔架上的李奧納德先生出現，他臉上蓋了氧氣面罩，人群中爆出掌聲。一聽到掌聲，李奧納德先生便巍顫顫舉起兩手大拇指。

那時我早已遠離人潮，到了中央公園西側另一邊。我朝北走了一個街區，和巴塞羅繆拉開更多距離。我一屁股坐在長椅上，背貼著和中央公園相接的石牆。

我最後又咳了一次。

便放任自己開始啜泣。

8 Norma Desmond，一九五〇年美國默片《日落大道》（*Sunset Boulevard*）中的主角，是一名過氣的巨星。

現在

華格納醫生看來十分驚訝，理所當然。他的表情也和語調如出一轍——沒有很積極的隱藏那份震驚。

「逃亡？」

「我就是這麼說的。」

我不是故意要這麼討厭，華格納醫生什麼也沒做錯。但我此時此刻還沒準備好相信任何人。這是在巴塞羅繆住了幾天的副作用。

「我想和警察講話，」我說：「還有克洛伊。」

「克洛伊？」

「我最好的朋友。」

「我們可以打給她，」華格納醫生說：「妳有她的號碼嗎？」

「在我手機裡。」

「我會叫伯納翻一下妳的東西、找出號碼。」

我鬆一口氣地嘆息。「謝謝。」

「我有點好奇，」醫生說：「妳之前在巴塞羅繆住了多久？」

我喜歡醫生的用字。之前。像在說一件已過去的事。

「五天。」

「妳覺得自己在那裡會有危險？」

「一開始不會，不過沒錯，終歸還是這樣了。」

我看向華格納醫生後面的牆壁，注視那幅歪斜的莫內。我之前也看過那幅畫，雖然想不起畫的名字。有可能是《睡蓮上的藍色拱橋》（Blue Bridge Over Waterlilies），因為那幅圖描繪的就是那個。很美。從我在床上的位置可以見到拱橋延伸過睡蓮池上的優雅弧線，以及底下水面的盛開花朵。但我知道，若從另一個角度觀看，將得到極為不同的結果。橋的線條不會看起來那麼俐落，睡蓮也會擴散成一塊塊模糊難辨的顏料。如果我能更靠近些，這幅畫很可能看起來醜得不得了。

有些地方也可以這麼形容。越是靠近，它們就變得越醜。

巴塞羅繆就是如此。

「妳覺得自己有危險，所以跑了。」醫生說。

「是逃亡。」我予以提醒。

「妳為什麼覺得非這麼做不可？」

我往後陷入枕頭。我得把一切告訴他，即使這很可能不是什麼好主意。然而這回和信任沒什麼關係。隨著分秒經過，我有種感覺，認為華格納醫生應該只是想幫我。

所以問題不在於要告訴他多少。

而是我認為他會相信多少。

「那地方受到過往糾纏，那裡發生太多壞事，有太多黑暗過去，瀰漫在那裡每個角落。」

華格納醫生揚起眉毛。「瀰漫？」

「像煙一樣，」我說：「而我將它吸了進去。」

三天前

21

七點，我被第一晚聽到的同一個聲音叫醒。

那個不是噪音的噪音。

雖然這次我不再認為有人在公寓中，仍十分好奇那會是什麼。每個地方都有屬於自己、與眾不同的聲音：嘎吱叫的樓梯、嗡嗡叫的冰箱，風若以特定角度吹拂，窗戶就會隆隆響。關鍵在於該怎麼找出來、辨認出來。一旦你知道它們的原形，就比較不會被困擾。

所以我逼自己下床，在因為整晚敞開窗戶而變得冰寒徹骨的臥室中顫抖。火災後不得不如此，畢竟那讓整個地方聞起來活像前住客抽了一整包香菸的旅館房間。

我赤著腳，穿著薄薄的睡衣輕手輕腳走下樓梯，每一段落就停下來聽聽看公寓的聲音——而且是很認真地聽。我聽見各式各樣的聲響，但沒有一個和那個聲音相符。那個特定聲音突然消失了。

我到了廚房，發現手機就放在檯面上，特別保留給克洛伊的鈴聲刺耳響起。這讓人稍微憂心。

畢竟我們在大學同住時制訂了「喝咖啡前不打電話」的規矩。

「我還沒喝咖啡呢。」我一接起來就說。

「發生火災時規矩不能算數，」克洛伊說：「妳沒事吧？」

「我很好。火災沒有看起來那麼糟。」

火勢被控制在7C，就是李奧納多先生的公寓。原來是尼克先前跟我說的心悸症狀再次回歸，李奧納德先生沒按照尼克強烈建議的做法打給九一一，忽略警示。之後，他正在煮晚餐時，心臟病突發。這是他第四次了。

冠狀動脈塞住瞬間，李奧納德掉了手上的隔熱手套，火就是從那裡燒起。手套落在爐子上，當下迅速著火，火勢由此擴散，最終在李奧納德先生朝門爬去、試圖求助時包圍廚房大部分地方。當門打開，他正好失去意識，廚房的火受到流通空氣幫助，使得強勁黑煙灌入巴塞羅繆上方樓層。

最終，是萊斯莉・伊芙琳——也是七樓住戶——打了九一一。她聞到煙味，到走道上察看，看見被李奧納德打開的門有縷縷煙雲翻騰而出。因為她的快速判斷，巴塞羅繆其餘部分才能幾乎毫髮無傷，只有七樓走道被水損壞，以及七樓、八樓和九樓走道的牆壁受到輕微煙燻。

住戶兩小時後獲准回到他們的公寓，我立刻就知道了一切。因為電梯一次就只能容納那麼多人，而且沒人有心情走樓梯。於是乎，門廳形成一堆八卦團體。有些人我認得，大多則很陌生。所有人（除了尼克、狄蘭和我）都遠遠超過六十歲。

「我是說心情上。」克洛伊說。

那就是完全另一回事了。雖然我從昨晚就冷靜了下來，微弱如星火的焦慮卻揮之不去，固執得就像巴塞羅繆裡頭那些黑煙留下的痕跡。

「千鈞一髮的情況，」我說：「而且很可怕。此外我不能說算睡得很好，但我沒事，這和發生在我家的事完全不一樣。妳是怎麼知道這件事的？」

「報紙，」克洛伊說：「妳的照片出現在頭版上。」

我呻吟一聲。「我看起來有多落魄？」

「就像《歡樂滿人間》（*Mary Poppins*）裡的煙囪清潔工。」我聽到敲在電腦鍵盤上的噠噠響，隨著還有滑鼠「喀」一聲。「我剛寄了個東西給妳。」

我的手機因電子郵件通知「嗡」了一下。我打開來，看見一份城市每日小報的封面。填滿頭版三分之二的是一張巴塞羅繆前門照片，我正好和葛蕾塔、魯法斯一起出來。我們真是詭異的組合：我身上仍是穿了一整天、鹹菜乾似的牛仔褲和襯衫，葛蕾塔穿著睡袍，我們的臉都被煙燻黑。當時葛蕾塔已經拉下了大手帕，露出橫過鼻子到下巴部分的白色皮膚。然後是魯法斯，高調地配戴一副項圈，上面綴的玩意兒可能是真鑽。我們活像來自三部不同電影的臨時演員。

「戴著大手帕的那個女人是誰？」克洛伊問。

「葛蕾塔・曼維爾。」

「寫《夢想者之心》的女人？妳──妳不是愛死那本書了嗎？」

「我是。」

「那是她的狗嗎？」

「那是魯法斯，」我說：「他是瑪莉安・鄧肯的狗。」

「演肥皂劇的那位？」

「就是那位。」

「妳還真是闖進了個詭異的平行宇宙。」克洛伊說。

我又瞥了手機上的圖片一眼，對小報想出的爆爛頭條翻了翻白眼。

石像鬼的炭火烤肉：
巴塞羅繆烈焰沖天

「頭版就沒別的好放了嗎？妳知道，就是一些真正的新聞啊。」

「這確實是新聞啊，」克洛伊說：「茱兒，妳別忘了，大多紐約人可是把巴塞羅繆當成最接近人間天堂的地方呢。」

我一從廚房來到客廳，就受到壁紙上那堆臉熱烈歡迎：暗黑的目光和大張的嘴所組成的軍團。我立刻別開眼。

「相信我，這地方和完美相差十萬八千里。」

「所以妳讀了我寄給妳的文章，」克洛伊說：「媽的超恐怖，妳說對不對？」

「讓我不舒服的不只文章。」

克洛伊的語氣中隱約有著擔心。「還發生了什麼事嗎？」

「嗯，」我說：「也許有吧。」

我把認識英格麗的事情告訴了她：我們打算每天見面、11A傳來尖叫，還有英格麗堅持什麼事也沒發生。最後，我以英格麗消失影蹤、電話不接，以及我懷疑是因為某人她才逃跑一事劃下句點。

我避開所有令人擔憂的部分，特別是紙條和槍。要是被克洛伊知道，一定會跑來巴塞羅繆把我從12A拖出來，而我承擔不起這種結果。最近拿到的失業救助金讓我帳戶的餘額比五百元稍微增加了些，但是絕對不夠幫我重新站起來。

「妳不能再繼續找她了，」克洛伊說，如我所料。「不管她是因為什麼理由離開，都不關妳的事。」

「我覺得她可能惹上了某種麻煩。」

「茱兒，聽我說。如果這個叫英格麗的人想要妳幫忙，早就打給妳了。很顯然她不想要有人多管閒事。」

「沒有其他人去找她，」我說：「如果我消失，妳會去找我。我不認為英格麗生命中也有個像妳這樣的人。她什麼人都沒有。」

克洛伊那邊一陣安靜。我知道那是什麼意思——她在思考，在小心選擇用字，盡可能不要刺傷我。即使我在她說出口前就曉得她的回答一定很傷。

「我覺得這和英格麗的關係不大，和妳的姊姊的關係比較大。」

「當然和我姊姊有關係，」我說：「我已經不找她了。現在我總忍不住會想，要是我不那麼容易放棄，她搞不好還會在這裡。」

「就算妳找到英格麗也喚不回珍。」

是不能，我想，真的不能。但是那將代表世上可以少一個失蹤女孩，少一個憑空消失的、再也不見蹤跡的人。

「我認為妳應該離開巴塞羅繆，」克洛伊說：「幾天就好。週末來我這裡住。」

「我不能這樣做。」

「不要擔心妳會打擾到我。保羅要帶我去佛蒙特過週末，他上週訂好的，因為他覺得——」

克洛伊沒把話講完，可是我知道她要說什麼：因為他覺得我還會暫住在她家沙發上，所以才會訂下去。我不覺得受到冒犯。他們值得擁有週末獨處的時間。

「不是那樣，」我說：「我每天晚上都得待在公寓裡。」

克洛伊嘆氣，我聽見劈啪響的嘶嘶聲。「這些去他的規則。」

「拜託，不要說教。」我說：「妳很清楚我需要錢。」

「而妳也很清楚，我寧可借妳錢也不想看妳被關在巴塞羅繆當囚犯。」

「那是工作，」我提醒她，「不是坐牢。還有，不用擔心我，去佛蒙特吧，好好玩玩。去看麋鹿，或者做一些大家在那裡會做的事。」

「如果有什麼需要就打給我，」克洛伊說：「我會全程把手機帶在身邊，雖然我們的民宿簡直是在……鳥不生蛋的地方。直白一點就是在山頂的森林。保羅已經警告過我，說那裡手機可能沒訊號。」

「我會沒事的。」

「妳確定？」克洛伊說。

「我確定。」

通話結束後，我仍待在客廳，注視著壁紙上那些臉孔。它們回瞪我，眼睛眨也不眨，嘴巴大開，卻沒有聲音，簡直像是有話想說，卻無法這麼做。

也許它們不被允許，就像我不被允許有訪客，或者在12A以外的地方過夜。

又或者它們是怕得不敢開口。

又或者——這應該是最可能的情況，它們真的只是壁紙上的花朵，而且就像英格麗的離開，巴塞羅繆已開始影響到我了。

22

十二點半，傳來敲門聲。

葛蕾塔．曼維爾。

意料之外，雖然並沒有令人不悅。在狂找著根本不存在的工作與每五分鐘檢查手機有沒有英格麗的回應之間，能稍微暫停一下滿好的。而更令人驚喜的是，葛蕾塔做了外出打扮。黑色七分緊身褲加大尺碼襯衫。平整的毛衣繞過頸子綁好，肩上揹了一只用舊的河岸書店[9]托特包。

「為了謝謝妳昨晚的幫助，我讓妳有這個榮幸陪我吃午餐。」

她一派仁厚、語氣浮誇地說，彷彿賜給我人生中無上的榮耀。然而，我嗅到她喉嚨深處似有若無的一絲情感——寂寞。不管她願不願意，我都已將她從書打造出的結界和突然昏睡的症狀拖了出來。我也不禁懷疑，葛蕾塔內心深處其實喜歡有我陪伴。

我一手勾住她的手臂。「我很榮幸能夠陪妳。」

最後，我們去了距離巴塞羅繆一個街區的餐酒館。紅色遮雨棚架在門口上方，窗中閃閃爍爍著夢幻燈光。裡頭喧喧擾擾，塞滿許多在午餐時間出來的當地人，我真怕會沒座位坐。但老闆娘一看到葛蕾塔，就帶我們到一個空得顯眼的角落雅座。

「我先打了電話，」葛蕾塔拿起一份事先留在桌上給我們的菜單，說，「此外，老闆很看重忠實顧客，我光顧這裡很多年了，從第一次住在巴塞羅繆算起。」

「妳搬回來後過了多久？」我問。

葛蕾塔從桌子對面朝我射來一道嚴厲眼光。「我們是來這裡吃午餐的，不是玩十萬個為什麼。」

「那兩個為什麼怎麼樣？」

「可以接受，」葛蕾塔「啪」的闔起菜單，招來最近的女侍。「但是先讓我點餐。如果妳要拷問我，我希望先確保食物在送來的路上。」

她點了炙烤鮭魚，配蒸煮蔬菜。即便我預設她會請客，還是只點了主廚沙拉和水。由簡入奢難。

「妳第一個問題的答案是——」女服務生一離開，葛蕾塔就開口。「快一年。我去年十一月回來的。」

「為什麼回來？」

葛蕾塔嗤了一聲，好像覺得答案顯而易見。「為什麼不？這地方舒服，而且離我所需的一切都很近。公寓一釋出，我就立刻出手。」

「我聽說要在那裡找到釋出的公寓很困難，」我說：「等待名單不會很長嗎？」

「容我提醒，這是妳的第三個問題。」

「但妳會讓我問的。」

「不好笑。」葛蕾塔說，但她還是笑了。她的嘴唇顯而易見的往上揚，於是試圖用喝水來掩飾。「答案是：沒錯，是有張等待名單。而在妳問出下一個太好預測的問題前，我可以告訴妳：如

9 Strand。紐約老牌二手書店。

果認識對的人，就有插隊的辦法。例如我這樣。」

食物來時，形成令人玩味的對比。葛蕾塔的食物看起來美味至極，熱騰騰的鮭魚散發檸檬和大蒜的香氣。另一方面，我的沙拉是一碗令人失望的東西。除了乾萎的蘿蔓生菜，番茄片和麵包丁箇陋四散，然後就沒有了。

葛蕾塔吃了一口魚才說：「有妳那位最近離開的公寓看守人朋友的消息嗎？是說，她叫什麼名字？」

「英格麗。」

「對，髮色天理難容的英格麗。她去了哪裡，還是沒有線索？」

我聳聳肩。就這件事而言，這個動作實在一點幫助也沒有。我的肩膀抵著塑膠雅座，微乎其微地起伏一下，在在提醒我自己的所知有多微薄。

「一開始我以為她是因為害怕得繼續待在巴塞羅繆。」

葛蕾塔做出和尼克一樣的反應——無聲錯愕。「妳到底為什麼會這樣覺得？」

「妳得承認，確實有些地方不太對勁，」我說：「有網站——有一整個網站——講述在那裡發生的每件壞事。」

「所以我才對網路敬而遠之，」葛蕾塔說：「那是錯誤訊息的化糞池。」

「但是其中很多是真的。因為西班牙流感死掉的僕人、巴塞羅繆醫生從屋頂跳下來。普通公寓大樓可沒發生過這些事。」

「巴塞羅繆不是普通公寓大樓，也因為它的惡名，發生在那裡的事被誇大到神話等級的程度。」

「柯內莉亞．史旺森算是神話嗎？」

正舉起一叉子鮭魚到嘴前的葛蕾塔吃到一半停止動作。她放下叉子，在桌上交疊雙手，說：「親愛的，給妳一句忠告：不要在巴塞羅繆提到那個名字。柯內莉亞．史旺森是那兒所有人都不想討論的話題。」

「所以我讀到那些關於她的事情是真的囉？」

「我沒這麼說，」葛蕾塔厲聲回道：「柯內莉亞．史旺森是個神經病，應該住在瘋人院，不該住在巴塞羅繆。而關於那些徹頭徹尾的胡說——什麼她和法國女人交好、拿女僕去獻祭榮耀撒旦——只是純然的猜測。我現在告訴妳的話就和我跟妳朋友說的一模一樣。」

「英格麗特別問了柯內莉亞．史旺森的事？」

「沒錯，我覺得她對我的答案很失望。我想她是為了那些毛骨悚然的細節而來。但是，如我所說，沒有什麼事情可揭露。事實上，我最近在巴塞羅繆看過最奇怪的舉動，就是某個年輕女子昨晚幫忙救我逃出大樓。」

我拿叉子戳進沙拉，什麼也沒說。

「電梯停在七樓的時候，妳的舉動……很不尋常。介意解釋一下是什麼情況嗎？」

我確實注意到當我帶著魯法斯回到電梯後，她用什麼眼神看著我。我早該知道這頓午餐真正的目的——她想搞清楚自己到底看見了什麼。雖然我並不需要談這件事，卻發現自己其實想談。也許是因為葛蕾塔寫了《夢想者之心》，我不知怎麼，覺得好像必須回報她。一個故事還一個故事，只不過我的沒有快樂結局。

「我還是大學新鮮人的時候，父親被工作了二十五年的地方遣散了，」我開口。「找了好幾個月後，他能得到的唯一工作是在位於三個鎮外的賣場值夜班理貨上架。我母親在房地產公司兼職，為了打平收支，她又在當地餐館找了週末服務生的工作。我自己也努力打兩份工，減輕他們負擔——加上額外的學生貸款、一張我從沒告訴過他們的信用卡，這樣他們就不必擔心得寄錢給我。這讓我們勉勉強強撐了快一年。」

但是，我大二學期開始時，我母親診斷出非何杰金氏淋巴瘤[10]，而且像野火一樣快速擴散到她的腎臟、心臟、肺臟。我母親必須辭掉工作，我父親白天照顧她，晚上仍得去上班。我說我要輟學一學期幫忙，父親拒絕了。他跟我說我要有好的學歷，才能找到好的工作。如果我放棄，很可能就永遠回不去了，最終會像他們一樣，變成兩個殘破的人，待在一個殘破的小鎮。

我母親的醫療花費飆升，即使根本毫無好轉希望。我們所做的一切，都只是為了讓她在臨終前能舒服一點。我父親貧乏的健康保險就只能負擔那麼多，剩下只能看他們了。因此，父親把幾年前才償完貸款的家，又拿去做第二個抵押。

我每個週末都回家，每見一次，母親就變得更小一些，恍若在我眼前不斷縮水。我父親也是一樣。因為壓力，他食慾大減，直到衣服就像剛洗好那樣，掛在他晒衣繩似的手臂。傍晚，當他準備去上班，我會聽見他獨自在浴室哭泣。哭聲深沉又充滿喉音，洗臉槽流不停的水聲怎麼也蓋不過。

我們大概這麼生活了六個月，接著，最後一根稻草落下。我父親工作的第一五金行關門停業，這下他的工作和健保全沒了。事情發生的時候我在學校，是個在當掉邊緣的大三生。因為我有太多擔憂，整個人筋疲力盡，疲倦深入骨髓，沒辦法專心學業。

「之後不久，我父母就死了。」我說。

葛蕾塔倒抽一口氣，驚嚇又悲傷滿溢。

我繼續講。過了那條線後，我就停不下來了。「在秋季學期期中的時候，發生了一場火災。電話在清晨五點響起，是警察，他們告訴我發生了意外，我父母兩人都死了。」

那天稍晚，克洛伊載我回家，雖然家已所剩無幾。我們這側的雙拼公寓成為焦黑廢墟，仍有黑煙從殘骸之中升起。我還以為我再也不會聞到這種黏在喉嚨中的刺鼻煙霧。

「直到這次，」我對葛蕾塔說：「直到昨晚，在巴塞羅繆。」

唯一倖存的物品是我父母的豐田Camry，停在車道上距離房子最遙遠的位置。駕駛座上擺了一個上面有三把鑰匙的鑰匙圈。看到那些鑰匙的瞬間，我就知道這場火不是意外。

一把是Camry的。

另外兩把用來開鎮外一英里某個倉儲設施的儲藏單位。

一個單位放了我的所有物品。

另一個放珍的所有物品。

我父親清空我們的臥室，我因此知道，即便在他們最黑暗的時刻，依舊緊抓著一絲微薄希望，期待珍會被找到，我們兩人能共同在混沌中前進，期待到了最後，我們的未來能順遂無事。

就算保險契約沒有引發懷疑，單是這儲藏單位就足以讓調查員看出端倪。我父親火災前才剛買了兩個保險。

一個是他自己的人壽保險。

一個是房子的火災險。

因此，調查展開，並證實了我早就知道的事：火災當晚，我父親和母親共享一瓶酒，即使她在

---

10 non-Hodgkin’s lymphoma，淋巴組織的惡性腫瘤。

腎臟瀕臨衰竭的情況下並不該喝。

他們也一起吃了從第一次約會的地方叫來的披薩。

和一塊巧克力蛋糕。

我母親效力最強的一瓶止痛藥。

縱火專家做出結論，表示起火點就在我父母房間外面的走道，用打火機油和一些揉成球的報紙助燃。臥室門是關起來的，表示火勢花了點時間才抵達我父母被找到的那張床。

他們之所以知道，是因為只有我母親死於藥物過量。

我父親是被煙嗆死。

「我想對他們發脾氣，」我說：「我想去恨他們竟然這麼做，卻沒辦法。因為即便如此，我還是知道他們做了自己認為正確的事。」

我唯一沒告訴葛蕾塔的，就是只要我感到快樂，有時就會產生衝動，想去撩撥火焰，感受火的熱度燒在皮膚上，讓火焰燒痛到剛好的程度，明白那是什麼感覺，讓我能懂得父母經歷的一切。

為我而經歷的一切。

為了我的未來。

為了還沒回家的姊姊。

葛蕾塔覆住我的手。她的手掌熱熱的，彷彿她本人也將手舉到了奔放的火焰面前。

「對於妳失去的一切，我很遺憾。我想妳一定很想念他們。」

「確實是，」我說：「我想念他們，我想念珍。」

「珍？」

「她是我的姊姊，在火災兩年前失蹤，之後就再也沒有她的消息。她很可能逃家，也可能被謀殺。到了今日，我懷疑我還有沒有可能得知真相。」

我在雅座中非常明顯地癱軟下來，手臂垂在身側，身體麻木無覺。就像突然陷入睡眠的葛蕾塔，只不過是我的版本。如果我感到悲傷，那也只是我向來感受到的那股沸騰悲慟，是很久以前就學會與之共處的痛。談論我的父母和珍並未讓那份悲慟好轉或惡化，只是維持不變。

「謝謝妳信任我，告訴我妳的故事。」葛蕾塔說。

「現在妳知道我為什麼比較喜歡幻想，不喜歡現實了。」

「怪不了妳，」葛蕾塔說：「現在我也知道妳為什麼對於找英格麗那麼積極。」

「但我實在找得不怎麼樣。」

「如果我是個愛賭博的女人——雖然我不是——我就會打賭，她和某個年輕小伙子一起跑了，」葛蕾塔說：「或小姑娘。只要是關乎真心情意，我不會有任何偏見。」

不愧是寫出風靡代代青少女的羅曼史的女人。即使我想相信英格麗是跑去某個地方享受幸福美好結局，目前所知的一切卻在在暗示情況全然相反。

「我只是怎麼也甩不掉她陷入麻煩的感覺，」我說：「她還特地告訴我她無處可去。」

「如果妳懷疑發生了什麼不好的事，怎麼不去找警察？」

「我找過了，不是很順利。他們說要介入的話資訊還不夠。」

這讓葛蕾塔發出一聲同情的嘆息。「如果我是妳，我會打給附近一些醫院。說不定她發生了什麼意外，需要接受醫治。如果那也不成，我會在附近找找。如果她沒地方可去，很有可能會在街頭遊蕩。我知道，去想像我們認識的人可能無家可歸並不容易，但妳確認過城裡的收容所嗎？」

「妳覺得我該去確認嗎？」

「確認一下也不會掉一塊肉，」葛蕾塔邊說邊堅定地點了個頭。「英格麗・蓋倫荷也許就在那裡，大隱隱於市。」

23

最近的女性遊民收容所位於餐廳二十個街區以南、兩個街區以西。確認葛蕾塔能自己回到巴塞羅繆後，我去了那裡，懷抱微薄希望，期待她說的沒錯，英格麗正流落街頭。

收容所在一棟風光不再的大樓裡面。建築外表用棕色磚頭砌成，窗戶染上顏色，以前曾是YMCA，殘留在主要入口右方的那些字母痕跡證明此事，另外也在那裡徘徊不去的，是一群圍成半圈抽著菸的女人。我靠近時，每個人都用懷疑的眼神盯著我，彷彿無聲告訴我我早就知道的事。

就像在巴塞羅繆：我不屬於這裡。

我開始覺得自己不屬於任何地方。這是我命中注定，永遠獨自處於灰色地帶。不過我仍靠近她們、露出微笑，努力不要一副驚弓之鳥的模樣，即使我確實是。然而，這讓我感到一陣罪惡。和巴塞羅繆的人相比，我和她們的共通點還比較多。

我從口袋拿出手機、舉起來，讓她們看我和英格麗在中央公園的自拍。「你們這幾天有見過這個女孩嗎？」

抽菸小圈圈裡只有一個女人願意特別來看看。她用冷硬的目光瞪著那張照片，同時咬著尖削臉頰口腔裡的肉。但是當她開口，聲線卻溫和得驚人。我還以為她講話會像外表那樣歷經風霜。

「沒有，小姐，我沒看過她，沒在這附近看過。」

我推想她是這個下層世界團體中的老大，因為她推了推其他人，強迫她們看個一眼。女人們搖頭，低聲講幾句話，就別開眼神。

「謝謝，」我說：「感激不盡。」

在那些抽菸女子戒備的視線下，我走進大樓。門裡是個空盪的等候區與登記櫃檯，櫃檯前擋了一道多處磨損的強化玻璃。玻璃另一側坐了個身材豐滿的女子，拿和外頭那些女人一樣的輕蔑眼神檢視我。

「不好意思，」我說：「不知道是不是可以請妳幫個忙？」

「妳需要住收容所嗎？」

「不是，」我說：「我在找一個人，一個朋友。」

「她是自己來登記收容系統的嗎？」

「我不知道。」

「她二十一歲以下嗎？因為這樣就表示她會在別的設施。」

「她超過二十一了。」我說。

「如果她有孩子，或者目前懷孕，就會在我們其中一個預防救助臨時收容所，」女人補充。「家暴受害者也有分別的設施。如果她已在街上流落了一陣子，妳也許能在開放式救助中心找到她。」

我往後靠，震驚不已。不只因為那些地點和名稱那麼多，更因為竟然連這些情況都有需要。我再次覺得自己能遇見巴塞羅繆十分幸運，也讓我恐懼著不曉得離開會發生什麼事。

「沒有小孩，」我對那女人說：「單身，無配偶。」

沒有我知道的配偶。

這份頓悟有如音量開到最高的廣播，在我腦中炸開。即使英格麗沒提到配偶，不代表她就真的沒有。我再次想起她輾轉的那些地方、無止境的遷徙、她買的槍——很可能是在她認為逃跑再也不是辦法時買的。

「那麼她就會來這裡。」那女人說。

我將手機貼在玻璃上，讓她看我給外頭那些抽菸者看的照片。她花了一陣子凝神思考，最後說：「親愛的，她很陌生，但我只有白天會在，這地方晚上滿滿的人，所以有可能她來過，我卻錯過了。」

「有可能問到某個晚上會在這裡的人嗎？說不定他們會認出她。」

她朝櫃檯對面的一扇雙開門比了比手勢。「還有一些人在裡面，妳儘管進去看。」

我推開門，進入一間體育館，此處被改造成可容納兩百人的空間。這裡有一支臨時住民的大軍，一個模子印出來的臨時折床，每排二十個，排成行列，散布體育館各處。

我在折床之間走動，尋找少數幾張有躺人的，以防英格麗身在其中。行列最尾，有個女人背挺得直直的坐在她的床邊，瞪著附近緊貼牆面的一組可收折看臺。一張勵志海報用膠帶貼在上面，是一整片在風中搖擺的薰衣草花田，最底下引用了一句愛蓮娜・羅斯福[11]說過的話。

> 新的一天，將帶來新力量和新思想。

「每一天，我出門上班前會坐下來，看著這張海報，期望愛蓮娜說的沒錯，」那女人說。「但目前為止，新的一天只帶來一模一樣的狗屁倒灶。」

「還有可能更糟，」我沒多做思考就衝口而出。「我們有可能會翹辮子。」

---

11 Eleanor Roosevelt（1884-1962），美國總統富蘭克林・羅斯福妻子。

「我得說我不介意看到這句話出現在勵志海報上。」女人拍著大腿，發出粗嘎刺耳的笑聲，填滿我們這塊體育館角落。「以前沒看過妳，新來的嗎？」

「只是來看看。」我說。

「真好運。」

我姑且認為這表示她在這裡待了好一陣子。其實我有點驚訝，畢竟她看起來不太像遊民。她的衣服很乾淨，熨燙平整；卡其褲，白上衣，藍色羊毛衫。衣況都比我身上穿的好。我的毛衣在袖口處有個洞，當我用右手從口袋拿出手機，便偷用左手蓋了起來。

「我在找一個人，她可能住在這裡。這是她的近照。」

女人好奇地瞄了一眼英格麗和我的照片。「她看起來很陌生，我已經在這裡一個月了，等著政府補助的住處釋出——很快會到——他們這樣告訴我，講得好像那是什麼快遞包裹，而不是棲身之處。」

「她昨天應該在這裡，」我說，「如果她真的有來的話。」

「叫什麼？」

「她叫英格麗。」

「我說妳叫什麼。」那女人說。

「抱歉，我叫茱兒。」

她終於從照片抬起眼，露出微笑，可見到門牙有縫，說：「很好聽的名字。我是芭比，雖然我知道我沒有和娃娃一樣漂亮，但這名字是為數不多專屬於我的東西。」

「茱兒也是。」

她將手機從我手裡拿過去，再次研究照片。「她是妳朋友嗎？」

「更像點頭之交。」

「她惹上了什麼麻煩嗎？」

我嘆口氣。「我就是想弄清楚這個。如果她惹上麻煩，我想幫她。」

芭比打量我一下，客客氣氣地展現出懷疑。我不怪她。她很可能遇到過很多說要提供幫助的人——不過有附加條件。而對於我，我覺得她嗅到了同類氣味，因為她說：「如果妳想，我會注意一下這個人。」

「我會非常感激的。」

「可以寄給我照片嗎？」

「當然。」

芭比給我她的手機號碼，我將照片傳給她。

「我會把妳號碼存起來，」她說：「如果碰到她，就能打給妳。」

我希望她不要只是打電話給我，我希望她告訴我她的人生，述說那一連串讓她來到這裡的事件。因為我們有共同之處，芭比和我。我們只是兩個盡力餬口過活的女人。

「妳說妳在這裡一個月了？」我說。

「沒錯。」

「那之前呢？」

芭比又用懷疑的眼神將我看一遍。「妳是社工之類的嗎？」

「只是對妳的故事感興趣，」我說：「如果妳有興趣聊聊。」

「茱兒，其實沒什麼能聊的。人總會碰到些爛事，妳也知道。」

我點頭。我非常非常知道。

「就是——我家很窮，接受社會救濟、食物券，那些大家拚了命想擺脫的玩意兒。」芭比不耐地噴了口氣。「好像我們就很喜歡倚賴食物券一樣，好像我們很想要他們分發下來該死的大塊橘色起司。我對自己說，等我長大，絕對不會讓這種事情發生在我身上。有一陣子我有做到，但接著發生一些意料之外的事，我得自個兒挖個大債坑來處理。接著，為了填那個坑，我又得挖另一個，這一個又大了點。沒多久，坑已經太多，我注定會掉進其中一個出不來。太難了，人生太難，而且該死的很花錢。」

「妳有看到橘子多少錢嗎？」我說。

芭比再次大笑。「親愛的，我上回吃到新鮮水果時，歐巴馬還在當總統咧。」

「那我希望妳的人生能快點好起來。」我說。

「謝了，」芭比開朗地說：「我也希望妳找到妳朋友。日行一善可以讓這腐敗的世界稍微好一點。」

24

我在三點回到巴塞羅繆，查理在外頭迎接我，眼中有著深沉的擔憂。

「有人來這裡找妳，」他說：「是個年輕人，他來了一陣子。過了一小時，我跟他說可以到裡面等。」

查理打開門，我的胃一沉。

站在門廳裡頭的人正是安德魯。

他的意外出現——而且我一點也不樂見——讓我眼中冒火。貨真價實的冒火，有一瞬間，我的視線變得火紅，就像某次爸爸逼我看的那部希區考克電影，電影名稱叫做《豔賊》（*Marnie*）。女主角瑪琳就和現在的我一樣，眼前只見閃閃紅光。我大步走過門口，滿臉怒容。

「你到底在這裡做什麼？」

安德魯從手機抬起頭。「我一通電話或簡訊妳都沒回。」

「所以你就決定這樣跑來？」我突然冒出一個念頭，暫時穿越我的憤怒。「你是怎麼知道我在這裡的？」

「我在報紙上看見妳的照片，」安德魯說：「花了一下子才認出是妳。」

「因為我那張照片被拍得很糟。」

「我一直都說妳本人比較好看。」

安德魯對我拋出他的撩人笑容，就是我們第一次見面時讓我腿軟的笑。那個微笑令人迷醉，他也清楚，而我非常確定，他也把這副笑容用在了他搞上的那個女生身上。可能只消那麼一笑，就能將她引誘到我們的公寓、上我們的沙發。

如今看到那個笑容只讓我全身因憤怒而顫動。過去兩週，我極力將這件事推到一旁，因為我深陷擔憂之中。但是此時此刻，他在這裡，就在我面前，那一切的一切都怒吼著回歸。

「安德魯，你他媽的究竟想要什麼？」

「我想道歉。我真的不喜歡我們結束的方式。」

他朝我上前一步，我則倒退好幾步，盡可能在我們中間隔出最遠的距離。我很快抵達那排信箱，想挖出信箱鑰匙。

「是你結束的方式。」我一邊打開信箱看裡面，一邊說。沒有東西，意料之中。「那和我沒有一點關係。」

「妳說得對，我對待妳的方式糟透了，我沒有任何藉口。」

我啪地關起信箱，轉過身，看見安德魯跟了上來。他大概距離我三呎，正好不在能打到的範圍。

「你早在兩個禮拜前就該這樣，」我對他說：「但是你沒有。你明明可以道歉，明明可以求我不要離開，但你連試都沒試。」

「那樣做妳就會改變心意嗎？」安德魯說。

「不會，」淚水刺痛了我的雙眼，讓我火大得要命。我最不想要的就是被安德魯看見我有多麼受傷。「但那會讓我覺得和你在一起沒那麼蠢，會讓我覺得沒那麼——」

不被愛。

我本來要說這個，但在那幾個字溜出來前阻止了自己。我怕那會讓我變得和一直以來一樣自覺可悲。

「除了她之外還有別人嗎？」我問，即使這問題毫無意義。我很確定絕對有，也很確定就此時而言不會有任何差別。

「沒有。」安德魯說。

「我不相信你。」

「真心誠意。」

儘管反駁，但他很明顯在說謊。他的眼睛微乎其微往左飄了一下。那是他的小動作。

「幾個？」我說。

安德魯聳聳肩，搔搔腦後。

「兩或三個。」

那就表示可能更多。

「對於那些人，我真的很抱歉，」安德魯說：「我從來不想傷害妳，茱兒，我希望妳知道。她們對我毫無意義，但是妳有。我愛妳，真的。可是現在我永遠失去妳了。」

他甚至還再次靠近，打算將一綹頭髮塞到我耳後。這是他另一個必殺技。我們第一次接吻時他就是這樣。

我一把拍開他的手。「你應該早點想到這件事。」

「妳說的沒錯，我是應該，」安德魯說：「妳覺得憤怒、受傷也完全合理。我只是想告訴妳，我對這一切非常後悔，還有我很對不起。」

他站在一個適當的位置，好像在等著什麼。我想他是想要我表示原諒，可是我近期還沒有這麼做的打算。

「好，」我說：「你道完歉了，可以走了。」

安德魯不動如山。

「還有別的事。」他突然靜了下來。

我交叉雙臂、哼了一聲。「還會有什麼事？」

「我需要——」安德魯打量一下門廳，確認周遭都沒有人，然後——「我需要錢。」

我望著他，震驚不已。當我的腿因為憤怒軟了一下，我試圖用倒退一步來掩飾。

「你他媽不是認真的吧。」

「我要交房租，」他用絕望而微弱的音量說：「妳不曉得住在那個地方代價有多高。」

「嚴格說，我知道，」我出言反駁。「尤其看到我這整年是怎樣付這一半的房租。」

「這個月妳還在那裡住了幾天，代表妳至少該給我一點錢付租金。」

「你怎麼會覺得我拿得出錢來？」

「因為妳住在這裡，」安德魯大大展開雙臂，作勢比畫這座浮誇的門廳。「茱兒，我不曉得妳在搞什麼非法勾當，但我真心覺得很了不起。」

就在此時，尼克走進門廳，一襲合身灰西裝，看起來極為時髦。更棒的是：他看起來很有錢，安德魯因此露出毫無遮掩的輕視目光盯著他看。看到這情境，我不禁變得心胸狹窄，甚至可說惡毒。就是因為這樣，我才衝向尼克，說：「你來了！我一直在等你！」

我拉他過來擁抱，狗急跳牆似的在他耳旁低聲說：「拜託配合我演一下。」

然後我吻了他。不只是唇上快速一啄，而是纏纏綿綿——直到我感到門廳那兒安德魯所在的位置不斷散發出嫉妒氣息。

「他誰？」他說。

謝天謝地，尼克延續了這場我演你猜的遊戲，泰然自若攬住我的肩膀。「我是尼克，你是茱兒的朋友嗎？」

「這位是安德魯。」我說。

尼克走上前，握了安德魯的手。「很榮幸認識你，安德魯，我很想留下來聊聊，但茱兒和我有些重要的事得做。」

「沒錯，」我補充，「非常重要的事。我建議你也先離開吧。」

安德魯遲疑了一下，目光在尼克和我之間來回，臉上的表情混雜受辱和受傷。我很希望自己不要成為享受他傷痛的人，但我就是。

「門在那裡，」尼克指著出去的方向。「以防你不小心搞混。」

「掰，安德魯，」我微乎其微對他揮了一下手。「祝一路順風。」

安德魯最後又懊悔地看了一眼，從門口溜走——而我誠心希望他也從我人生溜走。他一消失，我就離開尼克，因為丟臉，臉上燒得熱辣辣。

「剛剛真的——真的很抱歉，我不知道還能怎麼辦。我希望他離開，可是想不出更好的方法趕他走。」

「我想應該成功了，」尼克無意識地碰著自己嘴唇。他的唇上仍留有我們親吻的溫度，至少我森林，還有柑橘。

我們朝電梯走去，將裡頭擠滿。這樣和尼克肩並肩站著，我再次暴露在他的古龍水氣味之中。

「對，」開始上升時，我說：「非常不幸。」

「分得不太漂亮？」

「這樣說還算保守了。」在電梯有限的空間中，我突然意識到自己的語氣聽起來多麼挖苦。要是尼克之後想離我遠一點，我也不怪他。沒人喜歡挖苦。「對不起，我通常不會這麼……」

「受傷？」尼克說。

「惡毒。」

電梯抵達頂樓。尼克將格柵推到一邊，讓我先出去。我們走上走道時，他說：「我很高興正好碰到妳，不過不是因為妳用那種方式在門廳和我打招呼。」

「真的嗎？」我又紅了雙頰。

「我想知道妳有沒有收到英格麗的回音。」尼克說。

「連個嗶聲都沒有。」

「真可惜，我本來希望有的。」

我可以告訴尼克槍的事，或英格麗留下的紙條。我努力不去想，因為那有點太嚇人。

小心

反之，我什麼也沒提，原因就和我不告訴克洛伊一樣：我不要尼克覺得我擔心過度，甚至到了妄想的程度。

「我至少知道她不在我剛去找回來的遊民收容所。」我說。

「去那裡的想法滿聰明的。」

「這不能算是我的點子，那是葛蕾塔・曼維爾的主意。」

尼克訝異地揚起眉毛。「葛蕾塔？要不是我很熟悉她的個性，大概會以為妳們變成了朋友。」

「我想她應該只是想幫忙。」我說。

我們來到走道盡頭，在通往各自公寓的門中間的寬敞空間暫停腳步。

「我也很樂意幫忙。」尼克說。

「但我以為你不認識英格麗。」

「是不認識，不是很熟，但有個人願意去找她，我很替她高興。」

「恐怕我沒把這件事情做得很好。」我說。

「這樣我就有更充分的理由幫忙，」尼克回答。「我是認真的，如果妳需要什麼——什麼都行，就讓我知道。尤其如果安德魯又跑回來。」

他對我眨了個眼，便朝他的公寓走去，我也一樣。門一在身後關上，我就停在門廳。我有點頭暈，而且不只因為尼克。過去二十四小時實在太詭異，幾乎要跨到超現實的範疇。英格麗失蹤、火災、和葛蕾塔・曼維爾共進午餐。與我的平凡生活大相逕庭，感覺活像是葛蕾塔會寫出的故事。克洛伊說的沒錯，我真的莫名闖入了個詭異的平行時空。

我只希望她告訴我的事情是錯的：這件事好得不像真的。

25

接下來兩小時，我按著葛蕾塔其他的建議，打去曼哈頓所有醫院的詢問處。過去二十四小時，沒有任何人發現英格麗・蓋倫荷或符合她外表描述的無名女子被送進醫院。

我正要開始嘗試外圍行政區的醫院，門上就傳來另一個敲門聲。這次是查理，他拿著我這輩子看過最巨大的一盆花藝品站在走道上。那花超龐大，查理本人有一部分都被遮住看不到，只見他的帽子從花朵上方探出來。

「查理，你太太會怎麼想呢？」

「不要這樣，」查理微微臉紅。「不是我，我只是來送貨的。」

我示意他可以把花放在咖啡桌上。他擺放的時候，我數到至少三十多朵花。玫瑰、百合、金魚草，其中還塞了一張卡片。

謝謝妳拯救我最愛的魯法斯！妳真是天使！——瑪莉安

「聽說妳昨晚簡直是個大英雄。」查理說。

「我只是善盡好鄰居的職責，」我說：「說到這個，你女兒還好嗎？另一個門房告訴我好像有緊急狀況。」

「只是芝麻綠豆大的事，她現在沒事了，不過很謝謝妳的關心。」

「她幾歲？」

「二十。」

「還在念大學？」

「打算要念，」查理平靜地說：「不過不怎麼順利。」

「之後一定會的，」我吸了一口花香，聞起來非常美好。「能有像你這樣的父親，她非常幸運。」

查理漫步朝門口走去，似乎不太確定是否該離開。起先，我以為他是在等著我給不出的小費，接著他卻說：「聽說妳在打探另一個公寓看守人的消息——就是離開的那位。」

「英格麗．蓋倫荷。我想找出她的去向。」

「她失蹤了嗎？」

「她離開後我就再也沒有她的消息，」我說：「我只是想知道她是否平安。你有跟她說過話嗎？」

「不算有，」查理說：「過去五分鐘我和妳的互動還比她在這裡加起來的時間多。」

「萊斯莉跟我說她離開時的值班門房是你，但你沒有真的看到她離開。」

「確實沒有。我得離開門口去處理一下地下室的監視攝影機，門廳不遠處就有一整排監視螢幕。有另一雙眼睛注視著這個地方總是比較好。」

「影片存下來了嗎？」

「沒有，」查理說，十分清楚我會往什麼方向想。「就是因為這樣，我才必須去確認地下室的監視器。」

「它怎麼樣了？」

「斷線。後面有條電線鬆開，攝影機仍開著，但我在螢幕上只能看到空白畫面。」

「你離開了多久？」

「大概五分鐘，修理那個很快。」

「以前攝影機失靈過嗎？」我問。

「我在的時候沒有。」查理說。

「你什麼時候注意到沒畫面的？」

「稍微過凌晨一點。」

我的身體一僵。那大概就是我聽到尖叫去確認英格麗前後。五分鐘後她就不見了，代表英格麗在我一回12A就立刻離開。

這個時機似乎巧得不像巧合。事實上，攝影機斷線就和英格麗的離開一樣，讓我驚覺那也是一種調虎離山。

我的第一個念頭是：那是英格麗一手造成的，這樣就能神不知、鬼不覺地走掉——但是這也不怎麼合理。其實沒有規定公寓看守人就算違背意志也得留在巴塞羅繆，而查理也不會阻止她。他甚至可能會幫她招輛計程車，祝她一切順心。

此外，這麼一來英格麗會需要收拾好所有行李、跑到地下室讓攝影機斷線，再回到十一樓，好拿著東西一路下到門廳。為了做一件理所當然可以做的事，她未免也花太多工夫，而且也絕對超過五分鐘。尤其，如果她帶了很多私人物品來到巴塞羅繆。

「英格麗搬進來時是你值班嗎？」我說。

查理點頭。

「她帶了多少東西？」

「我有點不太記得了，」他說：「兩只行李箱吧我想，外加幾個箱子。」

「發現攝影機壞掉前有看見任何人去地下室嗎？」

「沒有，我在外面照顧另一名住戶。」

「在那種時間？是誰呀？」

查理挺直了背脊，顯然不怎麼自在。「伊芙琳小姐知道我告訴妳這麼多，應該不會太高興。我很想幫忙，但是——」

「我知道、我知道，大樓對隱私問題非常在意。但是英格麗基本上和妳的女兒同年，要是她失蹤，你也會問一大堆問題的。」

「要是我女兒失蹤，找到她之前我都不會休息。」

我父親也曾說過一樣的話。他那時是認真的，我非常確定。不過關於找人是這樣的，你會被耗損，那是一種情緒上的侵蝕。

「你不覺得英格麗也該被這樣對待嗎？」我說：「你不需要告訴我名字，只要給我一點暗示。」

查理嘆了口氣，眼神越過我落在咖啡桌上。這真是個大得和那花束沒兩樣的暗示。

「她在快一點的時候帶狗出去，」查理說：「整段時間我都和她一起待在外頭，妳知道的，以免出什麼不好的事。女士不該在那種時間獨自待在街上。魯法斯一結束，我們就回去裡頭。她坐電梯到七樓，我則看了監視螢幕，就是在那時看到地下室的攝影機沒畫面。」

這表示瑪莉安進電梯和英格麗離開公寓差不多在同個時間。

「查理，謝謝妳，」我從花束中摘下一朵玫瑰花苞，放進他翻領的鈕孔。「你幫了很大的忙。」

「請不要告訴伊芙琳女士我說的話。」查理調整著翻領上的臨時裝飾，一邊出言懇求。

「我不會的，我從萊斯莉那裡隱約感覺到，那是這地方的禁忌。」

「由於英格麗用這種方式離開，伊芙琳女士一定很後悔最開始讓她住在這裡。」

查理將帽子一傾、開門離去。我趁著他還沒完全走出公寓，扔給他最後一個問題。

「瑪莉安・鄧肯住在幾號公寓？」

「為什麼問？」

我對他露出天真無邪的笑容。「當然是為了送張感謝紙條過去啊。」

我知道查理一定不相信我。他別開眼神，注視著走道，不過仍回頭拋給我答案。「7A。」他說。

26

七樓就和昨晚一樣繁忙，不過並非充滿消防員，在被煙霧弄黑的走道上走來走去的是承包商。李奧納德家的公寓門拆了下來，正靠在星星點點被煙破壞的走道牆壁，旁邊有一段廚房流理檯，表面覆蓋著燒傷痕跡，地上的煤灰像黑霉一樣散在磁磚上。

公寓大聲爆出施工帶來的不和諧音，兩名工人抬著櫥門燒成焦炭的木頭碗櫥從嘈雜之中冒出來，把東西丟在流理檯旁邊。回公寓前，其中一名工人朝我看過來，眨了眨眼。

我翻了個白眼，往相反方向走，前往建築前方。我在7A門口短促地敲了兩下。

瑪莉安應門，噗噗散發大量香水味，飄過我面前，味道還與仍在走道揮之不去的煙味混在一起。

「親愛的！」她拉我過去稍微擁抱了我，作勢往兩邊臉頰嘖嘖親一下。「我正希望今天能看到妳，我真不知道該怎麼感謝妳拯救了我的魯法斯。」

看到瑪莉安把魯法斯抱在懷裡，我並不驚訝。但目睹他們兩個都戴著帽子倒是稀奇。她的帽子是黑色，傾斜著一片垂軟的寬邊，在她整張臉投下陰影，他則戴了一小頂高禮帽，用鬆緊帶固定。

「我只是順道過來。謝謝妳送的花。」我說。

「不覺得很討人喜歡嗎？妳很喜歡吧。」

「花很美，但妳真的不用這麼費心。」

「我當然要，昨晚妳實在是個天使，我決定以後都要這樣叫妳，聖巴特的天使。」

「魯法斯怎麼樣了？」我說：「希望昨晚之後他沒事。」

「他沒事，只是有點嚇到。你說對不對呀，魯法斯？」

小狗用鼻子磨著她手臂彎起的地方，想掙脫那頂小高帽的束縛，卻徒勞無功。當7C走道突然傳來一聲巨響迴盪，他倏地停住動作。

「很恐怖對不對？」瑪莉安意指那聲噪音。「整個早上都這樣，可憐的李奧納德先生出了那種事，我真心遺憾，也希望他早日康復，真的。但是這對我們其他人真的很不方便。」

「最近幾天發生了很多大事，像是火災啊，還有那個公寓看守人，竟然這麼突兀地離開了。」我真心希望提到英格麗聽在瑪莉安耳中沒有我覺得的那麼刻意。因為在我自己耳中聽起來有夠明顯，像是震天巨響。

「什麼公寓看守人？」

瑪莉安的臉仍被帽子遮住，看不清楚，讓她的表情變得無法閱讀。她讓我想起父親在懶洋洋的週六觀賞的黑色電影中的蛇蠍美人。優雅，而且神祕莫測。

「英格麗．蓋倫荷，她住在11A。兩晚之前，她突然沒告訴任何人就走了。」

「那種事我怎麼會知道。」

瑪莉安不至於不客氣，表面上語調沒變，然而，我偵測到她字裡行間夾了微微一絲冷酷。此時此刻，她升起了警戒。

「我只是以為妳們見過，畢竟妳是我到這裡碰到的第一個人，」我對她露出害羞微笑。「妳讓我覺得自己在這裡是受到歡迎的。」

瑪莉安悄悄看了一下走道，確認附近有沒有人。只有一個人在——李奧納德家門外面的一名工人，正對著塊大紅手帕擤鼻子。

「我是知道她是誰，」瑪莉安的音量變得很小，縹緲得像在說枕邊細語。「我也知道她走了，但是我們沒有經過正式介紹。」

「所以妳們從來沒講過話？」

「從來沒有，我想我只看過她幾次，我早上帶魯法斯去散步的時候。」

「聽說妳和魯法斯在她離開那晚去了門廳。」的確，我換話題不是換得那麼天衣無縫，可是目前我看不出瑪莉安願意分享的心情能維持多久。「妳有看到或聽到她走掉嗎？或者大約在那個時候看到其他人起床走動？」

「我——」瑪莉安自己打住、換了方向。「沒有，我沒有。」

來到這裡讓我有種似曾相識。瑪莉安表現得和英格麗消失當晚一模一樣，心口不一。當她簡短回以「是的」，那兩個字從她口中溜出時充滿不確定感。她自己也知道那句話聽起來什麼感覺，於是又試一次，灌注更多力量。「是的，我很確定那晚什麼也沒看見。」

現在，瑪莉安一手放到了門上，戴了手套的手指在木頭上屈屈伸伸。當她將另一手舉到帽緣，我看到她的手在顫抖。她又從上往下徹底瞄了走道一次，說：「我得走了，很抱歉。」

「瑪莉安，等一下——」

她試圖關門，但我不顧一切往門框伸出腳、把它擋住。我透過剩下的六吋縫隙望著她。

「為什麼不告訴我？瑪莉安？」

「拜託，」她細著聲音，臉突然整個藏進了陰影。「拜託別再問問題了，這裡沒有人會回答的。」

瑪莉安對著我的腳猛推門，逼我收回去，接著門重重關上，又「噗」的冒出另一團滿溢香水的氣味。我踉蹌退後，突然意識到走道上還有另一個人。我歪歪倒倒地從瑪莉安門前退開，見到萊斯莉．伊芙琳站在走道幾碼外。她剛從瑜珈課回來，身穿昂貴緊身褲，臂下夾著捲起來的瑜珈墊，髮際線上有細細一道閃亮的汗水痕跡。

「出了什麼問題嗎？」

「沒有，」我說，即使她很明顯看到了瑪莉安對我甩上門。「一點問題也沒有。」

「妳確定嗎？因為在我看來很像是妳在打擾別的住戶，妳也知道，這違反了規則。」

「是，可是——」

萊斯莉舉起一手，示意我安靜。「規矩都沒有例外，妳搬進來時我們就徹底討論過了。」

「的確是有，我只是——」

「違反了規則，」萊斯莉說：「說實話，茱兒，我本來對妳有更高期望，妳本來是那麼守規矩的臨時住戶。」

她用了「本來」兩個字，讓我心臟停了一會兒。

「妳——妳要把我踢出去嗎？」

起先萊斯莉什麼也沒說，讓我苦苦等她答案。當她終於回答——「不會，茱兒，我沒有要這麼做。」我感激地嘆了口氣。

「我一般是會的，」她補充道，「但是我將妳過去的行為也考慮進去，我看到昨晚妳是怎麼幫助葛蕾塔和魯法斯離開大樓，很顯然新聞媒體也看到了。要是我在妳做了這等善行之後把妳逼走，感覺太殘酷。但我本人是十分嚴格的。所以，要是我再看到妳去打擾瑪莉安或任何住戶——無論理由是什麼——恐怕妳就非走不可了。不遵守規則的公寓看守人很少能得到第二次機會，更絕對不可能有第三次。」

「我瞭解，」我說：「我真的很抱歉，只是我還是沒有英格麗的消息，我擔心她會不會發生了什麼事。」

「她沒發生任何事，」萊斯莉說：「至少不是發生在這棟大樓內，她是自願離開的。」

「妳怎麼能這麼確定？」

「因為我進過她的公寓，完全沒有掙扎跡象，也沒留下任何東西。」

只不過，她弄錯了。英格麗離開時確實有樣東西沒帶走——一把正藏在12A廚房洗碗槽底下的葛拉克。那也就表示，萊斯莉說英格麗什麼東西都沒留下有可能也是錯的。就算她來時帶的東西不多——根據查理所說，是兩只行李箱和幾個箱子——也超過英格麗自己一人能拿的程度。我至少得花上三趟，才能將我貧瘠的所有物從12A移走。

我再次向萊斯莉道歉，急忙離開，突然冒出一個想法，覺得11A裡可能還有一些英格麗的東西。也許推到更衣間後方、放在床鋪底下，某個萊斯莉不會立刻發現的位置。而在那些可能藏了起來的物品中，說不定會有能暗示英格麗去處的東西——甚至能指出她到底在躲誰。

除非我自己去找，否則不可能確定。這任務不會太容易，我只能想出一個進去裡頭的方法。即使如此，我還是會需要別人幫忙。此外，讓這件事難上加難的地方在於，它必須做得迅速且安靜。

因為我必須對付另一個意外擔憂。

萊斯莉正虎視眈眈盯著我的每一步。

27

「我真的覺得這不是好主意。」尼克說。

「你說你想幫我的。」

我們兩人在12A的廚房肩並著肩站著，一同注視打開的升降機。尼克搔搔頸背，露出不確定又迷人的神情。

「這個，」他說：「和我想的有點不一樣。」

「你知道進英格麗公寓更好的方法嗎？」

「妳可以——我知道這可能聽起來很瘋——直接請萊斯莉讓妳進去。她有鑰匙。」

「此時此刻她討厭死我了；她說我打擾了瑪莉安・鄧肯。」

「那妳有嗎？」

我迅速把一小時前的事簡短跟他走一遍。從查理送來花、瑪莉安擔心受怕的模樣，最後到11A裡可能有和英格麗出了什麼事相關的證據。

「既然萊斯莉目前可能高度不配合，要不用升降機，要不就什麼都做不了，」我說：「你把我放下去，我四處看看，你再把我拉上來。」

尼克持續用質疑的目光打量升降機。「妳這計畫……大概有一百種出錯的可能。」

「講一個。」

「我可能讓妳掉下去。」

「我沒那麼重，你也沒那麼弱，」我反駁道，「此外，就只下去一層樓。」

「要是妳掉下去，這距離也夠造成嚴重傷害了，」尼克說：「茱兒，相信我，這不是可以掉以輕心的事，就算妳的勇敢很值得敬佩。」

我不勇敢，我只是很急。我還記得那些警察，他們責備我家人在珍失蹤後等了太久，強調每一分鐘都很重要。打從英格麗消失至今已超過四十小時，時間不會等人。

「我確實相信你，」我抓住尼克的手，把他拉回升降機前面。「就是因為這樣，我才請你幫我這件事。拜託，尼克，只是快速看一下，下去一趟就回來。」

「下去一趟就回來，」他將手伸向升降機的繩子，扯了一下、測試強度。「妳打算在下去和回來兩步驟中間花多久時間？」

「五分鐘。」可能十分鐘吧。

「妳真心覺得這能幫助妳找到英格麗？」

「所有方法我都試過了，」我說：「我打給醫院，我去遊民收容所，我盡可能到處打聽，真的已經用光每一種方法。」

「但妳想要找到什麼？」

我倒是知道我不想找到什麼——另一把槍，甚至是寫在某首詩背後令人更加憂心的紙條。我希望在11A那些品味高雅的家具中，擱著一些沒那麼不祥、比較有用的東西。

「希望是某個暗示英格麗去了哪裡的物品，」我說：「一封信件，一個通訊錄。」

我只是在亂抓救命稻草，我也知道，甚至忽視事實，因為還在公寓裡的東西很可能全不屬於英格麗。但要是那裡真的有個什麼，如果找到，也許真能幫助我找到她，並讓我放下所有疑問——與擔憂。

「我跟妳說過會幫忙，我就會幫，」尼克搖著頭，彷彿難以置信自己同意這麼做。「妳的計畫是？」

計畫是，我帶上手機和手電筒爬進升降機，尼克把我降到11A。我一出去，他就把升降機拉回12A，以免萊斯莉也密切監視著這玩意兒。

接著，尼克會到十一和十二樓之間的樓梯平臺把風，與此同時，我會搜索公寓。如果好像有人靠近，他會用簡訊警告我，我就馬上離開——走大門，並確保門在我離開後有上鎖。

當我試圖爬進升降機，我們立刻遇到第一個難關：它大小太剛好，我必須蜷縮成胚胎姿態才進得去。我一進去，升降機立刻發出嘎吱呻吟。在那緊張萬分、恐怖不已的一瞬間，我以為它會因為我的體重往下墜落。當它沒發生，我緊張地對尼克點了個頭。

「感覺沒事。」我說。

尼克則沒那麼樂觀。「妳確定非走這一遭？」

我又點頭；我沒有其他選擇。

尼克扯了一下繩索，將它從上方滑輪的卡死機制中解放，升降機立刻驟降幾英寸。我嚇了一跳，發出接近尖叫的嗚咽，尼克因此表示：「沒事的，沒事，我拉住妳了。」

「我知道。」我說。

即便如此，我仍緊緊抓著穿過升降機的雙股繩索。它們在動，從我捏緊的拳頭中滑過，一股往上，另一股往下，讓我想到巴塞羅繆的電梯纜線。我持續往下，碗櫥底部與我大腿齊平，接著到胸口，然後肩膀。當它來到眼睛位置，只剩一條兩英寸的縫。透過那個縫，我只能見到尼克繼續把我放下去時從牛仔褲跑出來的襯衫。

他又將繩子一提，縫隙便完全關閉，把我投進黑暗之中。

直到我再也看不到尼克和12A，我才開始仔細思量這計畫有多愚蠢。尼克是對的，這不是什麼好主意。嚴格說，我目前正在巴塞羅繆的牆壁裡頭，各式各樣的壞事都可能發生。

繩子搞不好會斷掉，讓我像一袋滾進垃圾車的垃圾那樣垂直落下。

升降機的底搞不好會掉下來——當它開始嘎吱亂叫、呻吟不停，這個可能性非常高。

更糟的狀況是，它搞不好會卡住，讓我永遠困在樓層與樓層的永劫地獄。這個想法讓我湧上一陣幽閉恐懼，嚴重到我開始深深相信升降機變得更窄，以微乎其微的幅度縮水，逼我更用力蜷成小球。

我打開手電筒：大失策。突如其來的光亮讓我將升降機的四壁聯想成棺材內部——無庸置疑很像。黑暗，狹窄限縮，深深埋起。

我關掉光束，再次被拋入黑暗。我發現身周突然失去一切聲響。

升降機的嘎吱和呻吟不在了。

當我再次抓住繩索，發現它們一動也不動。

升降機停了。

我被困住了。這是我的第一個想法，就像我恐懼的一樣。我用肩膀去推擠牆壁，很確定現在的空間真的比幾秒前更小。

可是，接著我的手機亮起，讓升降機中填滿冰藍光芒。

尼克傳來的簡訊。

妳下去了。

我用手肘去推左邊的牆，瞬間頓悟那不是牆壁。是一扇門。

準確地說是碗櫥的門。和它在12A的雙胞胎一樣是往上開的。結果我竟然沒考慮過門有關著的可能，在在顯示我對這整件事有多欠考慮。我彎起手臂，左手手掌平貼，勉強將它往上推出一道縫隙，接著將左腳卡進下方，讓門不要往下掉。我扭曲身體，拗成我之後一定會後悔的模樣，終於將門完全抬起，從升降機溜出去。

在11A伸手不見五指的廚房中，我稍做伸展，關節發出啵啵聲，然後回傳簡訊給尼克。

我進來了。

兩秒後，升降機開始動作。我看著它上升，再次對於下來這裡是否明智感到質疑，甚至有一瞬間想跳進去，讓尼克把我拉回安全的12A。我不禁捫心自問我到底想在這裡找到什麼。如果我完全誠實，答案會是：什麼都不要找到。那就代表我為了跑來這裡冒了極大風險。要是萊斯莉突然衝進來，我的一萬兩千元就飛了，我寧死也要按下的重開機按鈕也會泡湯。

但尼克和我不同，他沒浪費任何時間。升降機已被拉上去、失去影蹤，我別無選擇，只能關上碗櫥門，打開手電筒。

沒有回頭路了。我進了11Ａ，該開始搜索。

我從廚房開始，用手電筒去照每個碗櫥和抽屜，找到常見的各色鍋碗瓢盆和一些器皿。沒有任何異常之處，也沒有什麼東西看起來曾經屬於英格麗。

手機在我手中亮起，是尼克的另一封簡訊。

在平臺了，目前安全。

我繼續搜索，經過走道、客廳，接著書房，配置都和12Ａ如出一轍，書房裡甚至有張書桌和一個書架，雖然它們就和樓上的同款家具一樣沒啥資訊。桌子空蕩蕩，書架大部分也一樣，除了幾本約翰．葛里遜[12]的精裝書，以及一本厚得像電話簿的亞歷山大．漢彌頓[13]自傳。

我突然意識到自己完全不曉得11Ａ為什麼沒人住。英格麗從沒有機會提到是前屋主過世，還是目前住戶要離開很長一段時間。我猜可能是以上兩個原因之一，雖說這樣還是無法解釋為什麼這兒看來這麼沒有人味。我冒出個感覺，就如萊斯莉告訴我英格麗離開後，我偷看裡面一眼產生的感覺一樣：這個地方不像有人住的公寓，更像某種複製品。冰冷、安靜；淡而無味，有如白水。

我移往公寓另一側——就是和我那間配置不一樣的那側。12Ａ在巴塞羅繆的轉角打住，11Ａ則

---

12 John Grisham（1955-），法律小說作家，多本作品改編為好萊塢電影。

13 Alexander Hamilton（1755-1804），美國憲法起草人之一，亦為第一任財政部長。

繼續延伸至大樓北側。我在這裡找到一間浴室，它在手電筒光束下白到發亮，走道上有兩間正對著的小臥室。

盡頭有一扇通往主臥的門。儘管沒像12A樓中樓那麼華麗，仍令人印象深刻。有一張加大雙人床，八十寸平面電視，主浴室，一間更衣間。我第一個就進這裡，並用手電筒照過光禿的地毯、空盪的架子、數個木頭掛衣鉤，上頭空無一物。

我接著進浴室，同樣空盪。水槽底下的櫃子沒東西，壁櫃中有毛巾列放架上，折得整整齊齊。

我回主臥室時，手機亮起。

妳進去一陣子了，尼克傳訊。沒事吧？

我注意到在螢幕上方閃亮的時間，我下來十五分鐘了；遠比我打算的久。

要結束了。我傳了訊息。雖然我其實該快點離開，這間公寓顯然沒有英格麗留下的任何東西。我沒看到半只箱子或行李箱、或甚至她住過這裡的痕跡。可是我也不想沒檢查完每一吋地方就走。下來一次花費太多力氣，而我懷疑我有沒有辦法再來一回。

我快速確認床下，用手電筒來回掃過地毯。

沒東西。

我再去床鋪左側的床櫃。

沒東西。

接著再確認右邊的那個。

有東西。

一本書，像旅館房間的聖經那樣，躺在除此之外空無一物的抽屜底。

尼克的下封簡訊來了。有人在電梯裡，在動。

我回覆。上去？

對。

我用手電筒照著抽屜裡的書。《夢想者之心》。不管去到哪裡我都認得那個封面。拿起來時，我發現有張紅色流蘇的書籤塞在紙頁中。

我看過這本書——和書籤。就在英格麗貼在Instagram的照片裡，就是她驕傲地寫著遇到葛蕾塔．曼維爾的文字描述。

這是英格麗的書。

我終於找到她還留在這裡的東西了。

我抽出書籤，發現它並沒有任何個人色彩，再普通不過。只是一隻貓咪蜷縮在毛毯上的圖畫，就像全國所有書店都賣的那種。

在我將書往後翻，檢查裡面有沒有塞了張紙，或邊緣寫了什麼筆記時，我的手機連續快閃三次，像閃電劈下那樣照亮房間。什麼都沒有，直到我翻到書名頁，上頭大大題了文字，是那種圓圓的字跡。

親愛的英格麗，

真是榮幸，妳的青春活力讓我也活了起來！

祝好

葛蕾塔．曼維爾

我的手機再次亮起，逼得我不得不去確認。我看到尼克傳來四條未讀訊息，一條比一條更嚇人。

電梯停在11

是萊斯莉！有人和她一起。

他們要去11A！

最後一封，只不過在幾秒之前傳來，令我心臟一陣狂跳。

躲起來

我把書丟回床櫃抽屜、猛地關上，接著千鈞一髮衝到走道，正好聽見鑰匙在鎖中轉動的聲音。

門打開來，萊斯莉．伊芙琳的聲音終於在公寓中響起。

「我們到了，親愛的，這就是11A。」

28

萊斯莉和她的客人在11A中隨意亂走，用壓低的音量對話。目前為止，他們都還待在公寓另一邊。書房、客廳，現在來到廚房。萊斯莉說了些什麼，但我聽不太清楚。

我繼續待在主臥室，將自己塞到床底下，肚子貼地趴著，手機塞到身體下方，這樣一來，如果尼克再傳簡訊，光亮可以被擋住。我緊緊閉著嘴巴，透過鼻子呼吸，因為這樣比較安靜。

臥室外面，萊斯莉的音量越來越大、越來越清晰。現在我能聽清楚她在講什麼，也就表示她離開了廚房，更為靠近。

「這是巴塞羅繆最好的一戶，」她說：「當然，這裡的每間都很好，但是這間更特別。」

和她一起的是個女人，年輕又活潑——至少她努力這麼表現。當她開口，我從她的聲線聽到一絲緊張顫抖。「這間公寓超美的。」

「確實是，」萊斯莉說：「那就代表住在這裡是一份很大的責任。我們需要一個真的能好好看守這裡的人。」

啊，所以這是英格麗接班人的面試。萊斯莉絲毫不浪費時間，這也解釋了女孩為何緊張。她盡力想留下好印象。

「回到問題上，」萊斯莉說：「妳目前的就業狀況是？」

「我是演員，」女孩說：「在有大好斬獲之前，我先端盤子打工。」

她咯咯地吐出緊張的笑，雲淡風清帶過，彷彿就連她自己都不相信這種事。我為她難過。要是我沒有那麼害怕地躲在這裡，注視她們的影子沿走道牆壁移動，這感覺應該會更深刻些。一陣子後，她們就進了臥室。萊斯莉打開上方的燈，我則像昆蟲一樣，在床底下越縮越小。

「妳抽菸嗎？」萊斯莉問。

「只為了角色需要。」

「酒呢？」

「不太喝，」女孩回答：「我還不到年齡。」

「妳幾歲？」

「二十，不到一個月我就會滿二十一了。」

她們橫過房間。

靠近了床。

兩人停得太近，我甚至能看到她們的鞋子：萊斯莉的黑色淺口高跟鞋，女孩腳上多處磨損的Keds。我屏住呼吸，再用一手蓋住鼻子嘴巴，生怕發出細微聲響。即便如此，我的心臟仍在胸口敲得好響，我真心覺得，要是她們停止交談太久，仔細一聽就能聽到。謝天謝地，她們沒有這樣。

「妳的感情狀態呢？」萊斯莉問：「有在和人交往嗎？」

「我呃……有個男友，」女孩似乎被突如其來的問題嚇了一跳。「會有問題嗎？」

「就妳的例子：會，」萊斯莉說：「有一些規矩是臨時住戶一定要遵守的，其中之一就是不能有訪客。」

萊斯莉走向主浴室，高跟鞋從我視線中消失。穿著Keds的女孩在不情不願跟著她離開前又逗留了一會兒。

「絕對不行？」她說。

「絕對不行。」萊斯莉在浴室裡面回答，磁磚讓她的聲音帶著某種水聲發出迴盪，「另一條規則是不能在公寓以外的地方過夜。所以，如果妳合格了，可以住在這裡，不過恐怕沒辦法太常和妳男友見面。」

「我覺得這不會有問題。」她說。

「這種話我以前也聽過。」

萊斯莉回到床腳，那雙黑色高跟鞋離我的臉只剩幾吋。鞋子完美無瑕，擦得晶亮，我甚至能在發光的皮革上看見自己變形的倒影。

「跟我說說妳的家人，」她說：「有無直系親屬？」

「我父母住在馬里蘭，我的妹妹也是。她也想當演員。」

「妳父母人真好，」萊斯莉暫停。「我問題問完了。回去門廳吧？」

「呃，沒問題，」女孩說：「我得到這份工作了嗎？」

「幾天內我們會打電話通知妳。」

她們都離開了臥室。萊斯莉出去時關了燈，我迅速聽見前門關起、鑰匙在鎖中發出喀拉的聲音。

即使現在她們都已離開，在做出任何動作前，我還是等了一下。

一秒。

兩秒。

三秒。

即使我開始動了，也只是將手機從身下抽出來，確認尼克的簡訊。

他在三十秒後傳來。

她們進電梯了。

我從床底爬出來，踮著腳尖走上走道，仍怕得不敢發出太多聲音。我在門旁打開了鎖，窺看外頭，確認她們真的離開了。我一個人影都沒看到，便再次將門上鎖，在身後關上，朝樓梯間飛奔而去。

尼克還在樓梯平臺上，當他看到我跑上第一道階梯，表情從擔憂緊張變成喜出望外。

「剛剛真是緊張萬分。」他說。

「你才知道。」

我的心臟在胸中持續狂跳，讓我有點頭重腳輕。我想，這頭暈應該是來自我竟然沒被抓到並且即刻從巴塞羅繆被踢出去的震驚，又或者是尼克抓住我的手之故。當他迅速將我拉上十二樓平臺的階梯，手掌十分熱燙。

我們直接去了他的公寓——邊跑邊咯咯笑，卻又拚命保持安靜，我們亢奮不已，因為自己幹了根本不該幹的事，然後僥倖逃過一劫。進了公寓，尼克靠在門上，胸口大大起伏。「我們竟然真這麼做了？」

我同樣喘不過氣，斷斷續續地回答。「我——我想我們真這麼做了。」

「該死的，我們真這麼做了！」

尼克仍握著我的手，將我一把拉過去，暈呼呼地擁抱我。他的身體很暖，心臟和我跳得一樣快，腎上腺素有如電流，從他身體躍出，直接傳到我身上，直到我頭昏腦漲，彷彿整個房間都在旋轉。

我望進尼克的雙眼，希望這麼做能讓我平靜。然而，我只是變得越來越無法控制。但是這感覺並不壞——非常非常不壞。我不由自主一陣狂喜，整個人往他身上貼，直到我們的臉只相隔幾吋。

然後我吻了他。

雖然只是快速又突如其來的蜻蜓點水，仍使我馬上不好意思地退縮了。

「對不起。」我說。

尼克注視著我，眼中閃過一絲受傷。「為什麼？」

「我——我不知道。」

「妳不想吻我嗎？」

「我想。只是——我不知道你是不是想要我這麼做。」

「那就再試一次。」

我深呼吸一口氣。

靠近他。

我再次親吻尼克。這回是緩緩慢慢地吻。我有點擔心。我有好一段時間沒和安德魯以外的人接吻，心中那個愚蠢的小女孩不禁擔心我忘了該怎麼做。不過我當然沒忘，這就如我記憶中一樣美好得令人心醉神迷。

而且尼克是個接吻高手，這幫了不少忙——不對，他根本就是專家。我心甘情願迷失在那些感受之中：他與我相貼的嘴脣、心臟在我手掌下狂跳，他的手貼在我的頸背上。

我們踩著搖晃不往的腳步在走道上移動，什麼也沒說，抵著一面牆親吻，分開走個幾步，又雙脣相貼。我跟著他上了螺旋梯，到他臥室。他灼人的手拂過我的。

我在樓梯最上方稍停片刻，腦子深處有個怯生生的聲音對我說，這一切發生得太快了，我有別的事情得擔心：找到英格麗、找到工作、找到重新奪回人生掌控權的方法。

但尼克再次親吻我。

吻我的嘴脣。

吻我的耳垂。

吻我的頸背，解開我的衣服。

當我的衣服落下，我所有擔憂也一起落下。

我從中解放，讓尼克牽我的手，領著到他床上。

現在

華格納醫生期待地注視著我，等我繼續說，可是我沒有。有很大的原因是我明白自己聽起來像是瘋了。

我絕對不能聽起來像是瘋了。

不能讓醫生這麼想，不能讓警察這麼想，尤其，當我必須接受避不掉的偵訊，我不能讓任何人這麼想，免得他們認為我真的有那麼一點精神不穩定，因此不願相信我。

他們一定要相信我。

「妳的意思是巴塞羅繆鬧鬼嗎？」華格納醫生說，試著不讓交談中斷。「我很常聽到那些謠言、都市傳說，諸如此類，但我也聽說那只是古老的歷史。」

「歷史會一再發生。」我說。

醫生揚起左邊眉毛，從他的眼鏡框上尖尖高起。「這是來自親身的經驗嗎？」

「沒錯，我第一天在巴塞羅繆遇到一個女孩，之後她就消失了。」

現在我聽起來比較冷靜了，即使內心驚慌指數達到最高。我的脈搏亂調，眼皮一抽一抽，脖子護頸裡頭堆積了更多汗水小池。

但我沒有拔高音調。

也沒有講話很快。

就算只是朝著歇斯底里偏去最微小的一點距離，這場對話就會結束。和九一一調派員說話時，我學到了這件事。

「前一天她還在，第二天就不見了。簡直像是死了一樣。」

我暫停下來，給華格納醫生足夠時間在這個陳述上加以沉澱。當他沉澱完，便說：「在我聽來，妳似乎認為巴塞羅繆裡有人遭到謀殺。」

「沒錯，」我說，然後追加致命一擊。「是好幾個人。」

29 兩天前

當我醒來，窗戶外面看到的不是喬治，而是另一隻石像鬼，也就是他的雙胞胎，站在面南角落的那位。我用懷疑眼神注視著他，幾乎要脫口問出你對喬治做了什麼。

但接著我就意識到，我不是單獨一人。

尼克在我身旁熟睡，臉埋在一顆枕頭裡面，寬闊的後背一起一落。

這解釋了石像鬼為何不同。

以及臥室也非常不同，我現在才注意到。

前晚的回憶高調回歸。從11A的狂奔、在樓下接吻、然後在樓上接吻，又在樓上做了更多的事——例如，安德魯和我同居、性愛變成例行公事而不是什麼令人興奮的事後，我就再也沒做過的事。

可是昨晚……？那令人太興奮了，也太不像我了。

我坐起來確認床頭櫃上的時鐘。

七點過十分。

我整晚都待在這兒，不是12A，我又違反了巴塞羅繆另一條規矩。

我裸著身子溜下床，在早晨的冷冽中顫抖，突然一陣害羞。昨晚像逃兵那樣消失的舊日自我以報復之姿回歸。我靜靜抓起衣服，努力在穿好之前不要吵醒尼克。

不太走運。我才勉強穿上內衣，他的聲音就從床那邊傳來。

「妳要走了嗎？」

「對，抱歉，我得走了。」

尼克坐起來。「妳確定？我要做鬆餅給妳吃耶。」

與其一邊被尼克注視一邊穿上胸罩，我決定將它和鞋子扔在一塊兒，直接穿起上衣。

「下次吧。」

「嘿，」尼克說：「為什麼那麼趕？」

我比比時鐘。「我沒在12A過夜，違反了萊斯莉的一條規則。」

「我不擔心這種事。」

「你說的倒輕鬆。」

「我認真的，不要擔心。之所以會有規則，只是要確保公寓看守人知道這工作不是開玩笑。」

尼克下了床，完全沒像我這樣害羞。他移向窗戶、伸展身軀，秀出來的身體輪廓之美好，簡直令我膝蓋發軟。又是個打從我搬進巴塞羅繆就不斷發生的「實在不敢相信這是真的」的時刻。

「這我很清楚，」我說：「就是因為這樣，我才那麼緊張。」

尼克用腳尖踢起地上一件格紋四角褲，評估一下，似乎可以接受，便穿起來。「我不會告訴任何人，如果妳擔心的是這個。」

「我擔心的是一萬兩千元飛了。」

我踩進牛仔褲，抿著嘴快速吻他一下，希望他不會嗅到我早上的口氣，然後抓著鞋和內衣，赤腳慌張跑下樓梯。

「昨晚很愉快。」他跟在我後面說。

「我也是。」

「昨晚做的，有機會我還想再來一次，像是其中一部分……」他亮出個連魔鬼都會嫉妒的笑容。「或者全部的部分。」

我的臉衝上熱氣。「我也是，但現在不行。」

尼克抓住我的手臂，還不讓我離開。「嘿，我忘了問，妳有在11A找到什麼東西嗎？我本來昨晚要問，但是——」

「我沒給你機會。」我說。

「這是個令人愉快的分心。」尼克說。

「我找到一本書，《夢想者之心》。」

「不意外，這棟大樓到處都有那本書。妳確定那是英格麗的？」

「上面有她的名字，」我說：「葛蕾塔幫她簽了名。」

我很想多對尼克說一點，像是我很訝異和葛蕾塔談到英格麗時，她從沒提起，像是我擔心她的狀況其實不只會突然入睡。但我也真的、真的想快回去12A，以免萊斯莉．伊芙琳突然決定來訪。

經過昨晚之後，我可以預想，在每個不宜拜訪的時刻可能都會看到她。

「我們晚點聊，」我說：「我保證。」

我給他最後一吻，便衝上走道——所謂一夜情後的回家路，我是第一次踏上。克洛伊一定會說這件事早該發生，即使我並不介意這輩子活到現在，卻從沒經歷這分外蹣跚的路。至少這條路很短，只是赤著腳從12B衝到12A。

一進裡頭，我就把胸罩和鞋子丟在門廳地上，鑰匙扔進碗裡。不過我又沒瞄準，鑰匙甚至沒掉在地上，而是不偏不倚就這麼掉進暖氣口，接著打滑、墜落、一路滾了進去。

幹。

我疲憊地走去廚房，路上還絆到一隻亂丟的鞋子。既然我沒有查理的那種好用的磁吸棒，便搜遍雜物抽屜，找看有沒有螺絲起子，最後找到了三根。既然我不確定究竟哪根符合孔蓋的螺絲（或根本都不符合），乾脆全拿，外加一把也在抽屜裡的筆形手電筒。

扭開格柵時，我想著尼克。大多是在想他會怎麼看我。會覺得我很隨便嗎？走投無路？一心為錢？是沒錯，但情感方面我不是這樣。昨晚不是常態，是被腎上腺素和恐懼點燃的——噢，還有慾望。

我並沒有抱持幻想，以為尼克和我將陷入愛河、走入婚姻，在巴塞羅繆的頂樓攜手共度人生，那只會發生在童話故事和葛蕾塔．曼維爾的書裡。我不是金妮，也不是灰姑娘。三個月內，時鐘會敲響午夜鐘聲，我就得回到現實。

倒不是說我就距離現實很遠。此時的我穿著昨天的衣服趴在地上，整個人散發歡愛過的氣味，去他的，這再真實不過。

不過，發現查理說格柵可以輕易拿開的事情沒錯，我挺高興的。我弄鬆螺絲，毫無障礙地移開上方的蓋子。最大的問題來自筆形手電筒。它閃了好幾次，直到我對著掌心狠甩它好幾下才正常。

它一正常運作，我就對準管道照進去，並且立刻瞥到鑰匙。它周遭圍繞著其他掉進去後被遺忘的物品：兩顆鈕釦、一條橡皮筋、一只垂墜式耳環——一定很便宜，如果住在這裡的人甚至懶得把它撈出來。

我抓了鑰匙，留下其他物品。在把格柵放回去前，我以光束掃過管道底部，以防裡面掉了更有價值的東西——例如現金。做點美夢總是可以吧？

我沒看見任何有價值的東西，正要關掉手電筒，它卻映射到某個卡在格柵角角、閃亮亮物品的邊緣。我將光源拿穩，靠近一些，好詳細看。那雖不是鑽石，卻是個同樣出人意料的東西。

一支手機。

即便查理告訴我這以前也發生過，竟在管道底部發現一支手機，我仍很驚訝。我懂大家懶得把便宜耳環拿回來，可是就連有錢到能住巴塞羅繆的人，也不可能這樣丟下自己的手機。我抓起手機，在手中翻過來。雖然螢幕有些刮到，狀態仍算不錯。我試著打開，卻什麼也沒發生——當然是因為電池沒電了。這東西很可能已在下方躺了好幾個月。

這支手機和我同廠牌，雖然我的那支比較舊，電池一樣可以換。我上樓去把手機插上電，希望在充電後能搞清楚這支手機是誰的，得以歸還失主。

手機充電時，我把格柵蓋回管道，接著去沖澡。我把自己刷得乾乾淨淨，換上衣服，回到手機旁，見到它的電已經飽得能開機。我打開時，手機在手中亮起，一張照片填滿螢幕，推測應該是手機主人。

蒼白臉龐、一雙杏眼，捲捲的棕髮一派不羈任性。

我一指滑過螢幕，發現手機上了鎖——我的手機也使用了這個安全機制。沒有解鎖密碼，就無法知道這是誰的手機，遑論得知他們為何就這麼把手機留在暖氣管道。

我滑回初始畫面，再次瞪著照片上顯示的女人。突然間，我記憶的深井咕嚕嚕湧上領悟感。

我看過這個女人。

不是親眼看到，是在另一張圖片，就在幾天前。

我一秒也不遲疑，出了12A，進入電梯，它一如往常以磨人的慢速將我運送到大廳。在巴塞羅繆外面，我經過一位門房（不是查理），往右轉去。

人行道上滿是混合了慢跑者、溜狗人士和拖著腳步去上班的人群，每日皆然。我穿越群眾，基本上算是在人行道上奔跑，直到來到距巴塞羅繆兩個街區的地方。那個轉角的街燈有一張紙，靠著最後一丁點膠帶撐在那兒。

紙張正中央那張照片，正是我找到的手機上的女人。同樣的眼睛，同樣的頭髮，同樣瓷娃娃般的肌膚。

照片上方的鮮紅字樣重擊了我，就如初次看見傳單時那樣。

失蹤

下方是那女人的名字。

我也認得。

愛瑞卡・米契爾。

在我之前的12A公寓看守人。

30

我「啪」的把傳單壓在廚房流理檯上盯著看，心臟一陣震顫。

愛瑞卡和英格麗。

兩個都是巴塞羅繆的公寓看守人。

兩人現在都失蹤了。

這不可能是巧合。

我深呼吸一口氣，重讀一次傳單。最上方的是那兩個可怕字眼，以俗豔的字體呈現。

失蹤

下方則是愛瑞卡．米契爾的照片。她讓我想到我自己，而非英格麗。我們長相類似。雖然友善，但戒慎恐懼；長得不差，可是沒有記憶點。

我們都住12A，這件事不能忘記。

接在照片後的是個人資料條列。

姓名：愛瑞卡．米契爾

年齡：二十二歲
身高：五呎一吋
體重：一百一十磅
最後出現日期：十月四日

那麼就是十二天前，在英格麗搬進巴塞羅繆幾天後。

紙張最底下一樣用紅色寫著，要是有人知道和愛瑞卡行蹤有關的訊息，可以撥打以下號碼。

我父母也為了珍做過同樣的事。前幾週，我們的電話時常響起，父母其中一人絕對會接，不管時間多晚。但是打來的要不是怪咖，就是太寂寞的人，又或是小孩子玩大冒險，挑戰打失蹤少女的號碼。

我抓了電話撥號。不管貼那張傳單的人是誰，對我找到愛瑞卡的手機一定很感興趣，這點我毫不懷疑。

電話接起，是個聲音聽來很耳熟的男性。

「我是狄蘭。」

我一個暫停，因為訝異暫時失去說話能力。

「巴塞羅繆的公寓看守人狄蘭？」

換他暫停，整整兩秒後才被問句打斷。「是。妳是誰？」

「茱兒，」我說：「12A的茱兒．拉森。」

「我知道妳是誰，妳怎麼拿到我號碼的？」

「愛瑞卡．米契爾的協尋海報。」

電話被掛掉了。我再度感到訝異。

狄蘭掛了電話。

我正要打回去，手機就在手中嗡嗡響起。

狄蘭傳來簡訊。

我們不能談愛瑞卡，不能在這裡。

我回傳。為什麼？

幾秒過去，接著一串蕩漾起伏的藍點點出現在螢幕上。狄蘭在打字。

可能會被人聽到。

我一個人。

妳能確定嗎？

我開始打回覆——近似這樣會不會有點杞人憂天？之類的句子——但是狄蘭搶先一步。

我沒有杞人憂天，只是謹慎。

你為什麼要找愛瑞卡？我輸入訊息。

妳為什麼打電話找她？

因為我找到了她的手機。

我自己的手機突然響起，狄蘭打來的，恍若驚訝到超越簡訊所能表達。

「妳在哪裡找到的？」我一接起來他就說。

「在地下的暖氣管道裡。」

「我想看，」狄蘭說：「可是不要在這裡。」

「那要在哪？」

他琢磨了一會兒。「自然歷史博物館。我們中午在大象那邊見，自己一個人來，不要跟任何人說這件事。」

我掛上電話，胃底充滿想吐的感覺，焦慮啃咬著我的體內。這地方發生的事非常不對勁，我甚至難以理解。

但狄蘭好像非常清楚這裡發生了什麼事。

而那嚇得他魂飛魄散。

31

李奧納德先生回來的時候，我正好要從巴塞羅繆出去。看到他這麼快就出院，我滿驚訝的，大多是因為他看起來可能再多待一天比較好。他的皮膚蒼白如紙，移動速度慢到簡直不真實，需要珍奈和查理都出手協助，才有辦法讓他下計程車、走過人行道。

我撐住門，暫且接手查理的工作。

「謝了，茱兒，」查理說：「接下來交給我就好。」

李奧納德先生和珍奈什麼也沒說，只是用和我來這裡聽導覽時一樣的眼神瞥了瞥我。

當我抵達自然歷史博物館，前方階梯上被一車車載來的成群學生拖延了我的前進速度。他們有好幾百人，穿著格紋裙、卡其褲、白襯衫，外加深藍背心的制服。我努力推擠著穿越，嫉妒他們的年輕和快樂，誇張動作和喋喋不休。人生——真實的人生——還沒對他們下毒手。

我一進入羅斯福圓廳，經過巨大重龍的骨骼前腳底下，直接前往售票處。雖然博物館嚴格說是免費入場，櫃檯後方的女人仍問我是否要支付他們建議的捐獻金額。我給了她五塊錢，獲得充滿批判的一眼。

小小受到羞辱後，我進了非洲動物館，或者套句狄蘭的話，大象那邊。

他已經在那裡了，就在圍繞大廳正中那群剝製大象標本的其中一張木頭長椅上。他刻意一副不想引人注意的模樣，反而讓他更顯眼。黑色牛仔褲，黑色帽T，眼前擋著一副墨鏡。博物館保全竟然沒在附近徘徊，我還真是驚訝。

「妳遲到了五分鐘。」他說。

「你看起來像個間諜。」我回答。

狄蘭拿掉墨鏡，環視塞滿人的大廳。學生已開始湧入，擠在四周的自然仿真立體模型前，使得能看到的動物只剩尖尖的耳朵、彎彎的犄角，長頸鹿毫無生氣的臉面從玻璃另一邊望過來。

「上樓，」狄蘭指指大廳的夾層樓。「比較沒那麼多人。」

確實，但只是勉勉強強。爬樓梯到二樓後，我們站在唯一沒人的仿真立體模型前方；兩隻鴕鳥，正在保護蛋不被靠近的一群疣豬奪走。雄鳥壓低了頭，蓬起翅膀，鳥喙微開。

「妳把愛瑞卡的手機帶來了嗎？」狄蘭說。

我點點頭。手機就在牛仔褲的右前口袋，我自己的手機在左邊。帶著兩隻手機有種沉重感，徒增負擔。

「讓我看。」

「先別急，」我說：「我還不確定能完全信任你。」

我不喜歡他的行為舉止。狄蘭的一切似乎都焦躁不安，他將鑰匙在口袋弄得叮噹響，不斷左右張望大廳，好像有什麼人在看。當他的眼神回到立體模型，看的不是位於面前正中央的鴕鳥，而是步步進逼的掠食者。即便牠們早已死去，被塞製成標本數十年，他仍暗著眼神、繃著臉注視牠們。我想很可能是故意表現給我看的。

「我對妳也一樣。」他說。

我對他露出挖苦的笑。「那至少我們彼此彼此。現在，把你對愛瑞卡・米契爾所知的一切告訴我。」

「妳知道多少？」

「我知道她在我之前住在12A。她住在那裡一個月，然後決定搬走。現在她失蹤了，你貼海報要找她。其餘可以幫我補充一下嗎？」

「我們是……朋友。」狄蘭說。

我注意到那個停頓。「你確定？」

我們朝另一座立體模型走。這個展示的是兩頭藏在叢林小灌木叢中的豹。其中一隻密切注意著附近的一頭叢林豬，準備出擊。

「好，我們不只是朋友，」狄蘭說：「我在巴塞羅繆的第二天在大廳撞見她，我們開始調情，自然往下發展，我們開始固定上床。就我們所知，這沒有違反任何規定，不過我們也沒大肆宣揚，以免這件事其實違了規。所以，如果妳想要聽到確定的感情狀態，我不知道該怎麼告訴妳。我並不確定我們究竟什麼關係。」

我轉瞬想起昨晚和尼克的事，馬上產生同感。

「持續了多久？」

「大概三週，」狄蘭說：「然後她就離開了，毫無通知。她沒告訴我她要離開——甚至想過要離開。某天她就這麼消失了。一開始我以為發生了什麼事，有緊急事件之類的。但是我打電話她卻一直沒接，我傳簡訊她也沒有回。所以我就開始擔心了。」

「你有問萊斯莉發生什麼事了嗎？」

「她跟我說愛瑞卡對那些個愚蠢的公寓看守人規則不太舒服，決定搬走。可是問題就在這裡：

愛瑞卡從沒跟我提過規則，當然也沒講過她覺得那很惱人。」

「你覺得是不是有什麼改變了？」

「我不知道有什麼事情會在一夜之間改變，」狄蘭說：「午夜前沒多久，我離開她的公寓，早上她就不見了。」

我注意到她和英格麗離開相似之處。實在太難以忽視。

「萊斯莉說過她有特別找愛瑞卡談談嗎？」

「我猜她留了紙條，」狄蘭說：「辭職信。萊斯莉是這麼說的。她說她發現信塞進辦公室門下方，連帶還有愛瑞卡的鑰匙。」

我望著立體模型，豹擺放的姿勢令我失去勇氣。其中一隻尾隨叢林豬時，另一隻的眼神似乎望出了立體模型，直接看向在玻璃另一端注視著的人類。

我別開眼神，目光放在狄蘭身上。「你就是從那時開始找愛瑞卡的嗎？」

「妳是指協尋海報？那是在她離開後幾天。兩天過去，我完全沒她消息，覺得擔心。我先去找警察：一點用也沒有。他們跟我說——」

「你得提供多一點資訊，」我說：「我找英格麗時也得到一樣的答案。」

「但是他們也沒有錯，」狄蘭說：「我對愛瑞卡知道得太少。她的生日、她來到巴塞羅繆前的住址。那張海報上的身高體重也只是我猜的。我是希望有人能認出她的照片，打來告訴我他們有看到她。我只想知道她平安。」

我們停在另一個立體模型前，一群野狗在大草原上進行狩獵，雙眼雙耳密切留心著獵物。

「妳有試著找她的家人嗎？」我問狄蘭。

「她沒有家人。」

我一驚，心臟搶了一拍。「完全沒有？」

「她是獨生女，父母在她還是嬰兒時死於車禍，她被唯一的阿姨養大，但那個阿姨也在幾年前過世了。」

「那你呢？你有任何家人嗎？」

「沒有，」狄蘭靜靜地說，並不看我，而去看那群野狗。牠們一共六隻，形成緊密的一個單位。「我媽死了，我爸可能也是，我他媽的不曉得。我有個哥哥，但他死在伊拉克。」

狄蘭又是一個沒有父母或家人的公寓看守人。我從他、愛瑞卡、英格麗和我之間感覺到某種模式。要不是萊斯莉把這當作什麼詭異的慈善事業，特別選中孤兒，就是因為知道我們更容易走投無路才這麼做。

「你可以拿到多少酬勞？」我問狄蘭。

「三個月一萬兩千元。」

「我也是。」我說。

「但是妳不覺得很詭異嗎？是說，誰會付那麼多錢讓別人住他們的奢華公寓？尤其很多人明明願意免費這麼做？」

「萊斯莉告訴我，那像是——」

「買保險？沒錯，她也是那樣告訴我。可是，如果妳把這個包括進去，外加那些規則，狀況就是有點不對勁。」

「那你怎麼不離開？」

「因為我需要錢，」狄蘭說：「距離我拿到這筆一萬兩千還剩六週。一旦那麼做，我就得馬上離開這裡，即使我根本沒別的地方可去。愛瑞卡的情況也一樣。」

「英格麗也是，」我說：「我也是。」

「愛瑞卡確實提過的，只有巴塞羅繆這地方多麼……怎麼說呢……有病。妳聽過那裡發生的爛事嗎？」

我嚴肅地點了個頭，想起排列在人行道上的僕人屍體；柯內莉亞．史旺森和她遭殘殺的女僕；從屋頂一躍而下的湯瑪斯．巴塞羅繆醫生。

「我以為愛瑞卡小題大作，」狄蘭搖著頭，發出短促的一聲苦澀輕笑。「以為她對那個地方擔心過頭，可是現在我卻覺得她還擔心得太少。」

「你的意思是？」

「巴塞羅繆裡有些詭異的情況，」狄蘭說：「我很確定。」

一群群學生終於找到上樓的路。湧進我們周圍的空間，吱喳聊天、觸摸立體模型的玻璃，使得上面布滿黏答答的手印。狄蘭推擠過他們，朝室內另一側移動，我來到另一座立體模型前方加入他。

獵豹潛伏在高聳的野草之中。

更多掠食者。

「那個，你可以告訴我到底發生了什麼事嗎？」我說。

「愛瑞卡消失幾天後，我找到這個。」

他將手伸進口袋，拿出一枚戒指，丟進我掌心。那是一枚典型的畢業戒指，金色、俗豔，就像我高中同學都有的那種。我從沒費心買這種東西，因為就算在那時，我也覺得是浪費錢。寶石是紫色的，周遭圍繞著蝕刻的字母，表明主人是丹維爾高中二〇一四年畢業班的成員。有個名字銘刻在戒指內側。

梅根．保拉斯基。

「我在一個沙發靠墊後面找到的，」狄蘭說：「我以為這可能屬於某個住過那裡的人，或另一個公寓看守人。我問萊斯莉，她說11B確實住過一個叫梅根．保拉斯基的公寓看守人。她去年住在那裡，聽起來很一般，對吧？」

「那我就當作其實並不一般了。」我說。

狄蘭點頭。「我Google了那個名字，希望也許能找到人，將戒指寄還給她。我找到一個二〇一四年從賓州丹維爾郡的高中畢業的梅根．保拉斯基，去年開始她就失蹤了。」

我將戒指還給狄蘭，再也不想碰它。

「我找到她的朋友，」狄蘭說：「她做了一張協尋海報——就和我為愛瑞卡做的一樣——在網上流傳。她告訴我她超過一年沒有梅根的消息，她們最後一次講話，梅根正住在曼哈頓一棟公寓大樓。她從沒跟她說公寓名稱，只提到那裡到處都是石像鬼。」

「在我聽來很像巴塞羅繆。」我說。

「情況越來越詭異，」狄蘭警告，「幾天前，我去公園慢跑。當我回到巴塞羅繆，在門廳看見英格麗。她好像不是要進去、也不是要出去，就那樣站在信箱旁邊，望著門。我有種感覺，她是在等我。」

「所以你告訴我你們其實不太熟，是在撒謊。」

「重點就在這裡：不是撒謊。在那之前我們只講過幾次話，其中一次還是問她有沒有聽過愛瑞卡，因為我曉得她們有一起出去過幾次。」

「在門廳那天她說了什麼？」

「她告訴我她可能知道愛瑞卡發生什麼事，」狄蘭說：「她說她不能在那裡談這件事，想去某個隱密的地方，沒人能聽到的那種。我提議我們當晚見面。」

「是在什麼時候？」

「三天前。」

我的胃一緊。這和英格麗消失是同一天晚上。

「你們本來打算什麼時候見？在哪裡見？」

「一點左右，在地下室。」

「監視攝影機，」我說：「就是被你弄斷線的。」

狄蘭簡短對我點了個頭。「我覺得這是個不錯的主意，畢竟我看到英格麗那樣偷偷摸摸。結果根本沒差，因為她沒出現。妳第二天來告訴我之前，我都不曉得她消失了。」

現在我知道狄蘭那天下午的反應為什麼那麼驚訝了，同時也解釋了他為什麼急著要離我遠一點。沒人會想靠近帶來壞消息的使者。

「然後現在我忍不住一直去想英格麗的失蹤，搞不好是因為她知道愛瑞卡發生什麼事，」狄蘭說：「她什麼時候消失，又是怎麼消失。這和愛瑞卡那麼像，不可能是巧合。簡直像有人發現英格麗知道真相，搶在她告訴我前讓她不能開口。」

「妳認為她們都——」

我不想大聲說出心中想的那個詞，因為害怕一說出口就會成真。珍消失後我也是這樣，我們都是，我的家人小心翼翼地以委婉說法迴避她的消失。她沒有回家。我們不知道她在哪裡。最後是過了一週，終於由父親在半夜發出大聲宣告，打破這一切。

珍失蹤了。

「死了？」狄蘭說：「我就是這麼想的。」

我們朝另一個立體模型走去時，我的雙腿搖晃不穩。這是一堆模型中最殘忍的一個：成群禿鷹──至少有十幾隻──包圍著死掉斑馬，還有更多隻俯衝而下，欲奪取殘餘碎塊。附近有隻鬣狗，還有兩頭豺狼，鬼鬼祟祟加入戰局，也想分一杯羹。

這場景散發熱烈的暴力氛圍，令我胃底攪動。不過也可能因為狄蘭暗示巴塞羅繆裡有人在獵殺同意看守公寓的年輕女子。

梅根、愛瑞卡，還有英格麗。

我望著最靠近玻璃的兩隻禿鷹，牠們陷入熱戰──一隻鳥姿勢仰天，有爪的雙足踢動；另一隻從上方逼近，雙翅大大展開。

「就當你說的沒錯。可是你真的相信巴塞羅繆裡有連續殺人犯？」

「我知道聽起來很瘋，」狄蘭說：「但在我感覺起來就是那樣。她們三人都是公寓看守人，幾乎都以同樣方式消失不見。」

這讓我想到父親說過的某句話。

一次是反常，兩次是巧合，三次為鐵證。

但是，是什麼的鐵證？證明巴塞羅繆裡有人在狩獵公寓看守人嗎？目前而言，要接受這個理論仍太荒謬。然而三名沒有家人的年輕女子搬離大樓後就再也沒和朋友聯絡，這種巧合也同樣荒謬。

「可是誰會做這種事？為什麼巴塞羅繆裡沒有任何人注意到？」

「誰說他們沒有？」

「要是那裡的人認為有人殺了公寓看守人，一定會在意。」

「他們很有錢，」狄蘭說：「每個都是。有錢人根本懶得理拿錢做事的小幫手，他們是禿鷹。」

「這樣的話，我們算什麼？」

他最後又輕蔑地看了那個立體模型一眼。「那隻斑馬。」

「太瘋狂了，這——」

大廳另一邊，其中一個女學生發出尖叫，不過不是嚇到的那種，而是「快點看我」、刻意吸引附近一群男孩的注意那種。然而那個聲音還是很嚇人，害我花了點時間才重新恢復平靜。

「認為整棟大樓對綁架或謀殺視而不見，實在太瘋狂了。」

「但妳也同意發生了詭異的事情，對吧？」狄蘭說：「不然不會聽我說這麼久，甚至，妳打從一開始就不會來這個地方。」

我繼續瞪著立體模型，眼睛眨也不眨，直到整個畫面晃動起來，彷彿生命正慢慢回到玻璃後方的生物體內。羽毛顫動，珠子般的眼睛骨碌碌轉；斑馬吸入一口氣。

「我會在這裡是因為我找到了愛瑞卡的手機。」我提醒他。

「妳看過裡面有什麼了嗎？」狄蘭問：「也許愛瑞卡和害她消失的某個人有聯繫。」

我將手機拿出來，遞過去給狄蘭看。「上鎖了。你會知道愛瑞卡用什麼密碼嗎？」

「我們的關係還不到分享密碼的程度，」狄蘭說：「你知道其他解鎖方法嗎？」

我把愛瑞卡的手機翻過來，認真思考。雖然我對怎麼駭進手機一無所知，不過可能認識某個有辦法的人。我拿了自己的手機，滑過通話紀錄，直到找出我要找的號碼，按下撥號鍵，一個懶洋洋的聲音很快接起。

「我是齊克。」

「嗨，齊克，我是茱兒，英格麗的朋友。」

「嘿，」齊克說：「妳有她的消息了嗎？」

「還沒有。但我在想，你是不是可以幫我個忙。你認識會駭進手機的人嗎？」

齊克突然謹慎地暫停半晌。期間，我能聽到的聲音只有喧鬧的學生，蜂擁著圍在我們身邊。終於，齊克開口了。「我認識。但那要花上不少錢。」

「多少？」

「一千。包含我的兩百五十元，當作中間人佣金，剩下則給我合夥人。」

我整個僵住。這金額真是太扯了，多到我無法獨自負擔。聽到這價錢，我簡直要掛電話。我的拇指在螢幕上抽搐，準備掛齊克電話，如果他打算回電，我也不會接起。

可是我立刻想到狄蘭「雖然很狂但可能是真的」的理論：有個連續殺人犯住在巴塞羅繆的四壁之中，那些突然消失的公寓看守人——梅根、愛瑞卡和英格麗——很可能都是他的受害者。

我們可能是下一個，狄蘭和我。

我想英格麗一定也知道，就是因為這樣，她才安排找狄蘭談話；就是因為這樣，她才留槍和紙條給我。她知道我們也可能像其他人一樣突然消失。

為了避免遭受這種命運，我們可以離開。

現在、馬上。

像英格麗一樣大半夜逃亡——至少我希望她是這樣，可是我慢慢相信，其實她來不及這麼做。

又或者，我們可以付出一千元，解鎖愛瑞卡的手機，並有機會得知到底發生什麼事——不只是她，而是所有人。

「茱兒？妳還在嗎？」齊克說。

「嗯，還在。」

「成交嗎？」

「成交，」我回答，說出口時不禁瑟縮一下。「我們一小時後見。」

我掛了電話，望著立體模型裡的動物。禿鷹、豺狼、鬣狗。我對牠們升起一絲憐憫。牠們的死後生活是多麼殘酷。都死去幾十年了，仍在相互啃咬鬥毆。

齒爪永遠染得血紅。

32

現在我名下只剩二十七元。

狄蘭和我同意平分齊克要求的價碼：狄蘭出五百，我出五百。

狄蘭和我不自在地在口袋塞滿現金，正坐在預定十分鐘後在中央公園要和齊克會面的位置：仕女亭。一座美輪美奐的露臺，奶油色扶手，薑餅色的飾條，整個地方散發著浪漫氛圍，看到狄蘭和我坐在裡頭，一定會讓經過的人一頭霧水。我們交叉著雙臂、滿臉怒容地在亭子裡面對面坐，儼然兩個毫不相配的人正在進行大有問題的盲目約會。

「是說妳怎麼認識這傢伙的？」狄蘭說。

「我不認識。他是英格麗的朋友。」

「所以妳從沒見過他？」

「我們只講過電話。」

狄蘭皺眉。不意外，尤其我已看到，他對於交給全然陌生的人紮紮實實一大疊鈔票多麼不苟同。

「但他認識知道怎麼駭進愛瑞卡手機的人，對吧？」他說。

「我希望是。」我說。

不然我們就完了，特別是我。現在我什麼都沒了。皮夾裡沒錢，沒有可用的信用卡，在兩天後拿到第一筆看守公寓的酬勞前，我徹底破產。單是想就讓我快昏倒。

為了抵抗這股驚慌，我望向亭外的天空。這是個陰鬱的下午，雲層沉重灰暗，不再是母親喜歡的好天氣。對面，狄蘭望著旁邊赫恩海德公園蹦蹦跳跳的一群孩子，那裡有一塊露出地表的岩石，直往湖裡延伸。雖然他的帽T與發怒公牛似的體格讓外表隱約散發兇狠氣息，雙眼卻背叛了他。他眼中有著悲傷神情。

「跟我說說愛瑞卡的事，」我說：「你喜歡的片段，或者美好回憶。」

「為什麼？」

「因為那可以讓你記起你失去了什麼，還有想找回什麼。」

其中一名辦理珍的案件的警探這樣跟我說。那時她已失蹤兩週，希望不斷消逝。

我告訴他，七年級時，有個叫達維．塔克的惡霸決定將我坐校車到學校的路程變成人間地獄。每天，我上車時他會猛地把腳伸上走道、將我絆倒，讓其他人哈哈大笑。這樣大概過了幾週，某一天，我臉著地摔在走道上，流了鼻血。看到血在我臉上不停狂流的模樣，珍怒火爆發，跳過兩個校車座位，抓住達維．塔克的頭髮，狠狠把他的臉往走道摑下去，直到他也流血。之後，她就成為我的英雄。

「愛瑞卡告訴過我一個故事，」狄蘭輕輕微笑。「她還是小女孩的時候，廚房冒出一隻老鼠，她的阿姨到處放陷阱：角落裡、水槽下。我猜她是不顧一切想殺死那隻老鼠。但是愛瑞卡不希望老鼠死掉；她覺得牠很可愛。所以每天晚上，當她阿姨睡著，她會溜進廚房，拿根棍子觸發所有陷阱。對此我一點也不驚訝，我知道她過去是愛動物的人。」

「說愛動物的人就好，」我說：「不必說什麼『過去』，還不曉得她目前狀況。」

狄蘭的微笑褪去。「茱兒，要是我們永遠找不出她們發生什麼事怎麼辦？」

「我們會的，」我不忍心提出另一種可能性。該怎麼學習和無消無息共處，最終怎麼訓練自己不去回想每天錯失的每一分鐘，懸而未決的感受又將如何仍滲透皮膚、進入血液，深深影響著你，恍若無法治癒的疾病。

一名留著凌亂鬍鬚的瘦長男子出現在通往亭子的小路上。

齊克。因為Instagram照片，我認出了他。

和他一起來的是個粉紅色頭髮的嬌小女孩。她看起來很年輕，要說是十三四歲都嫌大的那種。她打褶的白色洋裝外加凱蒂貓小包也沒有增添半點成熟氣息，此外，她的目光完全沒從手機抬起，即便在齊克領她走進亭子時。

「嘿，」齊克說：「我想妳就是茱兒了。」

我點頭。「這位是狄蘭。」

齊克謹慎地瞥了狄蘭一眼，「嘿，你好。」

狄蘭迅速點了個頭當回應。「所以你到底能不能幫我們忙？」

「我不能，」齊克說：「就是因為這樣，我才帶由美一起。」

女孩上前，伸出手掌心。「先給錢。」

狄蘭和我把錢給齊克，當那些現金離開我的手，我的胃中不停攪動。齊克遞錢給由美，她先快速點過，才把他那份給他，剩下的塞進那個凱蒂貓小包。

「給我手機。」她說。

我把愛瑞卡的手機給她，由美像珠寶商研究鑽石那樣研究著手機，然後說：「給我五分鐘——獨處，謝謝。」

我們其餘人離開亭子，朝赫恩海德公園走去。早先前在那裡的孩子已經離開，一整個礫石密布的空地只剩齊克、狄蘭，和我。

「嘿，那是英格麗的手機嗎？」齊克說。

「你知道的越少越好。」我說。

「合情合理。」

我越過他望向亭子，由美坐在我剛剛讓出的長椅，手指在手機螢幕上飛舞，我衷心希望那表示過程十分順利。

「我猜你也沒有她的消息？」

「沒。妳呢？」

「沒有。」

「妳覺得她到底發生了什麼事？」齊克說。

我看向狄蘭。雖然他的那個搖頭非常細微，給出的訊息卻極度清晰：這件事我們不能外傳。

「還是老話，你最好不要知道，」我說：「但要是你有她的消息，請她聯繫我。她有我的號碼、知道我住在哪裡，我只是想確認她平安。」

由美從亭子那裡冒出來，到齊克身後。她把愛瑞卡的手機丟還給我。「完成了。」

我一滑螢幕，看見愛瑞卡所有應用程式，當然還有她的相機、相簿還有通話紀錄。

「我關掉了上鎖功能，」由美說：「如果因為某些原因它又上了鎖，我重設了密碼，1234。」

她沒多說什麼就走了，齊克握了我的手，詭異地對狄蘭小小敬了個禮。「很榮幸和你做生意。」說完，他便急匆匆跟上由美。

我捧著愛瑞卡解了鎖的手機看他們離開，希望不管手機裡有些什麼，都值得付出這麼高的代價。

狄蘭和我回到仕女亭，這次同坐一張長椅，我們低頭看著愛瑞卡的手機，兩人深知，關於她發生什麼事——還有英格麗發生什麼事——的答案，就藏在這支手機的某處。

「要是她發生什麼壞事，一部分的我其實不想知道，」狄蘭將手機捧在掌心。「也許最好還是假設她自己跑走，在某個地方過著美好新生活。」

我曾經也對珍也保持同樣想法。我想著她逃跑了，拿我們可悲的賓州小鎮生活交換一個遙遠異地，有著蔚藍海水、棕櫚樹，鋪鵝卵石的廣場，夜夜舉行狂歡聚會。那會遠遠好過另一個答案：也就是她在跳上那輛黑色福斯不到幾小時後就遭謀殺。

如今我願意付出一切得知她的下落。無論墳墓或熱帶別墅，我不在乎。我現在只想要真相。

「會改變的，」我說：「你現在可能不那麼想，但是這是真話。」

狄蘭將手機推到我手中。「那麼，我想現在就來撕掉那他媽的ＯＫ繃吧。」

「我們應該從哪裡先看？」

「她的通話紀錄。」狄蘭說。

我滑向手機的通話紀錄，從撥出通話開始。列出的第一個號碼有曼哈頓區碼，看到後令我胸口不禁一陣緊。

這就是愛瑞卡最後通話的地方。

我看了打那通電話的時間日期，晚上九點，十月四日。

「那距離她消失不過幾小時前。」狄蘭說。

「你認得嗎？」

「不認得。」

我撥號，電話一開始響，我心臟就在胸腔狂敲。我按下擴音鍵，讓狄蘭能聽到第二聲鈴響。不過他還是貼了過來；我們的肩膀相碰。

第三響時，有人接起。

「蘇城餐廳，您要外帶或外送？」

我立刻掛斷。

狄蘭離開我身旁，希望瞬間破滅。「她那天晚上幫我們點了中國菜，我完全忘了。媽的。」

我並未受挫。我滑過愛瑞卡大概一個月份量的外聯紀錄，沒有看到任何特別之處。有幾通打給狄蘭，一些打給一個叫凱西的女人，和一個叫馬可斯的男人。我看到一週前還有一通打去蘇城餐廳，以及那幾天前第二通打給凱西的電話。

我的隆隆心跳慢下，變為失望的緩步。我不確定自己期待些什麼——一通驚慌失措打給九一一的電話吧，我猜……或是給狄蘭的道別訊息。

我接著移往愛瑞卡的來電紀錄。她收到的最後一個通話是狄蘭打的。

昨天，凌晨三點。他沒留訊息。

但前一晚有，快半夜打過電話不久後。

我播放訊息，注視狄蘭聆聽著自己的悲傷嗓音從手機大聲放出，同時下巴一凜。

「又是我，我不曉得我為什麼要打，因為很顯然妳已經不用這支手機了。我希望是這個原因，不是妳在躲我。我很擔心，愛瑞卡。」

我播放狄蘭兩週來留的其他訊息時，他什麼也沒說。在每道訊息裡，我都感到他的聲線在擔憂和挫敗之間擺盪。

其他人的訊息也是一樣。凱西、馬可斯，以及一個沒說名字但聽起來隱約像英國人的女子。他們的語調緊繃，有如聽覺的拔河比賽；一邊是強裝出來的期盼，一邊則是難以壓抑的擔憂。

塞在這些訊息間的是一些比較不善的來源。VISA信用卡那邊打來提醒愛瑞卡她的費用已遲繳六十天，發現信用卡公司也打來傳達同樣的訊息。某個叫基斯的男子從討債公司打來，問他們的錢到底他媽的在哪裡。

「要是妳在二十四小時內不聯絡我們，我就要去報警。」他出言警告。

那是十一天前了。要是他實踐這個威脅該有多好。

我接著換找簡訊。狄蘭又占了很大比例。他傳了十幾封，多到我還沒掃完一週的量食指就要抽筋了。

最近的一封是在兩天前，午夜過後不久。

請告訴我妳在哪裡。

一分鐘後又接著另一封。

我想妳。

有留語音訊息的兩人也傳了簡訊。

凱西：好一陣子沒妳消息，還好吧？

馬可斯：妳去了哪裡？

又是凱西：說真的，妳沒事吧？？收到馬上回訊息給我。

凱西三度出現：**拜託妳！**

甚至還有兩封英格麗的簡訊，在愛瑞卡消失後傳的。

　　呃，妳在哪？

　　妳在嗎？我很擔心。

我滑回主畫面，盤點她最常用哪些應用程式。一般常見的嫌犯都不在：沒臉書、推特或 Instagram。

「她以前不——」狄蘭一下子注意到用詞，停下來糾正自己。「她不信賴社交媒體，跟我說那是嚴重浪費時間。」

我前往存在手機裡的照片相簿，找到一張重大發現：在巴塞羅繆裡面拍下的快照。最近的是一張特寫，拍她腳趾從高高堆起的肥皂泡裡冒出來，在浴缸裡拍的。

是12A那間主浴室的爪腳浴缸。我之所以知道，是因為我在巴塞羅繆的第一晚也用那個泡澡。搞不好我甚至和她用了同一瓶泡泡浴精，因此不禁想著愛瑞卡是否也是在浴室洗臉槽下方找到，或者她自己攜帶。我希望是後者。想到自己重複了她做過的事，令我產生一陣不適的寒意。

我滑過愛瑞卡其餘照片，結果她是個讓人驚豔的手機攝影大師。她拍下十數張構圖完美的12A內部照片。螺旋梯，從餐廳角度拍攝的公園景象，喬治右邊的翅膀有如被拂曉的陽光輕吻。

她似乎也是個熱愛自拍的人。我發現了愛瑞卡在廚房裡的照片，和在書房，還有臥室窗戶邊。夾在那些自拍之間的，是兩支愛瑞卡拍的影片。我先點舊的那支，她的燦爛笑臉填滿螢幕。

「看看這地方，」她說，「說真的——看、看、這、地、方。」

畫面飛速從愛瑞卡換到臥室窗戶，然後才朝房間本身轉了一圈，眼前這令人暈頭轉向又興奮的畫面一定就如同她當時的心情。我也有相同感受，驚奇又幸運。

整整在房間轉兩圈後，愛瑞卡回來，直接注視著鏡頭，說：「如果這是一場夢，不要叫醒我。我永遠不想離開這個地方。」

影片一秒後結束，凍結在她面容填滿螢幕一半的畫面。另一半則給了角度傾斜的窗戶，喬治，以及他翅膀上方的城市天際線。

我轉向狄蘭，他仍用那個空茫眼神望著手機。珍失蹤不久後，我在父親臉上看見同樣表情。那是永遠都不會消失的。

「你沒事吧？」我問。

「嗯，」狄蘭隨後搖頭。「其實有點事。」

我的手指滑向第二支影片，時間戳記表示那是在十月四日拍的。

愛瑞卡消失那晚。

我深呼吸一口氣，做好心理準備，點下去。

影片開頭一片黑，隨著手機移動，朝黑漆漆的牆壁瞬間瞥過，有個沙沙聲響。客廳。

我個人對壁紙上那些臉孔非常熟悉。

手機突然停在愛瑞卡的臉上，被透過窗戶照進來的月光染成灰色。另一隻影片裡那飄飄然又不敢相信的笑容不見了，出現在這裡的是迅速堆積起來的恐懼，好像她知道壞事就要發生。當手機輕微搖晃，畫面變得模糊。

她的雙手，在顫抖。

她小聲對著鏡頭低喃。「現在剛過午夜，我發誓我聽到了聲音。我覺得——我覺得有東西在公寓裡頭。」

我不禁倒抽一口氣。我知道她說的聲音，我也聽到過。那個不屬於人類的聲音，像布料摩擦的細語。

螢幕上，愛瑞卡回頭望，我的眼神也跟隨著她，在陰影裡頭尋找，期待看到有人在那裡等著、看著。當愛瑞卡將手機轉回來，眼神死死地鎖定自己在螢幕上的影像，似乎被所見畫面嚇破了膽。

「我不知道這裡到底怎麼回事，這整棟大樓都不對勁。我們被人監視著，我不知道為什麼，反正就是這樣。」她吐出一口氣。「我好怕，我真的怕到要死。」

背景傳來一個聲音。

門被敲了一下。

愛瑞卡因此嚇得驚跳起來。她雙眼睜大，好似銀幣，彷彿嘶嘶透出恐懼。

「幹，」她低聲說：「是他。」

螢幕突然黑掉。

影片這樣突然終結，令人錯愕不已，像是臉上突然挨一耳光，被拉回現實世界，我這才發現自己打從影片開始就憋著一口氣。旁邊的狄蘭往前傾身，簡直整個人都彎了下去，好像就要吐了。他短淺地連續呼吸好幾下。

「對她說的事你有任何頭緒嗎？」我說。

狄蘭先大口呼吸才回答。「完全沒有。就算她覺得受到誰的威脅，也沒告訴過我。」

那兩個字——威脅——讓我想到英格麗。她絕對也產生了那種感覺。根本不需要看我廚房洗碗槽下方鞋盒裡的槍也能證明。我不禁想，她是自己漸漸感覺到，還是愛瑞卡警告了她。如果有，那麼我現在明白英格麗為什麼這麼害怕巴塞羅繆。看到那支影片讓我怕到骨子裡，而令我不安的，不只是愛瑞卡說的話，而是她整個人的模樣，像莫名被嚇破了膽。

「狄蘭，我想我們陷入了真正的危險之中，」我說：「尤其，要是我們是沒錯，英格麗之所以消失，是因為她知道愛瑞卡發生什麼事。」

狄蘭保持安靜，一臉沉思，幾乎稱得上順從。最後，他終於說：「我認為妳不該再找人了。」

「我？那你呢？」

「我知道怎麼保護自己。」狄蘭說。

這件事我毫不懷疑。他一身保鑣似的體格，壯碩得能讓任何人出手前三思而後行。

「但我必須知道她們怎麼了。」我說。

我們有太多共通點了。我、英格麗、愛瑞卡和梅根。我們都漂浮無根，沒有父母或近親，不知怎麼找到了這兒，如今，其中已經有三個人不見了。

除非我知道她們出了什麼事，不然我只能害怕自己會是下一個。

「我們目前處理的事情非常棘手，」狄蘭說：「妳也聽到愛瑞卡說的話，那棟大樓裡有些詭異的情況。說不定我們應該再去找警察。」

「你真的覺得他們會幫忙？我們除了懷疑梅根、愛瑞卡和英格麗可能發生了不好的事，其他什麼線索都沒有。」

「我敢說不只是懷疑。」狄蘭說。

「那好，」我勉強承認，「但在我們確定發生什麼事之前，警察不會介入的。」

「那我們就繼續找，」狄蘭嘆口氣，彷彿對剛吐出口的字眼感到後悔。「但是我們必須小心，還要放聰明，更要安靜低調。我們不能冒風險，讓發生在英格麗身上的事也發生在我們身上。」

狄蘭走出仕女亭，轉向巴塞羅繆，望著樹頂上方能窺見的部分。我也加入，抬頭望著巴塞羅繆屬於我個人的那個區域。喬治坐在屋頂角落守望，12A的窗戶映著灰白天空，讓我想到眼睛，和壁紙上那些十分類似。

睜得老大。

眨也不眨。

直勾勾地回望我們。

33

「現在剛過午夜，我發誓我聽到了聲音。」

我雙手抓著愛瑞卡的手機，深深受到她被月光照亮的臉面、眼中的恐懼、聲音裡的顫抖而迷惑。

「我覺得──我覺得有東西在公寓裡頭。」

狄蘭和我都認為最好不要一同回去巴塞羅繆。完全遵守小心、低調、放聰明的守則。我們相隔十五分鐘回去，狄蘭先離開，腳步匆忙地走掉，將帽兜拉蓋過頭。

我則暫時逗留在公園，緩步走在臨湖延伸的走道。我望著水面上鐵鏽色的樹葉，從中切出一條蕩漾波紋的鴨子，以及慢慢走過弓橋的人們。這些都毫無幫助，都無法抹去巴塞羅繆綴滿石像鬼的四壁中發生邪惡之事的事實。

而今，我在12A裡頭反覆看著愛瑞卡的影片。我已經看了第六遍，很清楚接下來會發生些什麼。

她先是快速回頭瞥一眼，接著慢慢轉回手機，愛瑞卡看著螢幕上的自己，眼裡倏地竄上驚惶。

「我不知道這裡到底怎麼回事，這整棟大樓都不對勁。」

只一遍又一遍重看影片無法讓我滿意，我企圖重演情境。我在客廳──也就是錄製影片的地方，甚至就坐在和愛瑞卡一樣的位置。

猩紅的沙發。

正中央處。

身後是一大片紅色壁紙，從後方注視著。

「我們被人監視著，我不知道為什麼，反正就是這樣。」

愛瑞卡吐出一口氣，我也照做。

「我好怕，我真的怕到要死。」

我也是，就是因為這樣，我才不斷看著影片，堅持把自己和愛瑞卡放在同個情況，希望能幫助我別落得和她一樣下場。

有個聲音恍若爆炸，從手機傳出。

敲門聲。

一個讓愛瑞卡嚇得跳起來的敲門聲。不管我重播多少次，那聲音還是會嚇到我。更糟的是愛瑞卡的反應，最後她睜大的眼睛，以及嚇壞的語調。

「幹，是他。」

當畫面轉成黑色，我持續瞪著螢幕。愛瑞卡的臉此時換成我自己的倒影。我的表情更像是憂愁，而非恐懼。我一直在想愛瑞卡在影片最後講的到底是誰，和她心中認定的監視者是不是同一個。那個監視者到底是特地將她當成目標，還是鎖定巴塞羅繆每個公寓看守人。

根據從監視螢幕看到的判斷，應該是所有人。

或者該說我們所有人。

現在我成了其中之一。

我唯獨不確定自己在其中扮演什麼角色。我是像愛瑞卡那樣成了獵物，或者如狄蘭和我的懷疑，像英格麗一樣是顆絆腳石？

也許我兩者皆是——一個找得太勤又說得太多的人。我將自己扔進了一個難以理解的情況。然而英格麗卻理解。她不知怎麼弄明白發生了什麼事，並試著警告狄蘭。我認為我們在一起的那個下午，她也嘗試警告我。我彷彿能看見她蜷在那張公園長椅上，當她談起巴塞羅繆，看起來比實際年齡小很多。

這裡……讓我害怕。

我應該相信她的。

第七遍，我又看起愛瑞卡的影片。

「現在剛過午夜，我發誓我聽到了聲音。」

我也是。

12A門上傳來兩下敲門——快且刺耳，有如槍響。

我整個身體一震，不禁懷疑我的反應就和影片中的愛瑞卡一模一樣。

從客廳前往門廳的路途，我走得既緩慢又小心翼翼，我的心跳變成兩倍快。愛瑞卡拍攝那支影片時敲門的那個人很可能就在門的另一邊……那個讓她消失的人。

是他。

但當我從窺孔看出去，看到的不是他，而是「她」。

葛蕾塔．曼維爾。穿著羊毛衫、提著托特包站在我門口。

「我覺得今天某個時候妳可能會來找我，」我打開門時，她說：「所以我想就省妳一趟路，換我來找妳。」

「這種逆轉滿讓人愉快的。」我說。

即便我為她撐開了門，葛蕾塔仍待在門檻外頭，好像要等我邀請才會進來。

「妳想進來嗎？」

她聽到這句魔法咒語才踏進來。「我不會待太久，沒想打擾妳。這是你們這代大部分人該更常留心的忠告。」

「完全理解，」我帶她進入客廳。「想喝點什麼嗎？我有咖啡和茶——目前大概只有這樣了。」

「能來點茶挺不錯，但請給我一小杯就好。」

我縮回廚房，將茶壺裝滿水，放在爐子上。當我回到客廳，發現葛蕾塔在裡頭隨意漫步。

「我沒有打探的意思，」她說：「只是觀賞一下這兒做的調整，現在比較沒那麼亂了。」

「妳以前來過這裡。」

「親愛的，我以前住在這裡。」

我看著她，訝異不已。「是在妳寫《夢想者之心》的時候？」

「沒錯。」

我就知道其中的共同點實在太多，不可能是巧合。只有花上很多時間從臥室窗戶注視那片景色，才可能做出如此精確的描述。

「所以這真的是金妮住的公寓？」我說。

「不是，這是妳住的公寓。絕對不要將小說和現實混為一談，那向來不會帶來什麼好事。」葛蕾塔繼續晃，坦蕩蕩走向被黃銅望遠鏡占據的窗邊。「另外，我就是在這裡寫書的。以前這窗邊有張搖搖晃晃的小桌子，我花了好多時間在電動打字機上敲敲打打。它真是吵死了！把我父母煩到不行。」

「他們在這裡住了多久？」

「幾十年。」葛蕾塔說：「不過這房子屬於我們家的時間又更久。我母親從我祖母那裡繼承下來，我在這裡住到我的第一次結婚，在婚姻失敗無可避免之後又回來，寫下妳愛得不得了的那本書。」

當葛蕾塔走遍書房，接著又回走道，我則跟在她身後。她用食指沿牆撫摸，茶壺嗶嗶叫時，我們都回到廚房。葛蕾塔在吃早餐的角落坐下，我先倒兩杯茶再加入她，因為她在場而滿懷感激。這讓我沒有十分鐘前那麼驚心膽戰了。

「妳在這裡住到現在，這個地方改變了多少？」我說。

「在某些方面改變很多，其他方面倒是一點也沒有。家具當然不一樣，以前樓梯底下本來有個女僕房間，不過壁紙是一樣的。妳覺得壁紙如何？妳可以老實講，不用擔心褻瀆了我對這地方的懷舊之情。」

我看進茶杯，倒影在古銅色的液體表面蒸騰。

「我很討厭。」我說。

「不意外。」葛蕾塔從早餐角落的另一側仔細注視著我。「親愛的，這世上有兩種人。一種人在看著那壁紙時只會看見花朵，另一種則只會看見臉孔。」

「幻想與現實。」我說。

葛蕾塔點點頭。「沒錯。一開始，我以為妳是只會看到花的那種人，愛做白日夢，總是異想天開。我比較瞭解妳後，我想妳看到的是臉，對吧？」

我迅速對她點了個頭。

「那就表示妳是現實主義者。」

「那妳呢？」我說。

「我兩個都能看到，然後自己決定應該要專注在哪個上，」葛蕾塔說：「我想就是因為這樣，我才能那麼務實。不過今天我選擇專注於看見花朵。這個，才是我過來的真正原因，我想給妳這個。」

她翻遍托特包，終於拿出一本初版的精裝《夢想者之心》。

「簽好名了，」葛蕾塔遞給我時說：「完全按照妳第一次在門廳突襲我時的要求。」

「我才沒有突襲妳。」我假裝生氣，不過事實是我聽了很感動。

但是那個感覺——友誼，以及感激——只停留了一會兒。因為當我打開書，看見葛蕾塔寫在書名頁上的字句，血液整個凍結。

「妳不喜歡？」葛蕾塔說。

我凝視著題詞，重讀每一個字。我想確定自己沒有看錯。

我沒有。

「我喜歡。」我音量有點太大，真心期望能蓋過正在我耳邊悄聲細語的質疑。

可惜沒有。

「那妳為什麼和我一樣，彷彿嗜睡症要發作的樣子？」

因為我感覺起來就是那樣。我覺得自己彷彿置身一道巨大裂口的邊緣，就等著最輕微的一陣風來一推，讓我一邊尖叫一邊掉進去。

「我只是過意不去，」我說：「妳不需要這麼費事。」

「一點也不，」葛蕾塔說：「如果我不想，絕對不會這麼做。」

「不過我們第一次見的時候妳的確有資格對我不爽，妳一定常被人纏著要簽名吧，尤其是大樓的公寓看守人。」

「這點妳錯了，我從沒幫巴塞羅繆的任何人簽過書，茱兒，妳很特別。我想用這種方法告訴妳。」

我努力表現得興高采烈，緊緊將書抱在胸前，裝得一副受寵若驚——就是假如葛蕾塔在幾天前這麼做，我一定會有的反應。事實上，我想離這本書越遠越好。

「是我的榮幸，」我說：「真的，我打從心底感謝妳。」

葛蕾塔繼續對我露出擔憂的眼神。「妳確定真的沒有什麼不對勁？」

「其實我是有點不舒服。」既然裝熱情沒用，那麼，也許我也可以嘗試另一個稍微接近事實的藉口。「我好像快感冒了，老是在要換季的時候發生，我以為喝茶會有幫助，但是目前看來我真正需要的是躺一下。」

就算葛蕾塔看透了我希望她離開公寓的意圖，也沒洩漏。她只是喝完剩下的茶，提起托特包、揹上肩膀，拖著腳步走出廚房。她在門口說：「好好休息，明天我再來看妳。」

我擠出笑容。「或者我先去看妳。」

「啊，所以現在變成一種比賽了。」葛蕾塔說：「我接受挑戰。」

說完那句話，她走出門，在前往電梯的路上對我小小揮了個手。她一消失身影，我立刻關上門，急急忙忙從走道跑向書房的書架，抓出我來到這裡第一天找到的《夢想者之心》，翻到書名頁。

我看見了那些字句，胸口因此冒出異樣的膨脹感，心臟炸開，破成參差不齊的碎片。

我給了葛蕾塔對我說出真相的機會，她拒絕接下。我不知道原因，也不曉得那是什麼意思。

我只知道，這本書的書名頁不只有葛蕾塔的字跡，甚至還有她在另外兩本書上一模一樣的題詞。唯一的不同之處只有名字。

一本上面是我的名字。

另一本是英格麗。

現在加上這本。

親愛的愛瑞卡，

真是榮幸，妳的青春活力讓我也活了起來！

祝好

葛蕾塔．曼維爾

34

我告訴自己這沒有任何意義。

葛蕾塔簽每一本書都是這樣寫的。

其實有上百個女子擁有和這本題詞如出一轍的書。

她當然不會像和我成為朋友一樣，也和愛瑞卡和英格麗成為朋友；她沒有邀請她們進家門、帶她們去吃午餐、告訴她們過去的故事，然後——然後怎樣？殺了她們？綁架她們？

當然不可能。

她沒有這種能力。生理上沒有，心理上也是。

根據她的年紀和孱弱身軀，葛蕾塔．曼維爾是無害的。

那她為什麼說謊？簽書這種事沒什麼可疑之處。葛蕾塔是作家，這種事司空見慣。如果她就這樣承認幫英格麗和愛瑞卡簽過書，即使知道她們兩人都失蹤，我根本不會覺得怎樣。我是因為她說謊才會這麼驚恐。

我希望葛蕾塔因為誤解，對我產生保護的念頭。她知道我經歷過什麼，我把自己一切悲傷過往都告訴她。她很可能可憐我，怕我要是知道別人也得到簽名書，就會感覺自己沒那麼特別。彷彿我若認為自己是她的最愛，不知怎麼就能彌補我過往發生的所有悲慘。

又或者，葛蕾塔其實私底下和英格麗更熟，愛瑞卡也是。她和兩人都很友好，知道她們失蹤，便認為無論和哪一個扯上關係，也許會讓她別無選擇被拖著尋人。這不代表她和她們的消失有關，也不代表她不在乎她們有沒有被找到。她只是沒有時間、沒有力氣，或沒有動力也像我一樣去找人。

可是這兩個解釋都因為第三個解釋黯然失色——葛蕾塔有所隱瞞。

她告訴過我英格麗去找她，據稱是去問巴塞羅繆令人不安的過去。要是那也是謊言呢？要是英格麗去敲葛蕾塔的門，想問的不是這棟大樓，而是愛瑞卡呢？

這並沒有乍聽之下那麼古怪，畢竟我也來到了葛蕾塔門口，找尋有無英格麗的消息。所以，很有可能她也為了找愛瑞卡做了同樣的事。也許她就和我一樣，有理由認為葛蕾塔和愛瑞卡是朋友。反過來說，也許英格麗真的問了葛蕾塔巴塞羅繆的事，因為她懷疑愛瑞卡也這麼做——我不確定，但還是有可能。為了支持這個邏輯，我需要一些證據，能暗示愛瑞卡也曾調查過大樓的過去。

我帶著愛瑞卡的手機回到猩紅色沙發，打開瀏覽器，確認她標上書籤的網站與瀏覽紀錄。書籤完全是曼哈頓年輕女子會有的典型樣貌：曼哈頓大眾交通系統時間表、當地天氣網站、一堆外帶菜單。然而，她的瀏覽紀錄卻是空的，表示愛瑞卡做過清除。這是當然，我竟然以為瀏覽紀錄裡會塞滿巴塞羅繆的黑暗過往、各種罪證確鑿的搜尋結果，這才荒謬。

可是我沒關瀏覽器（雖然我應該要關），或把手機扔到房間另一邊（我還滿想這麼做），卻開始進行Google搜尋。沒有，愛瑞卡沒存下瀏覽紀錄，不過有很大機率她會使用自動完成的輸入功能，這樣就能自動在搜索欄中打出最常查詢的標題。

我從巴塞羅繆開始。不過打了個「巴」，熟悉的名字便隨之出現——湯瑪斯·巴塞羅繆——設計、建造此處的醫生，卻在半年後從這裡的屋頂跳了下去。愛瑞卡顯然認真研究過他。

我點下去，螢幕充滿這位命運多舛的巴塞羅繆醫生的文章。第一個連結帶著我來到幾天前在紐約時報讀到的同一篇報導。

悲劇重創巴塞羅繆

我回到搜尋頁、繼續往下捲，一直找到訊息看起來與巴塞羅繆醫生之死無關才停下來。我點下連結，被帶往一個素淨簡單的曼哈頓房地產工商名錄，見到巴塞羅繆登記其中的訊息，上頭除了建築名稱、地址，以及彷彿積滿灰塵的陳年舊事之外，什麼也沒有。

建造年份：1919
單位數量：44
所有人：該建築由巴塞羅繆家族私有與營運，無法獲取與大樓價值、年收益、所得或每單位估計價值相關的公開紀錄。

我關掉網路瀏覽器，嘗試另一種搜索方針，再次捲過愛瑞卡的舊簡訊。沒有任何重要資訊，只有和朋友的定期對話，或和狄蘭約見面地點。就如同她的通話紀錄，在朝愛瑞卡消失日期推進的時間裡，她只打給蘇城餐廳和狄蘭。

可是她在十月三日確實接到了一通英格麗的電話。

就在她消失前一天。

我快速轉往愛瑞卡的語音訊息，跳過狄蘭和我在公園中聽的那些，再過去有一則我們沒聽到的訊息。

我點下去，聽到英格麗的聲音。很小聲，而且很擔心。

「我怎麼也沒辦法不去想妳昨天告訴我的事，所以稍微查了一下。妳是對的，這裡真的有些事情超詭異。我還不太確定是什麼，但我開始覺得怕死了。打給我。」

愛瑞卡沒打回去，這表示她要不是直接去找英格麗講話，就是認為回電不重要。我覺得應該是前者。英格麗的訊息聽起來太擔憂，難以忽視。因此我除了想知道愛瑞卡告訴英格麗什麼，也想知道她後來又發現了什麼。不幸的是，她們兩人都不在，無法提供我答案。

我放下愛瑞卡的手機，拿起我的，然後傳簡訊給英格麗，雖然我早就曉得她不會回應，我這麼做只是出於束手無策，想在過去幾天傳出的十幾封簡訊中賭一賭那不可能中的可能。搞不好這一封她會看、甚至會回覆。

　　如果妳在，而且能看到訊息。**拜託**妳回一下。我得和妳談談巴塞羅繆和愛瑞卡——以及妳對這兩件事所知的一切。這很重要。

我將手機面朝下放在咖啡桌上，往後靠上猩紅色沙發，注視著牆壁。我不像葛蕾塔，無法選擇要在花紋壁紙上看到什麼。不管我喜不喜歡，它們就是臉孔。

此時，它們正以消極的姿態看著我，暗黑的大嘴咧開，好像想說什麼、笑什麼或唱點什麼。我在它們的注視中不安蠕動，於是閉上了眼。這麼做很傻，我也知道。我看不見它們，不代表它們看不見我。

當手機在咖啡桌上嗡嗡響起，我的眼睛瞬間睜開。來了一封簡訊。

我拿起來。當我看見是誰傳來的，心中的驚訝使得身體整個轉冷。英格麗。

嗨，茱兒，請別擔心，我很好。

我整個人被一陣放心沖襲，從雙手雙腳奔馳流進四肢，溫暖而且愉悅。

我搞錯了，全都搞錯了。英格麗沒死，也沒被綁架。而要是她的消失能有合理解釋，那麼愛瑞卡和梅根的狀況應該也可以有合理解釋。

雖然，我現在必須弄清楚究竟是什麼樣的解釋。

我回應三則簡訊，仍很溫暖的手指在螢幕上飛舞。

妳在哪裡？

妳還好嗎？

發生什麼事了？

一分鐘過去，沒有回應，當時間又過去兩分鐘，我開始在客廳來回走動。我數著步伐，讓自己有點事做。當我算到六十七，有三個藍點出現在手機螢幕上，像小波浪那樣起伏蕩漾。英格麗在輸入回應。

在賓州。有個朋友幫我找了服務生的工作。

我一直很擔心，我打字，妳為什麼不回電或回簡訊。這次回應立刻就來。

我把手機忘在公車上了，花了幾天才拿回來。

我等待著更多回應，期待英格麗像普通說話那樣，喋喋不休瘋狂傳來大批簡訊。可是當她回傳，卻是相反情況，鎮定到幾乎可說無趣。

造成困擾很抱歉。

妳怎麼沒告訴我就離開了？

我沒時間，英格麗回覆道。臨時被通知。

可是那不合理。嚴格說，我在英格麗離開的幾分鐘前就在她家門口，她只有確認我們要在公園見面的計畫。

然後我就想到——這不是英格麗。

幾分鐘前感到的放心盡數消失，換成銳利戳人的寒意，讓我的皮膚布滿刺痛的恐懼感。

我正在和讓英格麗消失的人講話。

我第一個念頭是打給警察，找他們解決這一整件事。但狄蘭和我都找過警察，而且得到失望的結果。為了讓他們願意介入，除了直覺認為這不是英格麗以外，我還需要些別的。

我需要證據。

打給我，我打字。

回應來得即時，沒辦法。

為什麼？

這裡太吵。

我必須小心，疑心開始露出馬腳。我沒回應，而是拿起手機，兩手拇指就這麼在螢幕上方猶豫著。我必須想個辦法，讓這個不知名人士露出冒充英格麗的決定性事實——而且還不能發現自己這麼做了。

我的綽號叫什麼？我終於打了出來。

螢幕上，藍點出現又消失，然後再次出現。這個不是英格麗的英格麗正在思考，我看著點點出現、接著不見，抱著一線希望，期盼回覆真的出現時，會是正確答案。

茱茱。

英格麗那天在公園幫我取的綽號。

我希望得到這樣的真相，而非打從我和狄蘭談過後就在腦中揮之不去、那個很可能又很可怕的情境。

答案終於來了，嗡嗡響著宣告它的降臨。

陷阱題。妳沒有綽號。妳真正的名字是茱兒。

我尖叫一聲、扔了手機——急忙且崩潰的一扔，像丟鞭炮。手機敲到地板，翻了一圈才面朝下落在客廳地毯上。我仍待在猩紅沙發上方動也不動，心臟彷彿熱蠟油那樣垂直往下，沉入我胃中的大坑。只有一個人知道這件事。

而且那人絕對不是英格麗。

是尼克。

35

我的手機再次嗡嗡響，聲音被地毯悶住。

我待在原處，就算不看這則新簡訊也曉得真相。所有記憶都在原處。

我坐在尼克的廚房，受傷的手臂剛清潔完畢，他隨意閒聊起來，問我茱兒是不是什麼名字的綽號。

大多數人都以為是茱莉亞或茱莉安妮的簡稱，但我的名字就叫茱兒。

除了克洛伊和安德魯，在最近記憶中，我只告訴了他我名字背後的故事。我真蠢，沉浸在尼克的關注裡，享受他注視我雙眼時強烈如電流的吸引力。

手機又嗡嗡響起。

這次，我動了。我小心翼翼靠近它，彷彿那是什麼會螫人的玩意兒。我沒拿起來，只是翻過手機，去讀我沒接到的簡訊。

茱兒？

妳還在嗎？

當門上傳來敲擊聲，我還瞪著那些句子。一個嚇人的敲門聲令我從手機抬起目光，倒抽一口氣。

第二聲傳來，就如第一聲那樣心驚膽跳。

接著傳來尼克的聲音。「茱兒？妳在家嗎？」

是他。

就在門另一邊。

簡直像受到我的疑心召喚而來。

我沒應門。

我不能。

我也不能說話。只要吐出一個字，一定會被他發現我得知真相──得知了一切。

我轉過去面向著門，注意到客廳的拱頂將門框起的模樣，像是一扇門中門。

接著我就看見從門框垂下的鍊子。

鍊子正下方有門栓，也是處於沒鎖的狀態。

門鈕中央的彈簧鎖鎖扣平躺，門完全沒鎖起來。

我整個人跳起來衝向門廳，盡可能不發出聲音。要是我不回應，搞不好他會走開。

沒有，他又敲了門。現在我已來到門廳，緩慢朝門推進。那個聲音（好大聲又好近），讓我忍不住驚恐地深深呼吸。

我將背貼在門上，希望尼克不會感覺到我的存在。我當然能感覺到他，他是僅與我相隔幾吋的一陣亂流。

如果尼克想要，其實能直接衝進來，門把一扭就行了。

所幸，他只是開口講話。

「茱兒，」他說：「如果妳在裡面，能聽到我說話，我只是想為今天早上的事情道歉。我不該對妳擔心晚上沒在公寓過夜置之不理。我太置身事外了。」

我伸出左手去碰門鈕，手指滑過中央沒有上鎖的鎖扣。

「總之，我也希望妳知道，昨晚我真的很愉快；真的很棒，每件事情都是。」

我用拇指和食指揪住鎖扣，屏住呼吸——往上扳。我的左手臂扭轉成詭異角度，指節陣陣疼痛。

接著手腕。

接著手肘。

我持續轉動鎖扣，一釐米又一釐米。

「關於我們發生的事……嗯，我不想要妳覺得我向來進展這麼快，我是——」

鎖滑到定位，發出清晰可聞的「喀」一聲。

尼克聽見，停了下來，等我發出另一個聲響。

我旁邊的門鈕轉動著，他在試探著鎖，來回轉動。

又過了令人無法呼吸的一秒鐘，他再度開始說話。

「我一時意亂情迷，我想我們都是。可是我沒有後悔，我不後悔。我只是……我希望妳知道我不是那種人。」

尼克離開了。我聽到他撤退的腳步聲，而我仍待在門口一動也不動，怕他會突然回來。

但是我聽見了他要說的話。
他不是那種人。
我相信他。
因為他完全是另一個人。

36

我在客廳踱步，在窗前走過來、走過去。外頭，夜色已安靜迅速地降臨在中央公園，以黑暗將之層層包圍。弓橋變成橫過黑水的一道蒼白，有個人正慢慢走過橋，對於自己正被注視渾然無覺。

就像以前的我，不過一、兩天前的事。

我羨慕她的無知，希望能回到那種單純幸福的狀態。

但得知一切之後，我再無回頭路。

我持續從一面牆壁走到另一面，不管轉往那邊，總是對著壁紙上的臉。

那些臉。

它們知道尼克的真面目。

一直都知道。

他是連續殺人犯。

我知道這話聽起來有多不可思議；我知道這很瘋狂。我竟然生出這個念頭，更是把我自己嚇壞了。

可是其中顯現出一種模式，關於那些來到這裡的女孩。每個都是走投無路、身無分文、沒有家人，接著毫無預兆或解釋就這麼消失。這種情節至少上演了三次。

我知道自己應該做什麼——我應該打給警察。

可是又能說什麼？

我沒有證據證明尼克對英格麗、愛瑞卡或梅根做出任何事。就算我很確定他手上握有英格麗的手機，也不代表警察認為他犯下任何罪，也沒有其他人能幫我說服他們。關於英格麗和我在公園的對話也沒有任何目擊者，除了她曉得那天幫我取的綽號，沒有別人知道。

可是留在這裡可能會讓我無路可退，朝著窮途末路而去。我母親將最後一點藥丸盡數吞下；我父親在臥室門外劃燃火柴：珍上了那輛福斯金龜車。

我要離開，去克洛伊家，回到她的沙發上，回到能給我安全的地方。

我拿了我的手機，傳簡訊給克洛伊。

我得離開這裡。

我暫停、吸氣，再次打字。

我覺得自己陷入危險。

我放下手機，再次開始踱步，五分鐘後又回到手機那兒。克洛伊還沒讀我簡訊，所以我打給她，結果被轉到語音信箱，直到我聽見她的留言提示音，才想起她不在城裡。她和保羅一起去了佛蒙特的荒郊野外，而我沒有進她公寓的鑰匙，因為我在離開去巴塞羅繆的早上還了回去。

所以克洛伊是條死路。

我找不到任何人。

嚴格說我沒有任何人可以投靠。籠罩住我的孤寂有如裹屍布，我竟如此孤絕，這讓我震驚不已。我沒有家人，沒有安德魯，沒有能在緊要關頭幫助我的同事。

但我錯了。

我有狄蘭。

我下一個就打給他，再次被轉到語音信箱。我思考著要留個訊息，但決定不要。我聽起來會像在發瘋，不管多努力隱藏都會洩漏。與其冒險讓自己一副精神失常的模樣，不如什麼都別說。沒收到訊息可能會讓他回撥。

收到發瘋的訊息可能得到相反結果。

我現在唯一的選擇，就是帶上我所有的物品去旅館度過週末，直到克洛伊回來。

這是個不錯的計畫，頗為明智。可是我一確認銀行帳戶、想起自己用於解開愛瑞卡手機花的五百元，這計畫就分崩離析。

我帳戶剩下的二十七元不足讓我在任何地方度過一晚。即使我真的在澤西某處找到那麼便宜的汽車旅館，我所有信用卡都刷爆又凍結了。我沒有辦法拿到任何可用的現金，無論買食物或急用，都一點不剩。

在我拿到這週看守公寓的酬勞以前，什麼都不會發生。一千元，預計由查理在兩天後親手交給我。

除此之外，別無他法。

為了離開，我得留下。

我望著走道對面的門廳和前門，門栓和鍊子還在原處，就在尼克離開後我上鎖的同個位置。它們會一直保持那樣。

我轉進廚房，四肢跪地，打開水槽底下的碗櫥，洗碗機的洗劑和垃圾袋之間，天真無辜地擺在那兒的，是英格麗留下的鞋盒。

我將盒子拿回客廳，放在咖啡桌上，掀起蓋子，看見葛拉克和彈匣，與先前一模一樣。我將這兩個東西拿出來，彈匣十分輕易就放進了槍裡，我因此感到驚訝。這兩樣東西，再加上「喀」的一聲，就算沒讓我感到強壯，至少有種做好準備的感覺。

為了什麼做好準備？我毫無概念。

由於除了等待外也做不了其他事，我在猩紅沙發坐下，槍放在大腿上，再次瞪著壁紙。

它也回瞪我。

數百雙眼睛、鼻子和血盆大口。

之前，我曾認為這些張大的嘴是表示在說話、或大笑、或唱歌。

但現在我比較清楚了。

現在我知道，它們真正的動作，是尖叫。

現在

華格納醫生看我一眼，有三分之一驚訝，三分之二不信。「這是讓人相當不知所措的控訴。」

「你覺得我在撒謊嗎？」

「我覺得妳真心認為這件事發生過，」華格納醫生說：「可是不代表那就是真的。」

「這不是我編出來的，我為什麼要這麼做？我沒有發瘋。」我的一字一句中都帶有瘋狂意味，儘管我極力掩飾，依舊洩漏了處於爆發邊緣的歇斯底里。「你一定要相信我，至少有三個人在那裡遭到殺害。」

「我看了報紙，」醫生說：「巴塞羅繆沒有發生任何謀殺案——至少有好一段時間了。」

「你只是不知道。那些事件看起來不像謀殺。」

華格納醫生單手拂過獅子鬃毛般的頭髮。「做為一名內科醫師，我可以向妳保證，要掩蓋謀殺是很困難的。」

「他是個非常聰明的人。」我說。

伯納探頭進來，也就是那位眼神親切的護士。

「不好意思打擾一下，」他說：「我看到這個，想說茱兒可能會想放在房裡陪她。」

他舉起一只紅色相框，玻璃的表面有蛛網般的裂痕。一塊碎片已經掉了，那個空洞之巨大，猶如缺牙。在錯綜複雜的一堆裂痕後方，是一張上面有三個人的照片。

我父親，母親，和珍。

我從巴塞羅繆跑出來時帶著它，那是我認為唯一值得救出來的東西。

「你在哪裡找到的？」

「和妳的衣服一起，」伯納說：「其中一個醫護人員在現場撿到的。」

我帶的不只相框，還有其他東西。

「我的手機呢？」我問。

「沒找到手機，」伯納說：「只有妳的衣服，和那張照片。」

「可是那東西在我口袋裡。」

「抱歉。如果有，也沒人找到。」

我從胸口擴散開一股擔憂，就像一球麵團，升起、膨大，將我填得滿滿的。

尼克拿到了我的手機。

那也就表示他能翻出上頭所有資訊、並且刪掉。不只如此，他還能讀我的簡訊，看我都聯絡了誰，知道我告訴他們什麼。

還有別人。

那些人現在知道了我所知道的事。

我突然倒抽一口氣，肋骨為之震顫——也包括克洛伊。

我想起我傳給克洛伊的那些簡訊，它們會害她置身怎樣的危險。

我得離開這裡。我覺得自己陷入危險。

現在我們的角色對調，是克洛伊有了危險。尼克如果找不到我，就會去找克洛伊——說不定他會裝成我，就像裝成英格麗一樣。他會引她落入陷阱，天知道他要是成功，克洛伊會發生什麼事。

「克洛伊，」我說：「我得警告克洛伊。」

我試圖溜下床，身體的痛楚難以忽視地甦醒，痛得我整個人彎身一折，喘不過氣。要吸進空氣好困難，真是多謝了那該死的護頸。我把它扯下來扔到地上。

「親愛的，妳得躺回床上，」伯納說：「妳目前不是能到處走動的狀態。」

「不！」我的聲線瘋狂到令人擔憂的程度，即使我自己聽來也一樣。聲音在白牆之間四處迴響，我裝出來的鎮定消失無蹤，這分驚慌具現而生。「我得跟克洛伊說話！他一定會去找她！」

「妳不能離開病床，不能在這種狀態下。」

伯納朝我撲來，雙手壓住我肩膀，將我推回床。我拚命抵抗，雙腿亂踢、雙手亂揮。手臂上的點滴針頭感覺像水母在螫。當我再次亂揮雙手，點滴管一個拉緊，床旁的金屬支架歪斜倒下，「吭啷」敲在地上。

護士雙眼一暗，轉成明顯不太友善的神色。「妳得冷靜。」他說。

「她有危險！」我還在亂踢，扭動不停。伯納將我固定在床上，我則在他的重量下翻跳。「你得相信我！**拜託！**」

我的左上臂感到一陣擰痛，轉瞬即逝。我從床另一邊看見華格納醫生拿著一根注射器，針頭剛刺進過我的肌肉裡。

「這可以讓妳休息一下。」他說。

我現在可以非常確定了：他不相信我。更糟的是，他認為我瘋了。

又一次，只剩我自己。

「去幫克洛伊。」

我的聲音變得微弱，鎮靜劑生效了，我的腦袋無力地靠上枕頭。當伯納從我身上退開，我便明白自己的四肢再也無法動彈。

在完全受到鎮靜劑掌控之前，我最後一次悲傷地低聲說：

「拜託。」

我深深陷入床中，有如一頭栽進暖暖羊毛，越陷越深，直到忍不住懷疑自己是否還能浮出。

37

我的家人跳著舞越過弓橋。我坐在一直以來的位置，在喬治旁邊注視他們，希望能和他們一起跳舞，希望能離這個地方越遠越好。

公園靜謐，除了我的家人排成一列、轉圈跳過橋時鞋子踏在橋面的聲音，別無其他。我父親走第一個，母親在中間，珍殿後。

他們跳舞時，我發現他們的頭顱從內部燃燒著閃爍的小小火焰，有如南瓜燈籠。火舌從他們嘴巴舔舐而出，在眼中跳躍。然而他們仍看得見我。每過一陣子，他們就會用燃燒的雙眼抬頭看我，並且揮手。我努力要回揮，手中卻有著什麼東西，我直到現在才注意到。我的注意力全被父母、姊姊和火焰大大吸引。然而如今，我雙手裡的物品搶去了遙遠下方那場嘉年華會的優先順序。

它很重，有點溼，又熱呼呼，好像我有時用手籠罩在上的燃燒火柴。

我低下頭。

在我闔攏的雙手中，捧了一顆人的心臟。

上面的鮮血閃動著光澤。

而且還在跳動。

我尖叫著醒來。那個聲音從肺中爆出，在四壁之間碰撞迴響。我一手蓋住嘴巴，以免又喊出另一聲尖叫。可是，我旋即想起這個夢，狂喘著氣，收回手，檢查上頭有無根本不存在的鮮血與黏液。

我的視線從手轉移到四周。我人在客廳，四肢大張地躺在猩紅沙發。壁紙上的臉仍在盯著看、仍在尖叫。老爺鐘滴滴答答朝著早上九點走去，聲音填滿了相對死寂的空間。

當我坐起身，有個東西從我大腿滑到地上。

那把槍。

我整晚帶著槍睡。顯然我就得這麼過了。我抱著一把上了膛的槍，一身正裝地躺在一千塊的沙發上睡覺。我竟然變成這副德行，實在應該嚇壞才是，可是眼下還有更急迫的情況要害怕。

槍又回到鞋盒中，接著盒子放回水槽下的藏匿處。我有如反覆無常的愛人，在抱著槍整晚之後，暫且不想再見到它。

我回到客廳，拿了手機，極度希望能見到克洛伊或狄蘭在晚上打電話給我。沒有。我只看到我寄給克洛伊的簡訊。

我得離開這裡。

我覺得自己陷入危險。

尼克握有英格麗的手機，只可能代表一件事：他也殺了她。這是個可怕的想法，隨之而來的還有悲傷——令我想躺在地上再也不起來、腹部絞痛不已的悲傷。

我奮力抵抗，因為我也處於和她一樣的情況。我是個知道太多的人，是身在危險中的人。現在，唯一的問題在於，英格麗對尼克到底知道多少。

愛瑞卡告訴了她一些事，這些事和什麼有關？我不確定。她分享了她覺得巴塞羅繆不對勁的懷疑，而英格麗開始到處追查。英格麗留下的語音訊息證實了這件事。

我從咖啡桌拿起愛瑞卡的手機（它在那裡擺了整晚），重播那通語音訊息。

> 我實在沒辦法不去想妳昨天告訴我的事，所以稍微查了一下。妳是對的，這裡真的有些超詭異的事。我還不太確定是什麼，可是開始覺得超級怕。打給我。

我閉上眼，試圖拼湊出事件的時間軸。愛瑞卡在十月四日晚上消失，英格麗前一天留下這個訊息。如果她在語音訊息中說的沒錯，那麼就表示愛瑞卡曾在十月二日——也就是傳訊息的前一天吐露她對巴塞羅繆的隱憂。

我快速滑過愛瑞卡的簡訊，確認那天我有沒有錯過她寄給英格麗的東西——什麼也沒有。我回到通話紀錄，針對外聯電話進行同樣動作。

就是在那個時候，我看見愛瑞卡錯過了一通英格麗的電話。

時間是剛過下午不久。

十月二日。

英格麗甚至留下另一封語音訊息。

嗨，我是英格麗，我剛收到妳用升降機送下來的訊息——是說這真的超級酷。就像是那種，妳知道，古早風格電子郵件。總之我收到了，不過有點搞不太懂。我應該要認識某個叫瑪喬莉．米爾頓的人嗎？

我停下訊息、再播一次，專注聆聽。

我應該認識某個叫瑪喬莉．米爾頓的人嗎？

我播到第三次，英格麗的聲音勾起我一絲記憶。我認得那個名字，而且是讀過，而不是聽過。事實上，我就是在這一間公寓看到它被印在紙上。

我橫越書房，一把拉開書桌最底的抽屜，裡面有我第一天到這裡發現的一疊雜誌。每本《紐約客》上都標註著一條住址，和一個姓名。

瑪喬莉．米爾頓。

12A的前任屋主。

愛瑞卡為什麼覺得必須告訴英格麗她的事？這是一大謎團。瑪喬莉．米爾頓已經死了，而我相當確定，無論英格麗或愛瑞卡都沒見過這個人。她們都是在她過世後很久才到這裡的。

我又動了起來，迂迴爬上樓梯，來到臥室窗戶，也是喬治和我筆電的所在處。我打開筆電，Google瑪喬莉的名字，出現十數條結果。

我點下最近的一篇文章，日期是一週前。

主席女士再次回歸古根漢美術館晚宴

文章純粹是亂七八糟拼湊的社群網頁雜文。上週博物館舉辦募款活動，各大資本家帶著花瓶嬌妻出席，捐出遠超越一般人年收入的金額。唯一的大事，就是提到這項盛會長久以來的統籌者，她經歷了不得不缺席去年晚宴的嚴重健康問題後，今年又再次回歸。

其中還有一張約七十幾歲女性的照片。她身穿黑色禮服，露出驕傲有如貴族般的微笑，圖片底下的說明文字寫出了她的名字。

瑪喬莉．米爾頓。

我再次確認文章日期，確定那真的是上個禮拜的事。

是真的。

這只代表一件事情。

瑪喬莉．米爾頓，那個因為過世才使巴塞羅繆開缺，尋找至少兩名公寓看守人的女子，根本還活著。

38

我看著手錶嘆氣。

兩點過七分。

我坐在中央公園不遠的外頭，在同一張長椅上進入第三小時。我又餓又累，極度需要去趟洗手間。然而，就算坐在這裡也比回巴塞羅繆來得好。此時此刻，哪裡都比那裡好。

公園就在我身後，前方位於街道正對面的，則是瑪喬莉．米爾頓目前住的公寓大樓。

她的地址是從網路找來的，就和我找到米爾頓女士一切資訊的來源一樣。說穿了，在曼哈頓，有時就連超級有錢人也會名列電話白頁。

我得知的其他事情還有：她的朋友稱呼她為瑪姬；她是一名石油大亨的女兒，也是風險投資家的遺孀。她有兩個兒子，長大無庸置疑也成為石油大亨與風險投資家。她有一頭約克夏梗犬，取名黛安娜公主。除了擔任花費高昂的博物館募款活動主席，她也對兒童醫院、動物福利團體及紐約歷史學會慷慨解囊。

雖然，我所得知最重要的訊息就是，瑪喬莉．米爾頓從一九四三年起就生龍活虎，甚至紅極一時。

這些資訊中有部分是我離開巴塞羅繆前找的，例如她的住處。但是其餘大多是我坐在長椅上時搜尋的。我一面用手機搜尋網路，時間一邊滴答流逝。

我在這裡，苦苦希望瑪喬莉最終會帶著黛安娜公主出來散步。根據《浮華世界》三年前刊登她的文章，那是她最愛做的事情之一。

她一出來，我除了能問她為什麼離開巴塞羅繆——這個距離她現在住處不過往南十個街區的地方，還可以問為什麼還住在那裡的人都說她死了。

等的時候，我不斷確認手機有沒有克洛伊和狄蘭的回應，他們至今無消無息。終於，過兩點半時，走出一道纖細的女人身影，身穿棕色休閒褲和藍綠夾克，身邊帶著鏈上狗繩的約克夏梗犬。瑪喬莉。

她的照片我看了太多次，絕對不會搞錯。

我從長椅跳起來，急忙過街，黛安娜公主一在隔壁大樓前門旁修剪了造型的灌木叢停下撒尿，我立刻接近米爾頓女士。當我距離她身後只有幾步，開口說：「不好意思。」

她停下來，轉往我的方向。「怎麼了？」

「妳是瑪喬莉．米爾頓嗎？」

「我是，」她說，黛安娜公主扯動牽繩，猴急地想去標記下一個灌木叢。「我們認識嗎？」

「不認識，但我住在巴塞羅繆。」

瑪喬莉上上下下打量我，明顯認定我就是公寓看守人，而非永久住戶。我從昨天起就穿同一套衣服，而且無所遁形。我還沒洗澡，沒有化妝。出發來此監視她住的大樓之前，我至少進行了最底線的清潔：梳好頭髮、刷好牙。

「我不知道這和我有什麼關係。」她說。

「因為妳也住過那裡，」我回答：「至少我是這樣聽說的。」

「妳得到的是錯誤消息。」

當她正要轉身離開，我將手伸進夾克，拿出一份捲起來藏在裡頭的《紐約客》，點了點住址標籤。

「如果妳希望別人相信，就該在離開時把雜誌都帶走。」

瑪喬莉瞪著我。「妳是誰？妳想怎樣？」

「我是住在妳以前公寓的人，只不過他們告訴我妳死了，而我真的滿想瞭解一下為什麼。」

「我完全不曉得，」瑪喬莉說：「但那公寓從來不屬於我，我只在那裡住了很短的時間。」

她又在人行道上邁開步伐，約克夏梗犬在她前方幾呎處小跑起來，我跟在她身後，對於她給的答案不怎麼滿意。

「妳在那裡住多久？」

「不干妳的事。」

「公寓看守人不斷消失，」我說：「包含在妳之後、在我之前的那位。如果妳對此知道些什麼，請妳現在就告訴我。」

瑪喬莉．米爾頓打住腳步，嚇了黛安娜公主一跳，小狗往前跑了幾步，就被拉緊的牽繩勒住。當小狗的主人轉身面對我，牠也被逼著必須往後退幾步。

「如果妳不馬上離我遠點，我就打電話給萊斯莉．伊芙琳。」瑪喬莉說：「相信我，妳不會希望發生這種事。我住過那裡，這件事妳已經知道了，但我不會再多說其他話。」

「就算有人不斷消失？」我說。

她別開眼神，似乎難為情又小聲地說，「不是只有妳有規則要遵守。」

她又舉步離開，黛安娜公主一路拉著她。

「等一下，」我說：「怎樣的規則？」

我抓住她的夾克袖子，不想讓她離開，拚了命想再多獲取一點有用資訊。當瑪喬莉掙脫我，袖子仍被我雙手抓著。她的一臂從中脫出，夾克大大敞開，露出底下的白色上衣，上面別了個小小的胸針。

黃金材質。

是數字8的形狀。

我放開夾克，瑪喬莉把手套回去、外套攏好。在她那麼做之前，我最後又看了一眼胸針，發現那不是數字8。

是一條銜尾蛇。

39

兩小時後，我來到紐約公共圖書館的主要分支走道，也是玫瑰主閱覽室內的多條走道之一。圖書館本身明亮通風，晚午陽光透過拱頂窗戶斜斜照入，粉紅色的胖胖雲朵使天花板的壁畫更加生色，從那兒垂下的吊燈將圈圈光芒投到排成一列列整齊直線的長桌上。

當我注視著面前的那疊書，陷入極度不安，彷彿有股黑暗步步逼近。我希望那是書籍的影響，亦即那些古老、滿是灰塵、記載符號與其意義的巨冊。但是打從我驚鴻一瞥瑪喬莉．米爾頓的胸針，這股不祥的感受就如影隨形。

吃掉自己尾巴的蛇。

和尼克公寓裡那幅畫一模一樣。

看到後，我什麼也沒對瑪喬莉說。胸針和它可能蘊含的意義讓我無言以對。我就只是退後，留她和她的狗站在人行道上。我走個不停，好像只要這樣將一腳放到另一腳前方，就能以某種方式合理化一切。

失蹤事件、尼克、米爾頓女士在巴塞羅繆的短暫居住，全環環相扣，對此我非常確定。這是銜尾蛇最終的邪惡特質。

也是因為這樣，我才來到圖書館，大步走向服務臺，說：「能找到多少本關於符號學的書，都拿給我。」

如今十幾本書就擺在我面前。我希望其中至少能有一本幫助我瞭解銜尾蛇背後的意義。如果我能弄清楚，也許就比較能瞭解巴塞羅繆到底是怎麼回事。

我拿了最上面那疊書，翻到索引，尋找關於銜尾蛇的條目。其他書也如法炮製，直到十二本打開的書在桌上扇形展開。這個畫面排列得有如美術館展覽，呈現出銜尾蛇所有的化身。有些很簡單，只是線條圖，其他則是精緻的蝕刻，在大蛇圍出的圈圈裡加上皇冠、翅膀與符號用以美化。六角星、希臘字母、不知名語言寫成的字句。單是數量和種類就令我眼花撩亂。

我隨便抓了其中一本——一本早就過時的符號學教科書——閱讀其中條目。

銜尾蛇是一種古老符號，描繪大蛇或龍以咬住自己尾巴的方式形成圓圈或數字8。原本來自古埃及，此符號先後由腓尼基人和希臘人採用。在希臘，其符號得到了沿用至今的名字——Ouroboros。大致可翻譯為「吃了尾巴的」。

透過該自我毀滅的舉動，大蛇在本質上控制了自己的命運。吞吃自己，將帶來死亡——同時餵食自己，此能帶來生命。持續不斷、永遠反覆。

因為這樣的完整循環及象徵強烈的表現，銜尾蛇與各式各樣信仰產生關連，特別是鍊金術。描繪大蛇吞吃自己的形象，象徵重生和宇宙循環不息的特質。從毀滅生出創造；從死亡生出生命。

我瞪著頁面。關鍵字從一堆堆文字中冒出，明顯又清晰，好像用了粗紅字再加底線。

從毀滅生出創造。

從死亡生出生命。

這一切都是不曾中斷的迴圈，永遠循環下去。

我抓了另一本書，匆匆翻閱，來到一副塔羅牌中的一張。

魔術師。

上頭畫了個身穿紅白袍子站在祭壇上的人。他以右手高舉魔杖、指向天堂；左手指著地面，擺在他頭上猶如雙生光環的，是一個數字8。

銜尾蛇。

還有一條繞在腰上、造型比較不一樣的：以咬住尾巴的方式固定在那兒的蛇。

祭壇上放了四樣物品——權杖、寶劍、上頭裝飾著一顆星星的盾牌，以及金子製成的聖杯。

我靠近一些，先研究盾牌，再看聖杯。

靠近檢視後，我意識到鑲在盾牌上的星星不只是普通星星，它相互連起的線條形成五個明顯的尖角，被盾牌的圈圈圍繞起來。

一顆五角星。

而那只金杯看起來不怎麼像聖杯，更像用於儀式的某樣物品。

聖餐杯。

看到它放在五角星旁邊，使我記憶深處敲響了鐘聲。我從桌前跳起，拋下那幾本擺了滿桌且大大翻開的書，回到服務臺，喚來剛才幫過我的那位被惹惱的圖書館員。他一見到我就縮了一下。

「你們有多少本關於撒旦崇拜的書？」我說。

圖書館員從瑟縮變成皺眉。「我不太知道。好像很多？」

「全部給我。」

五點半時，我如願以償——就算不是全部，館員抽樣給我的冊數也夠多了。現在，我面前擺了十六本書，換下被掃到一旁的符號學教科書。我篩過這一整疊新書，翻到索引，掃描名稱，懷抱著會有一本跳脫而出的期望。

確實最後找到了一本，叫《現代妖術：新世界的撒旦崇拜》，非常學術研究的書籍。

瑪莉亞．達米諾夫。

我記得描寫巴塞羅繆悲劇過往的文章裡有這個名字。那些死去的僕人、謠傳的鬼魂，以及傳聞中謀殺了她可憐女僕的柯內莉亞．史旺森。柯內莉亞狀似有罪的其中一個原因，就是她曾和達米諾夫交好，也就是那個邪教首領。

Le Calice D'Or.

她那群追隨者就叫這個名字。

黃金聖杯。

我往回翻了好幾百頁，找到瑪莉亞．達米諾夫的介紹頁。

騷亂時代使不少人從信仰中尋找撫慰，卻也逼迫其他人考慮別的選項，將興趣轉往撒旦救世主，尤其是有嚴酷戰爭或瘟疫留下慘痛痕跡的年代。達米諾夫相信，天堂與人間成形後，神拋棄了祂的造物，任憑混亂統治。為了撐過這些混亂，達米諾夫指示她的追隨者轉投更強大的神祇：路西法。而且單是祈禱不足召喚，只能以血進行。因此，年輕女子遭開膛破肚的儀式就此開始，她們的鮮血接入了聖餐杯，灑在野火之上。

多年後，一些拋棄正信的達米諾夫追隨者，在與友人和知己的信件中暗示了更多可怕行為。一人寫到，達米諾夫宣稱在藍月獻祭年輕女子能召喚路西法本人，他更會給予獻上禮物之人健康的身體及大量的財富。不過寫信者又表示，其實他從沒目睹這種行為，這很可能只是為了玷汙達米諾夫的名聲捏造出的傳聞。

達米諾夫在一九三〇年代晚期因猥褻行為遭逮捕後，**黃金聖杯**旋即解散。達米諾夫本人亦消失在大眾面前。一九三一年一月以降，她的行蹤便無人知曉。

我重讀那段文字，不安感變得更加強烈。我努力回想柯內莉亞．史旺森案件的細節。她的女僕名叫露比，這我記得：寶石紅謀殺。她遭到開膛破肚，器官掏出，這種事實在太令人難忘，謀殺發生在萬聖夜這個事實亦同。我甚至記得年份：一九四四。

我抓了手機，找出那種能告訴你每年每月的月亮週期的網站。結果一九四四年的萬聖節，天空正被當月第二個滿月照得燦亮。

藍月。

我的雙手開始顫抖，讓我再次進行網路搜尋時握不好手機。這次我要找的是一個名字。

柯內莉亞．史旺森。

冒出亂七八糟一堆文章，幾乎每個都和謀殺有關。我點了一個，迎面而來的便是惡名昭彰的史旺森女士的照片。

我瞪著那張圖片，全世界開始往一側傾倒，彷彿圖書館突然歪斜。我抓住桌邊，撐住自己。

因為，眼前這張照片我以前也看過，一名五官線條凌厲的美女，身穿緞面袍子、戴絲質手套。肌膚完美無瑕，頭髮漆黑，有如無月的夜晚。

我在尼克公寓的相簿中看過，雖然他表示自己認得那女人，卻從來沒說出她的名字。

但是現在我知道了。

柯內莉亞．史旺森。

而她的孫女，正是葛蕾塔．曼維爾。

40

我在圖書館裡傳簡訊給狄蘭。

馬上打給我！我找到一些東西！

五分鐘滴答流逝，他沒回應，我決定打給他。我心中逐漸形成一個理論，必須和別人分享，並且希望有人能告訴我這是我在發神經。

可是重點在於：我沒在發神經。

此時此刻，就連精神失常都能算是上天保佑。

我在外面靠著圖書館其中一隻石獅子的底座，撥出狄蘭的號碼，又直接進他的語音信箱。我留下訊息，急迫地對著手機小聲說話。

「狄蘭，你在哪裡？我一直在找住在巴塞羅繆的一些人的資料，他們不是自己宣稱的身分。我認為——我認為我知道發生了什麼事，而且是滿可怕的事。拜託，拜託你聽到就盡快回電給我。」

我結束通話，抬頭望著天空。月亮已經出來了——圓圓的、明亮的，低垂懸掛天空，被克萊斯勒大樓尖塔一分為二。

還小的時候，珍和我熱愛滿月，熱愛月光是如何透過她的臥室窗戶灑進來。有時我們會等到父母入睡，站進那冰白色的光芒之中，彷彿沐浴著月光。

當我讀到傳聞中黃金聖杯成員在滿月時幹了什麼事後，那個記憶就被玷汙了。巴塞羅繆又將我和珍的另一段過去給弄髒。

我轉過身，正要回到圖書館，仍被我緊繃捏著的手機顫出哀怨的鈴聲。

狄蘭終於回撥給我了。

但是，當我接起電話，聽到的卻是陌生的嗓音。是個女人，語帶試探。

「是茱兒嗎？」

「對。」

一陣停頓。

「茱兒，我是芭比。」

「誰？」

「芭比。收容所的那個。」

接著我就想起來了。芭比，兩天前談過話那位友善且有趣的女人。

「妳還好嗎？芭比？」

「在這裡繼續撐著，新的一天、新的思想，就愛蓮娜．羅斯福那些狗屁。雖然我很想閒扯淡，可是這通電話不是社交問候。」

我的心跳才剛要穩定下來，此時又再次加快。亢奮的血液陣陣竄過血管。

「妳找到英格麗了？」

「也許，」芭比說：「有個女孩剛進來，她看起來和妳給我那張照片裡的女孩很像。但也可能不是她，她比照片上還要慘很多。我認真的，茱兒，她簡直像某個死掉的小動物，剛被貓拖進來。」

「她有說她是英格麗嗎？」

「她話不多，我有試著和她交朋友，但是她完全沒興趣。她唯一對我說的話就是我他媽的可以滾一邊去。」

聽起來不像英格麗。可是話說回來，我也不曉得過去幾天她經歷了什麼。

「她頭髮是什麼顏色？」

「黑色，」芭比說：「染的，而且染得很糟。」

我把手機抓得更緊。「妳現在看得到她嗎？」

「可以，她坐在一張折疊床上，腿抱在胸前，不跟任何人說話。」

「妳有在她頭髮上沒染的地方看到任何顏色嗎？」

「我看看，」芭比離開手機，去看更清楚，這時聲音變得聽不清。「有，有一些顏色。」

「什麼顏色？」

我屏住呼吸，做好大失所望的心理建設。考慮到我人生至今的走向，我早有準備了。

「在我看來好像有一塊藍色。」芭比說。

我吐出大氣。

是英格麗。

「芭比，我要請妳幫我個忙。」

「我盡量。」

「別讓她離開，」我說：「在我到之前，拜託妳盡可能把她留在那裡。如果有需要，就壓住她，我會盡快趕到。」

我隨即出發，衝下圖書館階梯、轉上四十二街。收容所位於往北十個街區，再往西橫過好幾個長長的街區。在慢跑加快走並且刻意無視數個紅綠燈之後，我成功在二十分鐘內抵達那裡。

芭比在外面等我，她仍穿著卡其工作褲和羊毛衫，站在離我兩天前看到的抽菸者小圈圈一大段距離的地方。

「別擔心，她還在裡面。」她對我說。

「她有多說什麼嗎？」

芭比搖頭。「沒，還是很自閉。雖然她好像嚇壞了。」

我們進入大樓，有熟悉的芭比在旁，我得以順利繞過坐在磨損玻璃後方櫃檯的那位女士。今晚，改裝過的體育館比我第一次來的下午擁擠很多。幾乎每張床上都有躺人，沒躺人的則用行李箱、垃圾袋和髒兮兮的枕頭占位置。

「她在那裡，」芭比指著體育館遠遠那端的一張床。將膝蓋收到胸前、坐在上頭的，正是英格麗。過去三天，改變的不只她的頭髮，她的一切都變得更深暗、更骯髒。她彷彿變成了自己的影子。她的頭髮現在是焦油色，除了一小塊洩露原形的藍；頭髮油膩膩，條條垂落。她的衣服和牛仔褲仍是我上回看到的那套，雖然因為穿了好幾天而變髒。她的臉比較乾淨，但是擦破了皮，又歷經折磨，彷彿在外面打滾太久。

英格麗看向我，充血的雙眼漸漸流露認出我的神情。

「茱茱？」

她從床上跳下來跑向我，用力又恐懼地將我一把抱住。

「妳在這裡做什麼？」她完全沒有要放開我的意思。

「我在找妳。」

「妳離開巴塞羅繆了吧？」

「沒有。」

英格麗放開我、往後退，以明顯的懷疑眼神注視著我。「告訴我妳沒有被他們迷惑，對我發誓妳不是他們的一員。」

「我沒有，」我說：「我是來這裡幫妳的。」

「妳幫不了，沒辦法幫了。」英格麗無力地倒向最近的一張床，雙手遮住臉。她的左手顫抖著，無法控制。即使用右手抓住，左手還是抖個不停，斑斑髒汙的手指不斷抽搐。「茱茱，妳必須離開那裡。」

「的確是有打算離開。」我跟她說。

「不行，妳現在就走，」英格麗說：「能逃多快就逃多快，妳不知道他們是什麼東西。」

但我知道。

我想我已經知道了好一陣子，只是不太能完全理解。

但是現在，我過去幾天蒐集的一切資訊開始變得合理，就像從沖洗液中拿出的相片，圖像慢慢成形，從一片空白中浮出，露出一整個可怖的景象。

我非常清楚他們是什麼。

再次重生的黃金聖杯。

41

在英格麗的堅持下，我們去了隱蔽的地方講話。

「我不希望被任何人聽到。」她解釋道。

若在收容所，那就表示我們要徵用先前YMCA的男更衣室。芭比站在外面負責把風，阻擋任何想進來的人。裡面，英格麗和我則慢慢走過數排空盪的衣物櫃，以及乾涸多年的淋浴間。

「我三天沒洗澡了，」英格麗說，用渴望的眼神望著其中一個淋浴間。「最接近的是在港務局轉運站擦澡，而且那也是昨天早上了。」

「這段時間妳就是待在那裡嗎？」

英格麗一屁股坐在淋浴間對面的長椅上。「我哪裡都去過：港務局、中央公園、賓州車站，只要人多我就去。因為他們在找我，茱茱，我知道他們在找我。」

「他們沒有。」我說。

「妳沒辦法確定。」

「有辦法，因為——」

在剩下的句子冒出來前，我自己打住。

因為只有我一個人在找妳。

我本來要這麼說，可是我知道那是謊話。他們也在找她。

靠著我。

與其自己去找，他們讓我去做這件事。就是因為這樣，葛蕾塔．曼維爾才建議了一些地方給我。為什麼尼克要用升降機幫我降下去搜11A，就是希望我能找到一些可用物品。也很可能因為這樣，他才和我上床，為了讓我喜歡他，留我在身邊，得知我發現的每件事。

我假設，他們知道我發現情況有些不對勁前，他並沒有用簡訊假裝英格麗。那個時候他們已經決定對英格麗及早收手。

「如果妳這麼怕被找到，為什麼不搭公車或火車直接離開這城市？」

「當妳一毛錢都沒有，這麼做就會有點難，」英格麗說：「而我真的算是一毛都沒有。我吃飯從垃圾桶撈，得在店裡偷這愚蠢的染髮劑。我僅有的一丁點錢來自乞討，還有從噴泉偷硬幣。目前為止我大概有個——呃——十二塊錢。照這個速率，說不定十年後我就會有足夠的錢出國，因為我們就是得這麼做，茱茱，我們得去一個永遠不會被他們找到的地方。只有這樣才能逃離他們。」

「或者我們可以去找警察。」我提議。

「但是要跟他們說什麼？巴塞羅繆那群有錢賤貨在崇拜魔鬼？光是說出口就夠扯了。」

聽在耳中也一樣，即使我真心知道就是發生了這種事。他們在報紙和網路張貼不太引人注意的廣告，承諾金錢和棲身之處，誘惑人去那棟大樓，誘惑我和英格麗和格蘭這種人。

我們都是自願進入巴塞羅繆的，可是一旦到了那裡，就被規則給困住。

「妳怎麼弄清楚這一切的？」

「是愛瑞卡起的頭，」英格麗說：「我們去公園，就像妳和我。她告訴我發現在她之前住在12A的人並沒有死——至少她得到的訊息是那樣。這讓她有點嚇壞。所以我就對巴塞羅繆做了點研究，查出那裡發生的一些詭異事件，那讓愛瑞卡更害怕。所以，她離開時，我以為她是真的覺得太恐怖，待不下去。可是接著幾天後，狄蘭來問我有沒有她的消息，就是從那時起，我開始懷疑可能有別的情況。」

她的故事和我大同小異：她的新朋友不見，她覺得好像有些詭異情況在發生，決定進行調查。唯一的差別是她比我更早發現葛蕾塔．曼維爾和柯內莉亞．史旺森之間的關係。

「我和萊斯莉面試時在門廳碰見葛蕾塔，」英格麗說：「然後，我只是想，能和作家住在同一棟樓感覺很酷。一開始我以為她人很好——她甚至給我一本她的簽名書。可是當我讀到柯內莉亞．史旺森、注意到她們的相似處，我就知道有問題。」

「妳問了她，」我說：「她有告訴我。」

「我猜她一定沒提到這個：她威脅要是我再敢跟她說話，就要讓我被踢出去。」

即使葛蕾塔告訴了我她在巴塞羅繆的生活，也沒有提到這個細節。我的公寓曾是她的公寓，也就表示，那裡在某段時期曾屬於柯內莉亞．史旺森。

她也在同間公寓謀殺女僕。

只不過那不只是謀殺。

而是獻祭。

實踐銜尾蛇的承諾。

從毀滅生出創造。

從死亡生出生命。

露比也許是第一個，但我有種反胃感，認為愛瑞卡是最新的一個。我努力不去思考從過去到現在之間可能還有多少人，這個之後會有很多時間好好討論，此時此刻，我得專注在一件事情上：儘量別引起懷疑，並讓自己從那裡脫身。

「妳和葛蕾塔講完話後發生了什麼事？」

「我很清楚自己不想留在那裡，我該死的非常確定。」英格麗站起來，朝著沿牆的一排洗手槽走去。她轉開水龍頭，開始將水潑到臉上。「那個時候，我已經拿到看守公寓的兩千元，夠讓我離那地方遠遠的。但我也知道，如果我留下，還會有更多錢進來。」

現金，就掛在每週的終點線上，在我們面前晃蕩。又是巴塞羅繆困住我們的另一個方式，那確實能讓我多留一晚。

「我決定留下，」英格麗說：「我不知道多久，也許再一週吧，或兩週。可是我想要有安全感，所以我──」

「買了把槍。」

英格麗從水槽上方的鏡中看著我，揚起眉毛。「所以妳找到了，很好。」

「妳一開始為什麼要把它留在那裡？」

「因為發生了一些事，」英格麗說，安靜下來。「如果我告訴妳是什麼事，妳絕對會恨我一輩子。」

我到水槽旁加入她。「我不會的，保證。」

「妳會，」英格麗拿了溼溼的紙巾，開始清潔頸子後面。「而且我完全活該。」

「英格麗，就告訴我吧。」

「槍花掉我所有的錢，我存的那兩千塊就那樣沒了。」她彈了下手指，我看見她坑坑巴巴的藍色指甲油殘餘。「所以我問萊斯莉能不能預支看守公寓的款項，金額不大，只是提前一週的費用。她跟我說不可能，可是接著就說，我可以拿到五千——不是貸款或預支，而是五千塊，沒有附加條件——假如我幫她做件小事。」

「什麼事？」

英格麗檢視著一綹漆黑如墨的頭髮，拖延時間。當她望著鏡子，眼神不太自在，好像痛恨著自己的一切。

「讓妳受傷，」她說：「我們在門廳相撞……不是意外，是萊斯莉付錢叫我做的。」

我腦中非常清晰地回想起那瞬間，有如直接投射在浴室牆壁上的電影畫面。我抱著兩大袋沉甸甸雜貨，英格麗衝下階梯，雙眼盯著手機，接著我們撞在一起，身體彈飛出去，雜貨落下，我突然開始流血。在這片混亂的餘波之中，我根本沒時間多想手臂到底是怎麼割傷的。

現在我知道真相了。

「我有一把瑞士刀，」英格麗無法與我眼神相交。「我貼在手機底下，只露出刀尖。我們撞到那一刻，我割傷妳的手臂。萊斯莉說不用多大傷口，只要會流血就好。」

我從她面前退開，先一步，再一步。

「他們——他們為什麼要妳這麼做？」

「我不知道，」英格麗說，「我沒有問。那時候我已經在懷疑她到底是什麼東西，或說他們都是什麼東西。我想那可能是某種測試，他們好像試圖想洗腦我，引誘我加入他們。可是那個時候我實在走投無路到什麼問題也不敢問，滿腦子就想著那五千元，還有我多需要那筆錢逃離那地方。」

我持續避開她，直到碰到浴室另一端，深深陷入其中一間打開的淋浴間，一屁股跌坐在馬桶上。英格麗朝我衝過來，跪了下去。

「茱茱，我真的很對不起，」她說：「妳真的不曉得我有多抱歉。」

我胸口彷彿升起一顆憤怒的泡泡，熾熱又令人作嘔，可是並不是針對英格麗。我無法因她做的事責怪她。她身無分文、走投無路，又看到一個能輕鬆賺大錢的方法。假如我們角色互換，我可能也會那麼做，而且什麼也不會問。

不行，我的憤怒必須留給催動這般絕望的萊斯莉，和巴塞羅繆其他人。

他們將絕望變成了武器。

「我原諒妳，」我對英格麗說：「妳只是為了生存做了必須做的事。」

她搖著頭，別開眼神。「不對，我是個爛人，真的很爛。而在這件事情發生後，我決定非離開不可。我根本不需要到五千塊那麼多。我不想留在那裡，看著自己還能多沉淪。」

「那天在公園妳為什麼不把一切告訴我呢？」

「那妳會相信我嗎？」

答案是不會，我鐵定覺得她在撒謊。又或者更糟，覺得她精神嚴重失常。因為腦子正常的人是絕對不會相信，竟有一群撒旦教徒占領像巴塞羅繆這樣的建築。但也正是因為這樣，他們才有辦法長久以來不被發現。他們的存在如此荒唐，有如盾牌，彈開所有懷疑。

「妳當然也不會原諒我竟然那樣弄傷妳，」英格麗說：「在我心裡，我最能夠進行的警告，就是盡量讓妳有點頭緒，意識到那裡發生什麼事。我希望有效，我不曉得……例如讓妳怕到想離開，或者至少讓妳對留下來多想一下。」

「確實有效，」我說：「不過這是不是代表妳真的成功逃走了？」

「對，可是和我計畫的不一樣，」英格麗說，現在講話速度快得我只能勉強跟上。「那天晚上我打包好一切，準備離開。我在升降機裡放了那張紙條，盡可能讓妳會想離開。我也是為了這個原因才留下槍。以防——老天保佑——妳需要用到。我沒有立刻離開，是因為萊斯莉告訴我，她那天晚上會找個時間過來，給我她答應的那五千塊。另外，我也安排要把我知道的一切告訴狄蘭，這樣也許能幫他找出愛瑞卡出了什麼事。我的計畫是從萊斯莉那裡拿到錢、在地下室跟狄蘭見面、帶上我的東西，出去的途中把鑰匙拿給查理。很顯然，這沒發生。」

「出了什麼事？」

「他們來抓我，」英格麗說：「或說他來抓我。」

我一瞬間想到愛瑞卡的影片。

是他。

「尼克。」我說。

英格麗一聽到名字便顫抖起來。「他突然間就冒出來了。」

「在門口？」

「不是，」她說：「在公寓裡面。我不知道他是怎麼進來的，門有上鎖，但他就是出現了。我想他已經在那裡待了好幾個小時，藏在那裡、等在那裡。可是我一看到他就知道我有生命危險。他看起來很兇，是真的很嚇人的那種。」

「他有說什麼嗎？」

「他說我最好不要掙扎。」

英格麗暫停下來，我猜她是在腦中重演那個瞬間，就和我在腦中重演我們在巴塞羅繆門廳相撞那幕。她又開始顫抖，不只雙手，而是整個身體——無法控制的顫抖。當她哀然又沙啞地發出一聲啜泣，眼中盈滿淚水。

「他跟我說那樣會輕鬆一點，」她的眼淚無法控制、汩汩流下臉頰。「而且我馬上知道——他打算殺了我。他帶著武器：電擊槍。我一看到馬上尖叫。」

當我站在12 A的廚房，就聽到了那聲尖叫，代表其他人很可能也聽到了。包括葛蕾塔，她就住在那間公寓正下方。我懷疑大家什麼也沒說，是因為他們早就知道發生什麼事。

英格麗要被宰掉了。

「妳是怎麼脫身的？」

「是妳救了我，」英格麗擦著眼睛，對我露出溫暖又感激的微笑。「就是妳來敲門的時候。」

「當時尼克在？」

「就在我身後，」英格麗說：「我不想去應門，但是當我們聽見是妳，尼克叫我一定得去開，不然妳會懷疑。整段時間他都用電擊槍抵在我背後，以防我想警告妳。他跟我說，這樣他會把我們兩個都電昏——先我、再妳。」

一切有了解釋。為什麼英格麗花那麼久才來開門，我數了整整二十秒；為什麼她只能開一小條縫；為什麼她臉上明顯掛著假笑，卻跟我說她沒事。

「我就知道不對勁，」我說，因為湧上的眼淚不禁愕然，當英格麗停止哭泣，我的淚水卻突然流下。「我想要幫妳的。」

「茱兒，妳有幫到我，我口袋裡有防狼噴霧，鑰匙圈上掛著一個小瓶子。尼克出現得太快，我沒時間拿，可是妳來找我，妳跟我講話的時間夠久，讓我可以伸手到口袋抓住。」

我非常清楚記得她右手插在牛仔褲口袋，好像抓著什麼東西。

「妳離開後，我懇求他不要傷害妳，」英格麗說，「然後我拿防狼噴霧噴他，再之後，我就逃跑。我什麼都沒帶上，時間不夠，我得把所有東西拋下：我的手機、衣服和錢，唯一有的是鑰匙，我丟在門廳地上，因為我知道我沒有辦法再回來了。」

更衣室的門打開，芭比探頭進來。

「女士們，妳們得收一下尾，」她說：「我沒辦法整晚待在外頭，這裡越來越擠，如果我不快點回去，一定會有人搶走我的床。」

英格麗和我走出更衣室，進入甚至比剛剛離開前更擁擠的收容所。芭比說的沒錯，現在所有床都被人占了。很多床上躺了睡覺的人、看書的人，或只是一聲不響、兩眼發直的人。少數幾張床充當臨時交誼中心，一群群女人聚集坐在一起，邊笑邊聊天，這地方吵吵鬧鬧又熙熙攘攘，我因此理解英格麗為何堅持待在公車和火車站，因為人越多越安全。

對我們兩人來說。

但仍有一個公寓看守人留在巴塞羅繆，現在他只剩一個人。

這個領悟促使我想到另一件事，恐怖得讓我的心臟在胸口有如小鼓狂敲

我拿出手機，掃過搜尋紀錄，回到稍早查詢過的月相曆。

我輸入月分。

再輸入今年日期。

結果出現時，我大聲驚叫，分貝大得讓收容所其他人都停下動作看我。英格麗和芭比靠過來圍住我，滿心擔憂。

「怎麼了？」英格麗說。

「我得走了，」我離開她們、前往出口。「和芭比待在一起，不要相信任何人。」

英格麗在我身後喊道。「妳要去哪裡？」

「巴塞羅繆。我得警告狄蘭。」

沒幾秒我立刻出了體育館，然後離開這棟建築，接著上街道。外頭的月亮仍又圓又亮地在發光。

滿月。

這個月的第二個。

另一次藍月。

42

我叫計程車回巴塞羅繆，即使我根本無法負擔。我的錢包空蕩蕩。銀行帳戶也是。

可是此時此刻，最重要的是速度。我逼自己必須在二十分鐘回到巴塞羅繆，盡可能拿了我的東西、和狄蘭碰面，然後該死的快離開這裡。不做解釋、不說再見，直接進去出來，在我開門出去以前把鑰匙扔在門廳。

而我的行程已然落後。第八大道往北的交通緩慢爬行，五分鐘裡計程車只走了兩個街區。我坐在後座，恐懼和不耐混合成某種強烈的物質，讓我全身滋滋震動。當我雙手握住手機打給狄蘭，怎麼也無法停止顫抖。

一聲響。

燈號一轉綠，因紅燈停下的計程車立刻往前衝。

兩聲響。

我們飆過另一個街區。

三聲響。

又過了一個街區。還剩十六個。

四聲響。

又急衝過一個街區後，計程車碰到紅燈，嘎吱尖響一聲停下。我被往前甩，差點就要撞上隔開前後座的塑膠玻璃屏障，手機從我顫抖的手中掉下。

電話一直響，在計程車底部發出遙遠又細微的聲音。響聲停止，換成狄蘭轉接語音信箱的聲音。

「我是狄蘭，留言吧。」

我一把從地上抓起手機，簡直算是對著它大吼大叫。

「狄蘭，我找到英格麗了，她很安全，她不知道愛瑞卡在哪，可是你一定要離開那裡，現在就離開。」

前座的司機抬起頭，從照後鏡對我投來好奇的目光，揚起眉毛、皺著額頭。他已經後悔載我了，但不要多久，他就會更後悔。

我別開眼神，持續對著手機喊話，匆匆忙忙吐出句子。

「我正在過去的路上，如果可以，到外面跟我碰頭。離開後我會跟你解釋一切。」

燈號變了，計程車再次加速往前，橫衝直撞，用令人頭暈的速度帶領我們穿過哥倫布圓環。右側那些大樓迅速後退，換上中央公園幅員廣大、樹木林立的範圍，我掛掉電話。

還剩十三個街區。

我傳了一則簡訊給狄蘭。

打給我。

接著立刻又傳另一則，更急迫的。

你有危險。

我們再狂衝過一個街區，剩十二個。

我要自己保持冷靜、保持專注。

不要驚慌。

好好思考。

只有這麼做才能幫我脫離這團亂；不要驚慌，驚慌只會製造更多驚慌。

只有思考才能創造奇蹟——冷靜理性的思考。只不過，我確認過手錶後，理性思緒就變成不可能的任務。我在這輛計程車上已花掉十分鐘，甚至還沒到半路。

該跳車了。

當計程車司機在下一個號誌停下，我一把打開乘客座門、跳了出去。司機對我大吼，我沒一個字聽得清楚，因為我正倉皇擠過另一車道的車，往人行道衝。司機在我身後狂按喇叭，又快又憤怒的兩聲，緊跟著拉長的一聲喇叭，隨我跑上街區。

橫過街道時，我仍能聽見喇叭聲。

還有十一個街區。

我一直跑，加快步伐，直到變成全速狂奔。大多人一聽到我接近馬上讓出一條路，那些沒讓的就會被我推開。

我經過時，他們惡狠狠地看著我，比出憤怒的手勢，我一概無視，一心專注在盡快抵達巴塞羅繆，以及抵達之後要盡快離開。

保持冷靜。

保持專注。

進去。

然後出來。

我一面跑，一面列出回12A馬上要拿的物品。我家人的照片，那是第一優先。它正裝在相框裡、擺在床旁邊。十五歲的我拍下的珍和父母。其他東西之後都可以替換。

我也會拿手機充電器、筆電，一些衣服。要是裝不進一個箱子，就都不拿。沒有時間還讓我來回，尤其目前時光滴答流逝、橫越街區的進度緩慢，即使我已拚命狂跑。

再五個。

再四個。

再三個。

我又抵達一個街區的尾端，在光亮中橫過街道，千鈞一髮躲過開來的休旅車。

我繼續跑，肺臟有如著火，雙腿也是。我的膝蓋在尖叫，心臟跳得超用力，我簡直擔心它會直接從胸腔噴出來。

我一到巴塞羅繆附近就慢下腳步，這是一種無意識的鬆懈。我慢慢接近那棟建築，掃視人行道，尋找狄蘭的身影。

他不在。

這不是好兆頭。

我唯一看到的人是查理，他站在前門，將門開著，等我進去。

「晚安，茱兒，」他說，濃密鬍鬚底下綻開一副和藹的笑容。「妳一定很忙，今天一整天都在外頭。」

我看著他，不禁思考他究竟知道多少？

都知道？

都不知道？

我實在很想說點什麼，請他出手幫忙，警告他越快離開這裡越好，就和我現在要做的一樣。可是我不能冒這個險。

還不行。

「找工作。」我逼自己露出微笑。

查理好奇地歪歪頭。「運氣不錯嗎？」

「不錯，」我暫停一下，試圖拖延，然後突然想到一個合理到不行的離開理由。「我找到了工作，在皇后區，但因為通勤太遠，我可能沒辦法再住在這裡了。我會去和朋友擠，直到找到住的地方。」

「妳要離開我們了？」

我點頭。「對，現在。」

查理皺眉，我看不出他的失望到底是真心，或者就和我的微笑一樣虛假。即使他說：「就我個人而言非常不願意妳離開。不過能認識妳，我十分榮幸。」

他仍拉著門，等我進去。我遲疑著，快速瞄一眼佇立前門上方的石像鬼。

先前，我曾認為它們怪誕有趣。可是現在，它們就如同這棟建築的一切，讓我嚇破了膽。

巴塞羅繆裡面全然安靜無聲，也沒有一點狄蘭存在的跡象……沒有任何人在的跡象。整個門廳空蕩蕩。

我急忙衝去電梯，每走一步身體都在抗拒。此時我可說單純倚靠意志力移動，命令固執的肌肉踏進電梯、關上格柵、按下前往十一樓的按鈕。

電梯上升，在令人發毛的死寂中，帶著我在大樓裡越升越高。十一樓，我擠出電梯，快速在走廊上奔跑，前往狄蘭的公寓。

我敲了狄蘭的門，快速連敲三下。

「狄蘭？」

我又敲一次，這次更用力，門在我的拳頭下顫動。

「狄蘭，你在嗎？我們得——」

門一晃打開，讓我的拳頭除了空氣外什麼也沒揮到，因此落到身側。接著，萊斯莉出現，填滿了空盪的門口。她一身黑色香奈兒套裝，有如盔甲，並揮舞著一副假笑當武器。

我的心臟本來在胸中狂敲如雷，而今突然停下。

「茱兒，」萊斯莉的聲音甜美得令人作嘔，蜜中調毒。「真是個美好的意外。」

我感到自己往一邊歪倒，又或者我沒有，只是產生那個感覺。因為太過驚嚇，我天旋地轉、飄飄然彷彿腳不著地。萊斯莉為什麼會在狄蘭的公寓，我只能想到一個原因。

我來得太遲。

狄蘭已經被抓了。

就像梅根、愛瑞卡以及天知道她們之間天知道多少人那樣。

「我能幫妳什麼忙嗎？」萊斯莉露出虛假的擔心，眼皮拍振。

我瞠目結舌，卻一個字都說不出來。恐懼與驚嚇奪走我的聲帶，然而，我卻聽見了英格麗的聲音，警鈴一樣炸進我思緒。

能逃多快就逃多快。

我照做了。

我從萊斯莉面前逃開，在走廊狂跑，前往樓梯井。

我沒有往下，而是往上。我一定得這麼做。其他人可能會在門廳等我。

我唯一的選擇就是12A。如果我到得了那裡，就能把門鎖上、打給警察，堅持要求一名警官過來護送我離開大樓。要是那也不成，至少還有英格麗的槍。

所以我開始爬樓梯，即便膝蓋抽痛、雙手顫抖，嚇得失去知覺。

我上了樓梯。

邊上邊數。

十級階梯，平臺，再十階。

終於上了十二樓。我在走道上急匆匆地跑，氣喘吁吁、疼痛不已。我沒花多少時間就進了12A，鬆了一口氣，簡直要發出啜泣。

我一把將門在身後甩上、關緊。

門鎖、門栓、門鏈。

我沉沉靠著門，花費毫秒容許自己喘口氣，然後在走道上前進，往上爬更多階梯。這次速度慢了些。

我進了臥室，直接去床頭櫃拿家人的裱框相片。其他東西都可以不要，我只需要這個。

我將照片塞在腋下，最後一次從蜿蜒的階梯走下。不要多久，我就能進到廚房、打給警察、挖出槍，和筆電挾在一塊兒，直到援兵來臨。

到了階梯最底下，我往走道去，突然停住腳步。

尼克出現了。

他挺直了背脊，就站在門廳再過去一點的地方，堵住我離開的一切可能。他手裡有個東西，就拿在背後，讓我看不見。

他面無表情，像塊空白的石板，上頭映出我心中上百道恐懼。

「嘿，鄰居妳好。」他說。

43

「你是怎麼進來的？」我說。

根本白問，我早就知道了。書房裡，尼克背後的書架有一部分歪歪的，再後方可見一方漆黑，那是連接兩間公寓的通道。要是進行搜查，我很確定能在牆裡找到一道通往11A與11B的樓梯。

尼克什麼時候想進12A都沒問題。事實上，我想他絕對有這麼做過。我大清早聽到的那個聲響，輕飄飄的嗖嗖聲，像襪子走在地毯，或者衣服下襬掃過桌腳。

那是尼克。

如鬼魂一般來去。

「狄蘭在哪裡？」我怕到簡直快認不出自己的聲音。我的音調高亢震顫，聽起來像別的人。一個陌生的人。「你們對他做了什麼？」

「萊斯莉沒告訴妳嗎？他搬走了。」

尼克邊說邊露出獰笑，嘴唇駭人地輕輕上揚。我一看見，立刻確定狄蘭已經死了。反胃感像是快速又狂暴的波濤沖襲我的全身。我抱著肚子，要不是肚裡沒有東西，我肯定隨時都能吐出來。現在我只能乾嘔。

「拜託讓我走，」我艱難地吞嚥著，拚命想吸氣。「我不會告訴任何人這裡發生什麼事。」

「是說，妳又覺得這裡發生了什麼事？」尼克說。

「什麼事都沒有。」我回答，彷彿只要將這天大的謊言說出口，就能說服他放我走。

尼克悲傷地搖搖頭。「妳我都知道那不是真話。」

他上前一步，我則往後退了兩步。

「我們來談條件，」他說：「如果妳告訴我英格麗在哪裡，那麼也許——只是也許——我們就可以拿她來用、饒妳一命。聽來怎樣？」

聽來像謊話，就和我的謊話一樣明顯。

「我想那表示否定吧，」當我不回答，尼克便說，「真可惜。」

他又走了一步，露出一直藏在背後的東西。

電擊槍。藍色火花在尖端躍動。

我在走道拔腿開始狂奔，往右切進廚房。一進裡頭，我馬上跪下，滑過地板，瞄準洗碗槽下的碗櫥，一把將門打開，去抓鞋盒、把它翻倒，蓋子一個歪斜——

盒子是空的。

記憶突然給我當頭一擊：我傳了簡訊跟英格麗說槍的事。我現在懂了，她從沒有看到那則簡訊。除了我之外，只有尼克曉得那則簡訊。

他的聲音從身後走道傳來。

「我非常欽佩妳的生存本能，茱兒，真心，但在公寓放槍實在太危險了，我得把它拿走，放在安全的地方。」

他繞過轉角，走進廚房。他一點也不急，因為沒這必要，尤其我現在這個處境，完完全全被困住，孤身一人，毫無自衛能力。除了一張家人的裱框照護身，什麼也沒有。我就這麼像盾牌一樣把相框舉在身前。

「妳知道，其實我們不需要用暴力的方式劃下句點，」尼克說：「安安靜靜束手就擒，比較輕鬆。」

我搜索著廚房，絕望找尋武器。流理檯上的木頭刀架離尼克太近，餐具收納櫃又離我太遠。不管想去拿哪一個，那個瞬間他就能立刻抓到我。

可是我還是得嘗試點什麼。不管尼克怎麼說，束手就擒都不在選項中。

在我右方，是卡在爐子和水槽間、關了起來的碗櫥。我一把打開，露出後頭的食物升降機。我一開始往裡面爬，尼克就動了起來。當他趕到我這裡，我已經進去一半，他的電擊槍火花四射，我狂踢他，瘋狂、兇狠、一面尖叫一面踢，踢中他的胸口。

我恐懼到瞇起眼睛，看見電擊槍的另一簇劈啪響的藍光，又狂踢起來，這次瞄準高一點的位置，鎖定他的臉面。他的眼鏡被我的鞋跟踢到碎裂。

尼克痛喊一聲，搖搖晃晃往後退。

電擊槍閃爍著熄滅、喀拉掉到地上。

我將腿收進升降機，突然回想起這裡的空間有多小。我用雙手扯了繩子一下，一秒過後，升降機筆直墜落，我被拋入黑暗之中。

我努力想在升降機往下落時將繩子握緊，但是它降落太快，飛速磨過我手掌，割出一道傷口。我放開手，用膝蓋去夾繩子，希望能減緩下降。

我無法判別這有沒有用。周遭太暗，升降機又太大聲，因我的體重不斷嘎吱作響。我膝蓋間一股熾熱，摩擦力燒穿牛仔褲的丹寧布。我鬆開膝蓋，再次放聲尖叫，那聲音被升降機摔到底下公寓發出的聲響吞沒。

撞擊力劇烈穿透我全身，腦袋猛一往後，痛楚從脊椎往上貫，我的四肢撞著升降機側面。當這一切結束，我在黑暗中等待，疼痛又害怕，又擔憂我會不會傷得太重、無法動彈。因為我的確受了傷，這是無庸置疑。痛楚包圍我的頸子，燒燙且抽痛，有如熾熱的吊索。

但是我能抬起升降機門爬出去，小心翼翼不刺激到我遭受重挫的身體。當我爬進11A的廚房地板，發現自己竟然還能走路，真心感到驚訝，雖說走得很慢。我的每一步都跛瘸又痛苦。

我咬緊牙關、拚命前進，走出廚房，進了門廳，一把將門打開。

出11A後，我每走一步痛就減輕一些。我想是因為恐懼或腎上腺素。可是不管是什麼，只要能讓我在走道上走快一點就行。

靠近電梯時，我看見它仍停在十一樓——真是奇蹟中的奇蹟。門敞開著，彷彿正在等待我。我朝它奔去，卻突然意識到左邊有動靜。

尼克。

他從十二樓的樓梯走下，電擊槍滋滋作響，眼鏡掛在一邊耳朵上，鏡框打橫斜過臉龐，右邊的鏡片碎裂，血從右眼下方的一條傷口汩汩流出，有如猩紅眼淚。

我衝進電梯、狂敲猛按前往門廳的按鈕。

外面那道門關上時，尼克抵達電梯前方，將一手插進格柵，電擊槍的火花狂閃，像是聖艾爾摩之火[14]。

---

14 St. Elmo's fire。一種天氣現象，大氣如果帶電，會使雲和物體兩者電極承受大量電壓。如果物體呈現尖狀，電荷也會因此更強烈。過去常發生於在海上航行的船舶。

我伸手去抓裡面那道閘門，狠狠夾住他的手，死死地壓在門上。

接著我將門拉開、再重複一次。

這次更用力了。

用力到尼克猛地將手抽回，電擊槍從手中掉下。

我用力將格柵關上，電梯開始帶我下降。在我離開十一樓前，看見尼克走向樓梯。

十樓。

尼克下樓健步如飛，我還沒看見他，但是他的鞋子「啪啪」踏在大理石上，那道回音如影隨形、跟著我往下。

九樓。

他更近了。在電梯往下直到看不見前，我瞥到一瞬間他橫越樓與樓之間平臺的腳步。

八樓。

我的肺中彷彿鼓起一顆氣球，亟欲高喊救命。我將它壓下，就像英格麗，即使我喊出聲，也一定會遭到無視。

七樓。

我瞥到瑪莉安站在樓梯平臺，就那麼看著。沒有化妝，沒戴太陽眼鏡，她的臉好枯黃，一副病容。

六樓。

尼克加速衝過瑪莉安身邊，現在我已能清楚看見他，那道因為飛速移動而模糊的身影奔過平臺，幾乎和電梯同樣速度往下。

五樓。

我俯身撈起電擊槍，因為這東西拿在手中竟那麼重而驚訝。

四樓。

我按下電擊槍側邊的按鈕，進行測試。它的尖端爆出一聲驚人電流。

三樓。

尼克繼續與我並駕齊驅，我在電梯裡面轉向，在他移動的當下留意著窗戶。十個階梯，平臺，又再十階。

二樓。

我站在那裡，一手抓著格柵，做好準備，電梯一停就要打開。

門廳。

尼克要下樓梯最後十階時，我正好衝出電梯，大約搶先十呎，也許更少。

我踩著狂亂的大步橫越門廳，不敢回頭看。我的心臟狂跳、腦袋暈眩、身體痛到不行，甚至感覺不到手中的電擊槍，或仍塞在腋下的家人照片。我的視線縮小到只能看見距離十呎的那扇前門。

現在剩五呎。

接著一呎。

安全就在門的另一邊。

警察、行人和陌生人一定會停下來幫忙。

我來到門邊。

將門推開。

有人把我從門前推開，那是一道巨大笨重的身形。我放寬視野，看見他的帽子、他的制服、他的鬍子。

查理。

「我不能讓妳離開，茱兒，」他說：「我很抱歉，他們對我承諾了，對我女兒承諾。」

我想也不想便揮出電擊槍，狠狠戳進他的腹部，尖端不斷滋滋響、冒出火花，直到查理整個人彎下身，發出痛苦呻吟。

我丟下電擊槍，推門出去，疾衝著奔過人行道，跑到街上。

查理在我身後高喊。「茱兒！小心！」

我還在跑，冒險回頭望了一眼，見他仍彎著身站在門口，尼克在他身旁。

傳來更多嘈雜、不和諧音、喇叭聲、輪胎嘎吱響。有人在某處發出尖叫，聽起來有如海妖。

接著，有東西狠狠撞了上來，我被彈到一旁，不受控制地飛了起來，一瞬間失去知覺。

現在

當我猛地驚醒，眼皮並非拍振幾下緩緩打開，不是慵懶地、嘴巴乾渴地打呵欠，只是剎那間從黑暗轉往光亮，就和我昏睡時的感覺一樣。

驚慌又失措。

我非常清楚現在是什麼狀況：克洛伊有危險。要是他們找到英格麗，那她也會一樣。我得幫助她們。

現在、馬上。

我看向打開的門。房間黑暗、走道無聲。連壓低聲音講話或球鞋嘎吱都聽不到。

「哈囉？」口中乾渴扭曲了我的嗓音，變成不怎麼好聽的沙啞聲線。「我需要——」

打給警察。

我是想說這句話，可是喉嚨失了靈，成為阻礙。我硬擠出一聲咳嗽，與其說是為了找回聲音，不如說想引起護士注意。

我又試了一次，這次大聲了點。「哈囉？」

沒人回應。

就目前看來，走廊似乎空盪無人。

我搜索著床邊桌子找手機。沒有，也沒有用來叫護士的呼叫鈴。

我溜下床，因為發現還能走路鬆了一口氣，雖然不是走得很好。我的雙腿搖搖晃晃又虛弱，整個身體難以擺脫疼痛。不過我很快就出了房間，走上短得出乎意料的走道。這只是條昏暗走廊，有著通往另外兩間病房的門，以及一個目前沒人的小型護理站。

那裡也沒有電話。

「哈囉？」我喊出聲。「我需要幫忙。」

走道盡頭的另一扇門緊緊關上。

白的。

沒有窗。

而且很重。這是我努力想將門板掰開時得知的事實。它甚至需要我額外出力、悶哼一聲、湧上一陣疼痛才終於打開。

我走進去，發現自己處於另一條走道。

我覺得以前也看過這條走道。就如我最近一切記憶，它在我心中顯得朦朧不清，像某種因疼痛、擔憂和鎮定劑變得有些模糊、類似記憶的東西。

走道拐彎，我跟著轉，繞過轉角，來到另一條走道。

左邊是一間以柔和大地色系裝修的廚房，水槽上方有一幅畫，一條蛇蜷曲著形成完美的數字8，咬住自己的尾巴。

廚房再過去是一間餐廳，然後是窗戶，再過去，則是被落日染橘的中央公園，好像整個公園著了火。

看到那幅畫面，有如一陣清晰而冰冷的恐懼竄過全身。

我仍在巴塞羅繆。

我一直都在裡頭。

這分領悟讓我想放聲尖叫，即使喉嚨條件不允許，恐懼和口渴將它掐得發不出聲。

我開始移動，赤腳拍在地上，發出憂心又急促的腳步。我只跑了幾步，背後某處就傳來一個聲音。

聽到後，我的嗓子便打開，儘管我又渴又怕，體內深處仍爆出一聲尖叫，只不過，那聲音被摀住我嘴巴的一隻手壓了下去。有另一隻手將我轉過來，讓我看見那人的真面目。

尼克。

他的嘴脣抿成一線。

眼神憤怒。

他右邊是萊斯莉．伊芙琳，左邊是華格納醫生，手中拿了根注射器。我先看到針尖顫動一滴液體，接著它便戳進我上臂。

世界立刻陷入暈眩。尼克的臉、萊斯莉的臉、華格納醫生的臉，全都模糊閃爍，就像故障的電視機。

我倒抽一口氣。

又吐出一聲尖叫。

既大聲、又可憐、其中滿是恐懼。

它斜斜傳遍走道，在四壁間到處迴響。因此，當一切消退成虛無，我仍聽得好清晰。

44

我夢到我父母在中央公園，站在弓橋正中央。

這次，我和他們在一起。

喬治也是。

橋上只有我們五人，望著我們的倒影映在底下被月光照亮的水面。一陣輕風吹過公園，在水面形成漣漪，讓我們的臉成為哈哈鏡中的副本。

我看著我的倒影，驚嘆於它是如何搖晃顫動。接著，我又去看其他人的倒影，注意到詭異之處。

所有人都拿著刀。

除了我以外。

我從水面轉回來，面對他們。我的家人，我的石像鬼。

他們舉起刀。

「妳不屬於這裡。」我父親說。

「跑。」我母親說。

「能逃多快就逃多快。」珍說。

喬治什麼也沒說，只是在我家人撲上前開始狂刺我時，用那雙沒有情緒的石頭眼睛看著。

兩天後

45

我慢慢甦醒，像個不確定是否該浮出水面的游泳者，不知道該不該違背意願離開黑暗的水中。即使我恢復意識，睡意仍徘徊不去，一陣蜷繞的霧穿透過我，倦怠又濃重。

我依舊閉著眼睛，身體感覺好重、好重。

雖然腹部疼痛，那感覺卻好遙遠，有如房間另一端起了火，然而距離只是勉強讓我感到它的熱度。

我的眼皮很快動了起來，閃動、拍振，張開看見醫院病房的景象。和先前一模一樣。

沒有窗戶，角落有張椅子，莫內掛在白牆上。

儘管腦中充斥那片模糊，我卻完全知道自己身在何處。

我唯一不知道的，就是接下來我會發生什麼事，還有我已經發生了什麼事。

不管我怎麼拚命，身體就是不肯移動。模糊感太過沉重，我的雙腿毫無作用，雙臂亦同，只有右手可以動，在身側虛弱的拍振了一下。

轉頭是我能使力做出的最大動作。我慢慢轉往左邊，看見床邊的點滴架，它細細的塑膠管蜿蜒插進我手中。

我也能感到纏繞頭部的繃帶已經不在。當我將頭轉往反方向，頭髮毫無束縛溜過枕頭。我家人的照片就擺在那兒。裂開的相框上，我蒼白無血色的倒影清晰可見。

這張蒼白的面容被切割成十幾塊碎片，此般景象令我右手開始抽搐。讓人訝異的是，我舉得起手。雖然動得不多，也夠讓它噗咚一聲落在肚子上了。

我將手橫過病人袍，在薄的和紙一樣的布料下摸到一小塊隆起，同時那也是繃帶的位置。我能在腹部左上側、乳房稍微下方感覺到。一碰那裡，我全身就竄過一陣疼痛、切穿濃霧，其程度讓我真的產生了感覺，彷彿被雷擊中。

感到疼痛也帶來了驚恐。我在一陣困惑又恐懼之中明白，有些哪裡不對勁，但我推測不出是什麼。

我的手持續往下、移到身側，緩慢又顫抖，肚臍左側有另一塊可怕的隆起，另一條繃帶。

更多疼痛。

更多驚慌。

我持續摸過肚子，用手指探索，尋找還有沒有繃帶。

我在下腹部正中處找到了，位於肚臍上方幾吋，它比其他部位都要長。當我從那裡往下壓，疼痛加重，是那種會讓人倒抽一口氣、炸開似的疼痛。

你們對我做了什麼？

我沒說出口，只在心中想。我的聲音又乾又啞，在房裡朦朦朧朧的安靜之中幾乎聽不見，可是腦中卻是音量拔高地哭泣。

我肚子的灼痛之強烈，那團火焰不再遙遠，就在這裡，燒過腹部。我用唯一能動的手緊揪著，腦中思緒仍在不斷尖叫，孱弱的聲線卻只能發出呻吟。

房間外面，有人聽見我的聲音。

是伯納。他衝了進來，眼中再也沒有友善。當他望向我這邊，並沒有看我，而是越過了我。我再次呻吟，他便消失。

一會兒後，尼克進了房間。

我在心中發出另一聲怒吼。

離我遠一點！拜託不要碰我！

我只發出第一個字就沒了聲音，就一個沙啞狂亂的「離——」

尼克將我的手從腹部移開，輕輕放在身側。他感覺了一下我的前額，撫摸我的臉頰。

「手術很成功。」他說。

我腦中冒出疑問。

什麼手術？

我很想問，才吐出半個音節，腦中的大霧再次回歸。我推測不出是因為疲倦，還是尼克又注射了我什麼鬼東西（我懷疑是後者）。睡意不斷威脅著要掌控我。我又成了游泳的人，只是這次沉入不見五指的深淵。

下潛之前，尼克在我耳邊悄聲說。

「妳沒事的，」他說，「一切都好。目前，我們只需要一顆腎臟。」

三天後

46

過了好幾小時，但也可能過了好幾天。

由於我的狀態銳減到只剩兩種模式——沉睡，或清醒。因此很難分辨。

現在我醒著，雖說因為腦中那片霧很難確定。那股感受太強烈，使得一切如在夢中。

不對，不只是夢。

根本惡夢。

在這個（也許是）惡夢的狀態中，我聽到門外有聲音。一個男人，還有一個女人。

「妳需要休息。」男人說。

我認得那個口音：華格納醫生。

「我需要看看她。」女人說。

「這不是個好主意。」

「你覺得我他媽的很在乎嗎？把我推進去。」

接著傳來嗡嗡聲，橡膠輪子壓在地面，有人的動靜。

因為那片大霧，當一隻皮革般粗糙的手緊握住我的手，我沒辦法抽回去。我的眼皮只能勉強撐開一點，看見葛蕾塔．曼維爾坐在輪椅上，虛弱嬌小。她瘦得皮包骨，血管在紙一樣薄的蒼白肌膚下縱橫交錯。她讓我想到鬼魂。

「我也不希望是妳，」她說：「我希望妳知道這件事。」

我閉上眼睛，什麼都沒說。我沒有力氣。

葛蕾塔意識到了，開始變得多話，填滿這陣安靜。

「本來應該是英格麗的，他們是這樣告訴我。在她面試的時候，他們要她交醫療紀錄，她也交了。真沒想到她會是潛在配對相符者。可是她卻離開了，只剩下妳，另一個相符者。在這件事上我別無選擇。不是妳，就是死。所以我選擇活下來。妳救了我，茱兒，對此，我會永遠抱著感激。」

我再次睜眼，只是為了狠狠瞪著她。我看見她穿著和我很像的病人袍，淺藍色，就和12A臥室壁紙同個顏色。靠近領子的地方，有人給她別了枚和瑪喬莉．米爾頓配戴的相同金色胸針。一條銜尾蛇。

我將手從她手中抽回，開始尖叫，直到再次陷入沉睡。

47

我醒過來。

又睡著。

我再度醒來。

迷霧已經消散了一部分，現在我能移動雙臂、蠕動腳趾，感受闖入身體的點滴與導尿管那種痛苦的侵入感，甚至能感到有人和我一起在病房裡。他們的存在就如戳進皮膚的碎片，戳進我的孤獨之中。

「克洛伊？」我懷抱一絲希望，期待一切只是惡夢，期待當我睜開眼睛，就能回到克洛伊的沙發，因為安德魯而心碎，因為得找新工作憂心忡忡。

我願意接受那種憂心。

我願意擁抱它。

我又說了一次她的名字，反覆期望，想著如果我一直說，搞不好就能成真。

「克洛伊？」

「不，茱兒，是我。」

是男人，他的聲音曾經令人熟悉，曾經令人厭惡。

我睜開眼，因為他們給我用的不知名藥物視線模糊。在朦朧淚光中，我見到床旁椅子上坐了個人，慢慢的，他的模樣聚焦起來。

尼克。

他戴著一副新眼鏡。基本款黑色，而非玳瑁框。鏡框下的右眼有一圈慘烈的瘀青，也就是我踢到他臉的位置。要是我做得到，我會對他另外一隻眼如法炮製。不過現在我只能躺在這裡，做一個受他視線囚禁的犯人。

「妳感覺如何？」她說。

我保持緘默，瞪著天花板。

尼克將一個裝滿水的透明塑膠杯和一小只紙杯擺在床旁托盤上。紙杯裡面有兩片低劑量阿斯匹靈大小的粉白色藥片。

「我幫妳買了點止痛的藥，我們希望妳舒服一點，沒有必要受苦。」

我繼續不講話，即便我確實很痛。痛楚在腹部延燒——劇烈而且抽痛不止，可是我仍樂於擁抱它。只有這份痛能將注意力從恐懼、憤怒和恨意引開。要是不痛了，我會墜入可能永遠無法脫出的情緒暗黑沼澤。

痛苦等於清晰。

清晰等於活著。

也是因為這樣，我中斷了靜默，問了昨天沒有力氣表達的問題。

「你們對我做了什麼？」

「華格納醫生和我移除了妳的左腎，移植給需要的受贈者，」他說，避免使用葛蕾塔的名字，彷彿我還不知道就是她。「這是很常見的程序，沒有併發症，受贈者的身體對器官反應良好，這很不錯。患者年紀越大，身體排斥移植器官的狀況越常見。」

我擠出力氣問另一個問題。「你為什麼要這麼做？」

尼克露出好奇的眼神看著我，好像以前從沒有人這麼問過他。我不禁想，有多少也處於這般悲慘境遇的人竟浪費了這個機會。

「一般情況，我們會希望捐贈者知道得越少越好，那樣比較理想。不過，既然這不是一般情況，我想，釐清妳的一些誤解也無傷大雅。」

他嘶聲說出那兩個字，帶有明顯的厭惡，好像他被我害得不得不說出口。

「一九一八年，西班牙流感橫空出世，在全球殺死超過五千萬人，」他說：「如果從正面角度檢視，同時間還發生了一次大戰，殺死將近一千七百萬人。美國這裡死亡超過五十萬人。做為醫生，湯瑪斯．巴塞羅繆站在這場戰爭的前線，目睹它擊垮朋友、同事，甚至家庭成員。流感待人沒有差別，它殘忍無情，根本不在乎你有錢還貧窮。」

我記得先前見過的恐怖畫面：死去的僕人排排列放街上，毯子蓋住屍體，露出骯髒的腳底。

「湯瑪斯．巴塞羅繆無法理解的是，百萬富翁怎麼會像個住廉價公寓的垃圾，也輕易屈服於流感。難道有錢人——既然擁有優越的血統——不該比那些孑然一身、不知打哪裡來、而且什麼也不是的人更不受影響嗎？於是他決定，他的宿命就是建造一個場所，讓重要人士住得舒適、活得光采，同時，他也保護這些人不至於被那些屬於一般階層的疾患所傷害。巴塞羅繆就是這樣誕生的。這棟建築是由我曾祖父所促成。」

一份記憶闖入我被疼痛和藥物籠罩的腦中：尼克和我在他家餐廳吃著披薩、喝著啤酒，一邊談天。

我隸屬於源遠流長傳承下來的外科醫生一職，從曾祖父開始。

接著，另一份記憶迅速冒出：我們兩人在他廚房，尼克幫我量血壓，以閒聊讓我分心。在我告訴他我名字背後的典故後，他分享了尼克就是尼可拉斯的縮寫，而他沒告訴我的——那時沒有，之後也沒有——是他的姓氏。

現在我知道了。

巴塞羅繆。

「我曾祖父的夢想沒有存活太久，」尼克說：「他的第一個任務是：萬一西班牙流感再次大流行，必須找到方法保護住戶。但是情況出了非常大的錯，而且快得措手不及。他想保護的那些人生了病，有些甚至死去。」

他沒提到死掉的僕人，也不需要。我知道他們都是什麼：瘋狂醫生的實驗中非自願的參加者。感染窮人、治療富人。很顯然，情況不如預期。試驗對象。

「當情況看起來可能會讓警察介入，我曾祖父覺得自己別無選擇，只能在調查展開前直接讓它結束。」尼克說：「他自殺了，但是銜尾蛇永遠不死，只會重生。因此，當我祖父離開醫學院，選擇繼續他父親的志業。當然，他比較小心，也比較謹慎。他將焦點從病毒研究移往延長壽命。只要有錢，就有權力，權力能讓你得到重要的地位。而世上真正重要的人，值得比不如他們的人更長命。當我們面對另一次流行性傳染病，這更是一點也沒錯。」

述說自己的故事使尼克變得精力充沛，髮際線上有滴滴汗水閃耀，他眼鏡後方的雙眼放出光芒，整個人再也坐不住，站起身來，開始在房中到處走，經過莫內前方，打開門再回來。

「此時此刻，就在這個瞬間，成千上百人等待著器官移植，」他說：「有些還是重要人士——非常重要。然而，他們卻得到通知，必須排隊等著輪到他們的順序，可是有些人是等不了的。每年有八千人等不到能救命的器官，最後去世。茱兒，妳想一想，八千個人，而且那還只算上美國。我所做的——我的家族一直以來所做的，就是提供那些重要到不能像其他人那樣痴等的人一個額外選項。只要付費，我們就讓他們不必排隊。」

他沒說出口的是，為了讓所謂重要人士移到隊伍前面，會需要同等人數的無名小卒。

例如狄蘭。

例如愛瑞卡和梅根。

例如我。

只需要一幅小廣告就能讓我們來到這裡：徵求公寓看守人，薪資優渥，請電萊斯莉．伊芙琳。

之後，我們就這樣消失影蹤。

從我們的毀滅，得到新生。

從我們的死亡，出現生命。

那就是銜尾蛇背後的意義。

並非永生，而是不顧代價，多逃避那不可逃避的死神之手幾年。

「柯內莉亞．史旺森，」我說：「她是怎麼回事？」

「病患，」尼克說：「第一次的移植試驗。但是情況……有點糟糕。」

所以英格麗和我都搞錯了，這和瑪莉亞．達米諾夫、黃金聖杯或惡魔崇拜都沒有關係，根本沒什麼女巫集會，只有一群瀕死的有錢人，不顧一切且不惜代價想救自己的命，而尼克就在此推波助瀾。

我翻往一側，疼痛彷彿一面尖喊一面穿透身體。如果這代表我能不必再望著他，那也值得。可是，為了釐清真相，我還是忍不住想多問一些問題。

「你們還要拿走什麼？」

「妳的肝。」

尼克說出這話的語氣冷漠到驚人，好像甚至不把我當人看。

我不禁想，那晚在他臥室時他在想什麼，當我任他親吻我、脫去我的衣服——任他上我。就連那一刻，他是不是也在評估著我，盤點我這副身軀能提供什麼，思考我能讓他賺到多少錢？

「誰會拿去用？」

「瑪莉安．鄧肯，」他說：「她需要，非常非常需要。」

「還有呢？」

「妳的心臟，」尼克暫停一下，彷彿這是對我感受做出的唯一讓步。「要給查理的女兒，這是他應得的。」

我知道，查理這種人自願在巴塞羅繆工作一定有什麼原因，現在我明白了。這真是經典到不行的交換條件。他們長久以來受上流階級剝削，為那些人幹些骯髒活兒，小老百姓便能因此得到一些回報。

「萊斯莉呢？華格納醫生呢？」

「我們的伊芙琳女士是巴塞羅繆使命的忠實信仰者，」尼克說，「她的前夫在我父親任職時受益得到心臟移植。當他過世——而且是在預期的好幾年後，容我在此補充——她主動表示要提供協助，讓一切能順利運轉。當然，如果她某天需要我的服務，也希望能排在第一順位。而華格納醫生是個極為優秀的外科醫生，只不過二十年前因為喝得爛醉去做手術，結果失去執照。由於需求增加，我父親亟需助手，因此給了他一個無法拒絕的好交易。」

「我真心可憐你，」我對尼克說：「我可憐你、也痛恨你，雖然不像你對自己那麼痛恨，因為你就是這樣，我非常確定。你一定要恨，不然做不出那些事情。」

尼克站起來，拍拍我的腿。「妳這招挺不錯，不過，想讓我產生罪惡感是沒用的。現在，吃妳的藥吧。」

他抓起紙杯遞給我，我只能勉強將杯子從他手中打掉。杯子落地，藥片彈到角落。

「拜託，茱兒，」尼克嘆了口氣。「不要變成惹麻煩的病患。我們可以讓妳剩下的時間過得舒服，也可以過得痛苦。全看妳自己。」

他說完迅速離開，就這麼把藥片留在地上，清理的任務落到珍奈肩上。她不久便進來病房，穿著我們第一次在地下室說話時那件紫色手術服加灰色羊毛衫。

她把新藥片放在托盤上。當她彎身去撿掉在地上的那些，口袋裡點菸用的打火機從羊毛衫口袋滑落，加入地上的藥。珍奈壓低聲音咒罵了聲，才把打火機塞回羊毛衫口袋。

「要不吃藥，要不就再挨一針，」她說，「妳自己選吧。」

其實我沒多少選擇，畢竟他們都有共同目的，不單純只是要減輕我的疼痛。他們想壓制我。

讓我虛弱。

這麼一來，等到再下一次的捐贈，我就會安靜接受、不吵不鬧。

我瞪著藥（它們像白色紙杯做的巢中兩顆小小的蛋），不禁想起我的父母。他們也有選擇——是要繼續打這場毫無勝出機會的戰役，還是自願投身一切皆空的甜美懷抱。

如今我也面對類似選擇。我可以反抗，然後無法避免仍敗下陣，套句尼克的話：讓我所剩無幾的時間極度痛苦。又或者，我可以做出和父母一樣的決定。

放棄。

屈服。

再沒有疼痛、再沒有問題，再沒有憂慮、心痛，以及不斷猜測珍究竟落得何種命運，就這麼無痛地深深墜入有家人等著我的夢鄉。

我轉向放在床旁邊桌的家人照片，他們臉上縱橫交錯著玻璃裂痕。

破碎的相框，破碎的家庭。

我望著他們，明白自己應該做出什麼決定。

我抓起紙杯，一口吞下。

48

四天後

他們讓門關著，也從外面鎖上。在我少之又少的清醒之中，只要有人進來，我都會聽到鎖發出「喀」一聲。這情況很常發生，人們總是來來去去，大剌剌地遊行在我因藥物陷入的昏睡狀態中。

首先出現的是華格納醫生，他來確認我的生命徵象、給我藥和早餐奶昔。我艱難地將藥片放入口中，沒碰奶昔。

接下來是珍奈和伯納。他們一面幫我換繃帶、換導尿管、換點滴袋，一面用閒聊的聲響把我吵醒。從他們的對話中，我推測這不過是小手術，只有他們兩人、尼克、華格納醫生，以及因為我在無人發現下成功溜出去後陷入麻煩的夜班護士。

這裡顯然有三間病房，目前都有人——根據珍奈表示相當少見。我住一間，葛蕾塔另一間，第三間住的是李奧納德先生。他幾天前才接受了一顆新的心臟。

雖然他們從沒提起狄蘭，但我很清楚心是從哪裡來的。光是想到那顆心正在李奧納德虛弱老邁、才剛縫起的胸腔中跳動，就令我恨不得將拳頭塞進口中，以免尖叫出聲。

當我終於再次墜入夢鄉，眼中含著淚水。

不知道過了幾個小時後，當我被葛蕾塔．曼維爾驚醒，他們都還在。門沒有鎖，而她就在那兒，不坐在輪椅上，而是在助行器幫助下移動。她比我上次看到時健康狀態好一些，沒那麼蒼白，比較硬朗。

「我想看看妳怎麼樣了。」她說。

即使我因為那些小白藥片呈現半昏迷狀態，怒火也足以流竄全身，讓我擠出三個字來。

「操你媽。」

「我並不以此為傲，」葛蕾塔說：「不管是我的行為，還是我整個家族的行為──從我祖母開始。另外，我知道妳都曉得了。妳夠聰明，已經把一切都搞清楚了。我的父母……我們一家都遺傳了腎臟病。我父母各需要一個。所以，當我也需要的時候，我就回到這裡，深深知道這個地方存在的意義，還有它有何罪孽。我知道妳對我很有意見，我也活該。就像我活該被妳憎恨，妳恨不得看我去死也非常合理。」

迷霧分開，我難得獲得一刻清晰，憤怒與憎恨也來加油添醋。關於這件事，葛蕾塔倒是說對了。

「我希望妳盡可能長命百歲，」我說：「一年活過一年，因為妳每多活一天，就代表多記得一天妳自己幹出什麼好事，然後妳身體其餘部分會開始衰弱──沒過多久一定會的──我希望妳身體裡屬於我的那一小部分能讓妳活久一點，因為死亡對妳來說太便宜。」

說完，我整個人燃燒殆盡，有如陷入流沙那樣陷入床墊。葛蕾塔仍在床邊。

「滾。」我呻吟著。

「還沒，我來這裡自有我的理由，」她說：「我明天就能出院，回到我的公寓。回那裡對我比較舒適。尼克醫生說，待在我自己的住處能加速康復。我覺得妳應該會想知道。」

「為什麼？」

葛蕾塔拖著腳走到門邊。在她將門在身後關上以前，最後又看了我一眼。「我想妳已經知道答案了。」

我確實知道，只是仍朦朦朧朧、意識不清。她若離開，就表示又會多出一間空病房給另一個人。

也許是瑪莉安・鄧肯。

也許是查理的女兒。

那就表示，到明天這個時候，我就不會在這裡了。

49

我睡著。

我醒來。

伯納——那個穿著明亮手術服、眼神不再友善的伯納——帶著午餐和更多藥片來臨。因為我嚴重暈頭轉向，吃不了東西，他便讓我像個破爛布娃娃似的撐著枕頭坐起，用湯匙餵我吃喝湯、米布丁，以及我想應該是奶油菠菜的東西。

藥讓我變得詭異地囉唆。「你從哪裡來的？」我說話像含滷蛋，有如飲酒過量。

「這妳不需要知道。」

「我知道我不需要，可是我要知道。」

「我什麼也不會告訴妳。」他說。

「至少告訴我你為了誰才這麼做。」

「妳不能再說話了。」

伯納往我嘴裡塞進更多布丁，希望能讓我閉嘴。確實有短暫瞬間成功……至少在我努力吞下去的時候。

「你是為了某個人才這麼做，」我說：「就是因為這樣，你才會在這裡，而不是在……某間普通醫院，對不對？他們承諾，如果你替他們工作，就會幫助你愛的人？像查理那樣？」

我又被塞了一口布丁，但是沒吞下去，直接讓它從嘴巴流下，仍講個不停。

「你可以告訴我，」我說：「我不會對你產生偏見。我母親快死的時候，只要能救她一命，叫我去做什麼都可以——什麼都可以。」

伯納先遲疑一下，才蚊子叫似的呢喃回答。「我父親。」

「他需要什麼？」

「肝臟。」

「他還剩多少時間？」

「不多了。」

「真可惜。」這個句子說得含糊，音節全黏在一起，真……惜。「你父親知道你在做什麼嗎？」

伯納臉一沉。「當然不知道。」

「為什麼？」

「我不會再回答妳的問題了。」

「你不想讓我抱著不存在的希望，我不怪你。因為你有天也可能會躺在這兒，某個有錢有名又重要的人士會需要一顆腎臟——或肝臟，或心臟，而如果周圍沒有像我這樣的人，他們就會從你身上拿。」

我舉起一手，軟軟地往周遭揮了揮，大概指往他的方向。但不到一秒，我的手就噗咚掉回床上，因為我虛弱到甚至撐不了一秒。

伯納把湯匙丟到托盤上，往旁一推。「我們到此為止。」

「別生氣，」我有點含糊不清。「我只是講講。是說他們跟你的那個約定……我不覺得會實現。」

伯納拿那只小紙杯丟向我，雙手顫抖。「閉嘴，吃妳的藥。」

我把藥「咚」的丟進口中。

50

好幾小時後，我從深深昏睡中被珍奈弄醒。她先打開門鎖，帶來更多食物，和更多的藥。

我望著她，昏沉暈眩。「伯納去哪兒了？」

「家裡。」

「是因為我說的話嗎？」

「對，」珍奈將托盤推到我面前。「妳太多話了。」

晚餐和午餐一模一樣。更多的湯，更多奶油波菜，更多布丁。藥片使我脾氣乖戾，不肯就範。為了將一點點湯餵進我口中，珍奈吃了不少苦頭。餵菠菜時，我更是徹底不肯張嘴。

我被藥弄得一團亂的身體渴望著米布丁。當珍奈用湯匙舀布丁，我自動自發張開了嘴。可是，當她將湯匙朝我嘴巴伸來，我卻改變了主意，緊緊闔起下顎，突然別過腦袋、噘起嘴巴。湯匙撞上我臉頰，布丁灑到我脖子和肩膀。

「瞧這亂七八糟的，」珍奈去抓餐巾時不住碎念。「上帝啊，真抱歉，但我得說，妳消失我還真是一點也不難過。」

當她朝我俯身，抹掉灑出來的布丁，我躺在那裡一動也不動。睡意再度岌岌可危將我淹沒。珍奈推我肩膀時，我幾乎已經沒有知覺。

「妳得吃妳的藥。」

我張開嘴，珍奈把藥倒進去，一次一片，然後我就睡死了。緊捏的拳頭放在身側，乘著鎮靜劑的大霧，直到腦中空空蕩蕩、滿足喜悅、平和寧靜。

當我聽到門鎖「喀拉」鎖回原位，默默等待著，屏住呼吸數秒。經過整整一分鐘，我將手指塞進口中極深的位置，把藥片撈出來。再次出現的藥片變得軟呼呼，黏答答夾帶唾液。

我坐起來，因疼痛縮了一下，接著離開枕頭。枕頭套裡的枕頭芯有一小道裂縫，是我昨天和尼克講完話後弄出來的。我將吐出來滑溜溜的藥片塞進裡頭，和其他藥片藏在一起。總共八個。一整天份量的白色藥片。

我把枕頭芯塞好，回去躺下，再鬆開拳頭，檢查打火機——珍奈幫我清理時，這東西從她羊毛衫口袋掉出來，我偷偷拿了。

那是便宜塑膠做的，可以用一塊錢在加油站買到。珍奈的包裡搞不好不只兩個。她不會記得這一個的。

51

我把毯子扔到一旁，兩腿滑過床側邊，雖然移動讓我痛得要命，呼吸也是。那三道縫線扯動著腹部皮膚。

將腳放到地板之前，我暫且停住。

我不確定站起來是不是好主意。就算是，我也不確定我有辦法。目前的我被割得一塌胡塗──我找不到更好的形容詞了。雙腿因太久沒用，刺痛不已，我將點滴針頭拔出來，手背不斷流血，取下導尿管時甚至更慘。疼痛一陣一陣穿透身體中心，與肚子上不容忽視的疼痛互別苗頭。

然而我還是打算站起身。在我從床上撐起自己之前，先深吸一口氣，好堅定意志對抗疼痛──接著我便起身。不知怎麼，我真的用那雙虛弱顫抖的腿站了起來。

我走了一步。

然後另一步。

接著再一步。

沒多久，我就搖搖晃晃走過房間，地面有如航行於暴風雨海面的船甲板那樣前後搖晃。我也跟著搖，東倒西歪地從一邊倒向另一邊，努力想挺直身體。當地板怎麼也不停止晃動，我便去抓牆當支撐。

可是我沒停下。我的關節發出喀噠聲響，彷彿甫孵化的小雞，正在將蛋殼褪去。那聲音一路跟著我來到門邊，我試轉門把，發現它真的上了鎖。

所以我又回到床邊，拿了家人的相片，一手將它緊抱在胸前，另一手抓著珍奈的打火機。

我拇指一彈，火焰冒出，然後我去點燃病床的床套中央，它在轉瞬間起火——一個火圈，成倍數擴散。火迅速延燒到蓋在上方的床單，讓它也開始燃燒，床墊亦同。不斷擴張的火圈散開、相互交疊，接著往外延展，一路爬上枕頭，它「噗」的一聲燒了起來。

當整張床都被吞沒，我在煙霧中瞇著眼睛看；那是一塊方形的火焰。

然後，就如我所期望，火災警報開始大響。

52

先進病房的是華格納醫生，被鬼吼鬼叫的火災警報引來，珍奈跟在他身後，兩人打開門鎖、衝了進來。當她看見床上的火焰幾乎就要跳上四壁和天花板，立刻放聲尖叫。

因為他們太專注於火勢，沒人看到我就站在剛打開的門後。也沒見到我溜出房間。

等他們轉身察覺到我，為時已晚。

我早把門在身後關上，手快速一轉，把他們鎖在裡頭。

53

我盡可能走得快些，雖然實在不怎麼快。疼痛讓我腳步蹣跚——這股刺痛令人不斷抽氣、撕心裂肺。不過話說回來，就算走得慢，也比完全走不動好得太多。

我身後能聽見華格納醫生和珍奈在我的病房中狂敲門，夾在敲門聲之間的，是華格納醫生的咳嗽和珍奈的尖叫。

左邊有一扇黑漆漆的門口，我從裡面看見李奧納德先生。儘管旁邊病房發生了天大騷動，他仍毫無知覺。包圍在他身邊的是各式各樣的監控儀器，發出的光亮產生某種令人不安的歡慶氣氛，有如聖誕節的燈泡串。

我朝護理站走去，讓自己在那兒稍停片刻，喘個氣。再過去一點是另一間病房，以及我第一次離開這裡時走的短走道。走道盡頭有一扇門，直通尼克的公寓。我必須想辦法從那裡走到十二樓的走道、前往電梯。就我目前的狀態，樓梯不在選項之中。

我離開護理站，踏上前往走道的路。此時，盡頭的門慢慢打開，我便一溜煙躲進左邊的病房，貼著打開的門旁邊的牆壁，希望自己還沒被看到。

我聽見外面響起快速的鞋跟喀喀聲。

萊斯莉・伊芙琳。

等她過去時，我掃了一眼漆黑的房間。

就在此時，我看見了葛蕾塔。

她在床上坐起身，一臉驚嚇，恐懼地望著我。

她張開了嘴，瀕臨放聲尖叫的邊緣。

只要她出個聲，我就會露餡。因此我回望她，雙眼瞪得既圓又大，無聲懇求她別出聲音。

我只用嘴形說了兩個字。

拜託。

萊斯莉急忙衝過門口時，葛蕾塔的嘴依舊開著，她又多等了幾秒才終於說話。

「走，」她壓低音量，沙啞著說：「動作快。」

54

我一直等到萊斯莉推開再過去兩間病房的門才行動。煙從病房傾洩而出，灰暗且濃重，瀰漫了護理站。我把它當成掩護，前往走廊。每走一步，疼痛似乎逐漸平息。我不知道它是真的消失了，還是我只是慢慢習慣。都無所謂，只要繼續前進就好。

而我確實如此。

朝著走道盡頭前進。

穿過萊斯莉留著沒關的門。

進入尼克的公寓。

我將門在身後關上，用肩膀將它推回原位，並瞬間想起它有多沉重。當門終於關上，我瞥到位於中間的門栓。

我將它推過去門好。

我的胸中漲滿了滿足感，雖然我並不懷抱幻想，傻傻地以為萊斯莉和其他人會這樣被困住。絕對有其他出去的路，不過這樣確實可以稍微絆住他們，而我得盡可能爭取時間。

我蹣跚向前。枯竭的體力、疼痛，腎上腺素，舞動著一齊穿梭過我的身體，混合成令人頭暈目眩的猛烈物質。

當我抵達尼克的廚房，簡直像是全世界都在旋轉——儲藏櫃，上面有木製刀架的流理檯，通往餐廳的門，以及窗外因夜色降臨、一片漆黑的公園。

唯一沒轉的是那幅銜尾蛇的畫。

它如波浪般起伏。

好像就要直接從畫布溜下。

我拖著腳，走向流理檯上的刀架拿了最大那把刀，蛇用那雙閃動火焰的眼睛注視著我。

因為手中有刀，驅散了些許迷惘。就如疼痛，雖然還在，不過份量算少，只要勉力就能穿越。

我必須逃離這個地方，我必須為了家人做到這件事。

我望著仍被我揣在胸口的照片。每當面對是否吃藥的抉擇，我就看著他們的臉，知道自己會做出什麼決定。

努力抵抗。

努力活下來。

努力成為我們家唯一沒有永遠消失的成員。

我繼續前進。出了廚房、回到走道，那裡已開始冒出一束束細煙。在這裡，火災警鈴的噪音雖遙遠，但仍能耳聞。那是和大樓其他地方隔開的系統。

朝走道前進時，那道聲音稍微褪去了些。位於另一端的是尼克的書房，遠遠那面牆上的書櫃仍是開的，再過去就是12A，書房，接著走道，然後就是出路。

門中有門，門中再有門。

我踉蹌著靠近那兒，將黑煙、疼痛、疲倦以及暈眩拋諸腦後，只聚焦在書房裡的書櫃。我要抵達那兒、穿過那兒。但在我走近打開的書櫃時，突然從身後感到一股熱氣。

我一轉身，見到尼克站在書房角落。

他雙手握著英格麗的槍。

他舉起槍，瞄準我的方向，扣下扳機。

我閉上眼，瑟縮一下，拚命想在活在這世界上的最後一秒想著我的家人，想著我多思念他們，又多希望能在死後見他們一面。在那令人緊繃而恐懼的黑暗中，我聽見金屬撞擊聲。

然後另一聲。

接著再兩聲。

我睜開眼睛，看見尼克持續按著沒上膛的槍的扳機，彷彿那只是玩具，他則是扮演牛仔的小孩。

我沒試圖逃跑，就我的狀況也跑不了多遠。我只能靠著書櫃，在尼克露出微笑、一副自得其樂時望著他。

「茱兒，別擔心，」他說：「我不能對妳開槍，妳的身價太高了。」

尼克朝我上前幾步，將槍放低。

「好多年來，我們一家從妳這種人身上得到很多財富。我知道這很諷刺。妳——從外在看來一文不值，裡面卻這麼值錢。而那些外在能貢獻那麼多的人，體內的東西卻沒用到非換掉不可。妳認為我們在這裡從事謀殺行為。」

我狠狠瞪著他。「本來就是。」

「不是，我是在服務這個世界。」

現在我們之間大約只隔十呎。我握著刀柄的拳頭收緊。

「想想那些來到這裡的人，」尼克說：「作家、藝術家、科學家、產業巨頭，想想他們對世界做出什麼貢獻，然後想想妳自己，茱兒，妳是什麼東西？妳貢獻了什麼？什麼也沒有。」

他又上前兩步，收近我們之間的距離。

我舉起刀，幾乎毫無意識自己做了什麼，直到刀抵上頸子，邊緣割傷我下巴底下的皮肉，我的脈搏就抵在那塊金屬上，一跳一跳。

「我會動手的，」我警告尼克。「這樣一來你就真的什麼也沒有了。」

他則認為我在虛張聲勢。

「那就動手啊，」他漫不在乎地聳了個肩。「反正會有別人來接替妳的位置，外面走投無路的人不只妳一個，茱兒，需要一片屋簷、錢和希望的人有上千個，我很確定，如果有需要，我們明天就能找到人來替代妳。所以妳就動手啊，割開喉嚨，一樣阻止不了我們的。」

他又上前兩步，一步走得慢，另一步則朝我一個跳躍，嚇我一跳。

我把刀猛地往前一刺，直到觸及尼克的肚子。

出現了一瞬暫停，一段抗力維持了約莫一次呼吸的時間，然後刀刃勢如破竹戳進軀體、肌肉和內部器官。它剎那間通過軀幹，那些肌肉與器官都讓開路，讓刀持續前進，深深陷入他的肚腹，縱使刀尖抵到他背後的上衣，我的手都沒停下。

我倒抽一口氣。

尼克也是。

這個聲響同步發出，兩聲驚嚇且顫抖的吸氣填滿整個空間。

將刀抽出來時，我又抽了一口氣。

但尼克沒有。

鮮血浸透衣服時，他只能呻吟。布料在毫秒間從白變紅，接著尼克碰咚倒地；乾淨俐落、毫無懸念地倒下。

我從他旁邊退開，血快速在地板擴散。我踩著踉蹌後退的腳步通過書櫃通道、進入12A的書房，在那裡再次用肩膀將12A的書櫃推著關起，阻絕這條通道。

在書櫃笨重又緩慢地歸位之前，我匆匆望了尼克的公寓最後一眼。他仍在地上，仍在流血，仍有一口氣。

但這口氣可能不會太久了。

我把書櫃推回原位，沒有再看第二眼。

就要自由了。

12A，我曾存在的所有痕跡全然消失。公寓看起來就和我第一次踏進這裡時一模一樣。杳無人跡、缺乏生命。

然而它仍是陷阱。

現在我知道了。

我早該知道。

這間位於完美大樓、裡面有著完美景觀的完美公寓，無處不是設計得讓我這種人難以抗拒；像我這種出身貧困，也將一直貧困的人。而最糟的是，這還不是最近形成的發展，一直以來，巴塞羅繆的存在就只為了這唯一的目的。這棟建築存在的唯一原因，就是要服務富人、獵捕窮人。

那些僕人列放在那兒，有如柴薪；柯內莉亞．史旺森的女僕；狄蘭、愛瑞卡和梅根，以及那些沒有家人的男男女女，因為得到承諾，以為能獲得替悲慘人生重開機的按鈕，被引誘到這裡。

他們應該得到放下的機會。

更甚，他們應該得到復仇。

那麼，這只代表一件事。

這個去他媽的爛地方必須被夷為平地。

55

我從書房開始，從書架隨意把書抽出，在中央堆成一堆。當我堆完，便抓起葛蕾塔為愛瑞卡簽名的《夢想者之心》，朝它滿是灰塵的書衣一角舉起打火機。火焰吞噬那本書。

我將書扔到那一堆東西上，轉身離開。

我到客廳，將靠墊從猩紅沙發上拿下來，一個推到咖啡桌底下，接著拿打火機點火，讓它熊熊燃燒。

在餐廳裡，我重複這個過程——放一個靠墊在那張長到可笑的桌子下面，點火、離開。廚房裡，我把靠墊塞進爐子，調高熱度。

擱在早餐角落那張桌上的，是另一本《夢想者之心》。我翻到葛蕾塔為我簽名的那頁，拇指一彈、將它點燃。我一直等到火花盛開，才將書從食物升降機通道丟下去。

之後，我便上去臥室，用這副殘破身軀能承受的速度盡快爬上螺旋梯。放在床頭櫃上的是最後一本《夢想者之心》，真正屬於我的那本，是我和珍躺在她床上時她念給我聽的。

我將書一把撈起、帶回樓下。

等我抵達門廳，公寓已煙霧瀰漫。火勢燒得失去控制，只要瞥一眼走道，就能看見火焰爬過整間書房的地板。在客廳，火舌舔舐著咖啡桌的底面，同時間黑煙從桌面升起，餐廳發出輕微劈啪一聲，讓我得知那裡的桌子也落得同樣命運。

我心滿意足，將門打開，最後一次離開12A。

我走在走道上時，讓公寓門就這麼開著，任憑黑煙在身後步步跟隨。我在電梯那裡按下按鈕。一面等它抵達，一面去最近的垃圾滑槽按下打火機，舉到最後一本《夢想者之心》下方。

我抗拒著，不願把火舉得更靠近。

這不是隨便的一本書。

這是我的書。

珍的書。

但我也明白，她一定會希望我這麼做。這不是她夢想的巴塞羅繆，而是那個幻想國度的陰暗版本，一個黑暗又從裡到外爛透的玩意兒。如果珍知道巴塞羅繆的真相，我很確定她會和我一樣鄙視這個地方。

我不再有任何遲疑，將書放到打火機白熱的火焰上。當火躍動著爬上書封，我將書扔下垃圾滑槽，它發出柔和的「滋」一聲，落在下方的垃圾車裡。

電梯抵達十二樓時，大樓其餘地方的火災警報同時響起。我走進電梯，無視不斷尖吼的警報與閃動不停的緊急照明燈，黑煙波浪起伏地從12A翻湧而出。

我就這麼下降，望著電梯的地面。我的病人袍下鮮血滴滴溜溜：縫線裂開了，暖暖的液體從傷口湧出，一朵紅色血花出現在袍子前方。

我在下去途中看見住戶已開始疏散。他們形成一團團匆忙的群體走樓梯往下，就像著急地從下沉船隻逃竄的老鼠。在六樓和七樓間，瑪莉安．鄧肯坐在樓梯平臺，被其他下樓的人推來撞去，眼淚滾滾流下臉頰。

「魯法斯？」她只是一個勁兒地尖叫。「回來！寶貝！」

我們對視了半晌，她的眼睛因為黃疸而濁黃，我的眼睛因復仇之火熊熊燃燒。電梯降到下一層前，我對她豎起一指。

沒有任何撤退中的住戶有意阻止我下降，他們只要在下方樓層按下電梯鈕就能得逞。但他們看見我臉上的表情，還有手中血跡斑斑的刀，便本能離我遠遠的。

誰敢惹我這樣的女生？

當電梯在大廳倏地停下，我瞥到一道小小的深色身影飛奔下樓。魯法斯也在努力逃跑。我一把扯開格柵，走出電梯，勉力彎下劇痛的身體，直到能一把將他撈起。他在我臂彎中顫抖，發出幾聲尖銳狂吠。我希望音量足以讓位於我們上方幾層樓的瑪莉安聽見。

我們一起前往大門，查理也在那兒，協助巴塞羅繆的年邁體弱居民出去。他看見我，瞬間凍結，驚惶不已，雙臂在身側垂下。這次他沒試圖阻撓我；他知道，一切都結束了。

「我希望你的女兒得到需要的幫助，」我經過時對他說：「這次，你要做正確的事。這麼一來，也許有一天她會原諒你。」

我繼續前進，在警察和消防車開始抵達時蹣跚走出巴塞羅繆。先注意到我的是一名消防員——雖說想不注意到我也難。畢竟我赤著腳、身穿病人袍，還不斷流血，外加一隻嚇壞的狗，一張破裂的家族照片，還有一把沾滿血的刀。

警察立刻朝我蜂擁而上，將刀從我手中奪走。

我拒絕交出魯法斯或我家人的照片。

後來我獲准留下兩者，整個人被包在毛毯中，先被帶上一輛等候在旁的巡邏車，接著救護車抵達，我便換往救護車。我很快就躺上擔架，被抬往救護車打開的後方車門。

「裡面有任何傷者嗎？」一個警察問我。

我虛弱地搖搖頭。「十二樓有一個——12B。」

然後我就被兩名緊急救護員腳先頭後地抬上救護車。我從打開的後門斜斜望見巴塞羅繆的身影，看向喬治所在的北側角落，他一如往常不露情感，即便火焰已躍上他雙翅後方的窗戶。我正想輕輕地對他說聲道別，立刻注意到屋頂另一側有動靜。

一道陰暗身影從黑煙中冒出，腳步踉蹌地朝屋頂邊緣走去。

即便在這麼高的地方，火勢的熱度也使他周遭的空氣蒸騰不已，我仍能看出那個人是尼克。他用一條毛巾壓在肚子上，當黑煙滿滿的風吹起，毛巾隨之翻飛，甩出點點血跡。

又有兩人抵達屋頂加入他。是警察，雖然他們抽出了槍，但顯然並無使用的意圖。尼克無處可逃。

然而，他持續沿屋頂跌撞行走，由12A翻騰而出的黑煙變得越來越濃密、深黑。股股煙氣彷彿帶有惡意地吹襲過他，讓他在我視野中時隱時現。

當煙霧分開，我看見他走到了屋頂邊緣。就算他清楚知道警察一路跟在他身後，也予以無視，只是不斷看著外邊，眺望公園與再過去的城市。

然後，就如他之前的曾祖父，尼可拉斯．巴塞羅繆一躍而下。

六個月後

56

「撈麵還炒飯？」克洛伊一邊說，一邊拿起兩個一模一樣的中國餐館紙盒。

我聳聳肩。「妳選，我兩個都可以。」

我們正在她的公寓，這裡目前暫時成為我的公寓。在我獲准出院後，克洛伊把鑰匙給我，搬去和保羅住。

「房租怎麼辦？」我曾這麼問過。

「現在交給我處理就好，」她說，「等妳有辦法的時候再付錢給我。在妳經歷這一切後，我拒絕讓妳睡沙發。」

然而此時此刻我就在沙發上，坐在克洛伊旁邊，和她一起打開我們的外帶盒時。我們正在吃午餐，而非晚餐。這個下午，英格麗也和我們在一起，她剛從中城一間美妝店的新工作下班，雖然穿了一身黑，指甲仍是鮮豔的紫色。在公車站蹩腳染髮染的顏色早就沒了，換上相對低調的草莓金，其中點綴幾絡粉紅，圍繞在她臉旁。

「麻煩給我飯謝謝，」她說：「雖然呢，我比較喜歡撈麵的味道，可是吃起來太黏，讓我想到蟲蟲。」

克洛伊咬著牙把盒子遞給她。如果這世上有耐心諾貝爾獎，她絕對可能贏得一座。打從我帶著一張身體健康證明出院，她就宛如聖人，我從沒聽她發出過一聲抱怨。

她沒抱怨一整禮拜在大樓外頭露營的記者。

她沒抱怨我在早到誇張的時間打給她，因為有時我被惡夢嚇到魂飛魄散。

她沒抱怨魯法斯。每次她進公寓，狗就對她狂吠。

當然也沒抱怨英格麗。她大半時間都膩在這兒，即使她正和芭比在皇后區同住一間公寓。克洛伊知道英格麗和我因為先前的事件產生羈絆，我會當英格麗的後盾，她也會當我的後盾；而克洛伊會照料我們兩人。

她們初次見面，是在我非自願被扣押在巴塞羅繆時。我沒回收容所，英格麗便去找警察，宣稱我被住在巴塞羅繆的一群女巫給抓走。他們不相信她。

警察不認為有問題，直到克洛伊也聯絡他們。她終於收到我傳的訊息，便提早從佛蒙特回來。一名好心警察幫她們兩人聯繫上。克洛伊前往巴塞羅繆，從萊斯莉．伊芙琳口中聽到我在半夜搬走，警察便拿到了搜索票。當我在12A裡縱火，他們正在來大樓的路上。

火勢最後對大樓造成的傷害比我預期更小。是，12A確實被燒到難以修復的程度，地下室的火焰卻受到垃圾車限制。然而造成的損害還是很大，大到讓我擔心會不會面臨刑事起訴，不過負責這起案子的警察對此抱持懷疑。畢竟我當時驚魂未定、擔心生命安危、精神狀態不穩。

針對前兩項，我同意，而對第三項指控，我倒是完全知道自己在做什麼。

「就算妳被起訴，」警察告訴我，「城裡沒有一個法官不會把案件打發掉。在聽到這裡發生的事情後，我自己也想一把火燒了整個地方。」

就我所知，這是全國上下的共識。因為發生在巴塞羅繆的冷血交易實在令人髮指。

亟需救命器官的人會得到小道消息，通常是來自先前住過巴塞羅繆的住戶，接著用假的公司名義購買一間公寓，付出超過市值百萬的價錢。

然後他們就開始等。有時幾個月，有時幾年。等一個能成為所需器官合適捐贈者的公寓看守人。手術後，住戶會在巴塞羅繆多住幾個禮拜，恢復身體。同時間，公寓看守人的屍體會安靜無聲從大樓後方的運貨電梯移走，帶往位於紐澤西一間和黑手黨掛勾的焚化場。

萊斯莉．伊芙琳辦公室中找到的紀錄顯示，超過四十年期間，有兩百名以上巴塞羅繆住戶接受了從一百二十六名非自願捐贈者身上取下的器官。有些是逃家，有些是無業游民，有些被申報失蹤，有些根本無人知曉他們人間蒸發。

可是，如今所有人都知道了他們的名字，因為紐約警方在線上發布了完整名單。目前為止，三十九個家庭得知自己長久以來失蹤親屬的命運。雖然不是什麼開心的消息，至少能劃上一個句點。因此，當我偶爾希望珍的名字在那名單上，我並不責怪自己。

壞消息總好過沒消息。

幾乎所有涉入人士都接受了法律制裁，這要謝謝查理。他聽了我的忠告，做出正確的事，將巴塞羅繆如何運作、誰在那裡工作、誰住在那兒、誰又死在那兒等等有用情報告訴警方。

火災時成功逃走的那些人一個不漏地被抓回來——雖然不是馬上。其中包含瑪莉安．鄧肯、另一名門房，以及伯納。所有人都對自己各自在這買賣中扮演的角色認罪，並獲判相應罪名。瑪莉安昨天在監獄開始她的五年刑期，而且仍在等待新的肝臟。

法律上的餘波延展至前任雇員和住戶，包含一名奧斯卡得獎者、聯邦法官，還有一個外交官的妻子。瑪喬莉·米爾頓雇用曼哈頓最好的辯護律師為她出庭——直到最後真相揭露，他也同樣利用過巴塞羅繆的服務。兩人最終一同進入認罪答辯階段，八卦小報大豐收。

更令人吃驚的是李奧納德先生的參與。他另一個知名別稱是美國印第安納州的賀瑞斯·李奧納德參議員。由於身體狀況，他無法在火災時撤離，就這麼遭到拋下。警方發現他在我旁邊那間病房地上匍匐，要不是有狄蘭的心臟在他胸中跳動，他很可能早就掛了。

雖然到下個月前他都還不會被判刑，不過連他的律師都認為他將在獄中度過餘生。感謝狄蘭的心臟，這表示他會在鐵窗中活上好一段時間。

話又說回來，李奧納德先生隨時都可以自殺。在萊斯莉把華格納醫生和珍奈從起火的病房放出來後，華格納就這麼做了。他們三人一從巴塞羅繆逃脫、分頭離開，他在皇后區法拉盛的喜來登飯店度過最後兩天，然後拿槍對準太陽穴扣下扳機。

珍奈則採相反做法：回到家和丈夫待在一起，直到警察上門。

萊斯莉·伊芙琳在紐華克自由國際機場登上前往巴西的班機時遭到逮捕。由於她是唯一還活著的主要參與者，檢察官連續以人口販運、協助與教唆犯罪、乃至逃稅罪名起訴她。

在她接連獲判終生監禁之後，我寄給她一份獄中必須遵守的規則清單。最上方寫著：不能在牢房以外的地方過夜。

我沒在信上署名；她一定知道信是誰寄的。

我在巴塞羅繆遇見的所有人中，只有一個人沒死，也不必面對終生監禁。

葛蕾塔．曼維爾。

根據萊斯莉和珍奈的說法，他們四人使用巴塞羅繆後門出口離開，隨後便分道揚鑣。警方搜索了葛蕾塔的公寓，以及地下室的儲藏鐵籠（它們算得上毫髮無傷）。唯一看起來不對勁的就是收納箱裡的一只空盒，上面標記了兩個字：有用。

不管裡面本來裝了什麼，一定是真的很有用，畢竟葛蕾塔除此之外孑然一身，就這麼逃走。自此以後再無人看見或聽見她的消息。這件事意外讓我心情煩躁。我有一股熱切的慾望，恨不得看她在法律面前就範，卻也知道，要不是有她幫助，我永遠逃不出去。

此外，還有另一件事實。嚴格說，她無論去到哪裡，身體裡都帶著一部分的我。當我告訴她我希望她活得長久，並不是在說謊。不然那就會是一大浪費。

至於我——我仍在適應這知名受害者的新身分。是說，這幾個字實在不該湊在一起的。然而，當我在這幾週成為媒體寵兒，這就是我的別名。所有人都在討論那個沒工作、沒家人，樸素安靜卻擊潰了邪惡犯罪企業的女孩。克洛伊請了兩個禮拜的事假，幫我處理每個訪問邀約，我接受最低限度的訪問，一些電訪。沒有面對面的，也絕對沒有對著鏡頭。

我告訴記者確切發生了什麼事，沒有加油添醋。單是事實就夠光怪陸離。每次訪問最後，我都以談起珍作結，懇求握有些許資訊的任何一個人能出面，若有需要，匿名無妨。

目前還沒出現任何新線索。

在出現前，我會繼續嘗試；抱最大的希望，做最壞的打算。

不過大眾在其他方面展現了慷慨氣度。我的前老闆打給我，說如果我想回來，舊的工作仍會等著我。我禮貌拒絕。從醫院出院那天，安德魯帶著花出現。他沒待很久，也沒說太多，只告訴我他很抱歉。我相信他。

然後是克洛伊，她為了幫忙償付我的醫療費用，設置了個募資平臺頁面。雖然我對接受捐贈的想法不怎麼熱中，卻也別無選擇。當妳唯一的財產只剩一幀破掉的相框，就不得不倚靠陌生人的好心。

而人們真的非常好心。我收到很多衣服，使得芭比和我開始到遊民收容所分發。鞋子手機和筆電也是同樣狀況。我失去的一切，都得到三倍奉還。

此外還有我收到的錢——光五個月就超過六萬元，金額飆高到我拜託克洛伊關掉帳號。這些錢已經超出我需要太多，尤其考慮到我週一就要去幫助別人找到失蹤親友的非營利團體展開新工作。為了紀念珍，我拿了些募資來的錢進行捐贈，他們隨後詢問我要不要為他們工作。我說好。那兒辦公室很小，薪水更少，但我可以應付。

在餵魯法斯烤肉肋排時，我注意到時間。一點十五分。

「我們得走了。」我對英格麗說，

英格麗將飯從腿上掃掉，蹦一下站起身。「這我們絕對不能遲到。」

「妳確定要這麼做？」克洛伊說。

「我覺得我們必須這麼做，」我對她說：「不管想不想。」

「妳們回來時我會在這裡，」她說：「和酒一起。」

在走向世界貿易中心站的路上，路人對我投來些許詭異目光。終於，我受到大家注意了——不過卻是因為錯的理由。我在車上瞥到一個女孩在讀《夢想者之心》。自從葛蕾塔．曼維爾涉入巴塞羅繆黑暗事業的事情傳開，這已經不是我初次目擊。那本書突然再度風行，數十年來第一次重回暢銷排行榜。

女孩發現我在看，愣了一下旋即領悟。「抱歉。」她說。

「不需要的，」我說：「那真的是一本好書。」

英格麗和我在快兩點前抵達巴塞羅繆，發現街區封起來了，不讓車走。起重機和鐵球已經抵達，停在中央公園西側中間，恍若某種巨大的鋼鐵怪獸。周遭豎立臨時柵欄，推測是要逼退旁觀者。沒用。公園側的街道人滿為患。很多來自新聞媒體，他們的攝影機對準街道對面的大樓，其他則是懷抱病態好奇心的人士，想跟人吹噓一番，說惡名昭彰的巴塞羅繆被夷為平地時他們就在現場。圍在那群人外圈的則是心存好意卻有所誤解的抗議人士，正舉著寫了「救救巴塞羅繆」的牌子。

儘管大樓的年歲已高、聲名狼籍，仍未從市政府方獲得其歷史地位的認可，其實這也是巴塞羅繆家族的希望。被指定為歷史建築就代表會有更多監督——這是他們必須避免的事。

在尼克已死、又沒有歷史地位的情況下，巴塞羅繆變得和曼哈頓隨處可見的普通大樓一樣——可供人購買，而且如果新地主認為合適，也可以拆除。這就是買下大樓的房地產集團立刻做出的決定。不像抗議人士，他們徹徹底底地意識到，沒有任何腦子正常的人會買一間曾用來進行黑市器官移植的公寓。

而今，巴塞羅繆正面對它的最後時刻，大半個城市都探出頭來看著它赴死。

英格麗和我推擠著進入混亂人群，途中無人注意，都要感謝從地鐵出來後穿戴上的配件。針織帽、太陽眼鏡，夾克領子往上豎起、蓋住了脖子。

我透過圍起巴塞羅繆的鐵絲網窺看，那棟建築肅穆而安靜地矗立，有如陵墓。那是我在六個月後第一次親眼注視著它。再次見到這棟大樓喚起了那股冰寒恐懼，在我骨髓中橫衝直撞，即便我拉緊了夾克。

屋頂北側角落不見喬治身影。在我的要求下，他被移走，交由附近的紐約歷史學會照顧，紐約市政府也樂於從命，計畫將喬治當成在那裡死去的人的紀念碑展示。我希望這件事能夠成真。要是有機會去看看他，感覺好像不錯。

一名工人爬上起重機駕駛座，我們周遭的群眾陷入靜默。他一就位，警鈴就響起，音量大得彷彿在我胸中迴盪。

我開始哭泣。眼淚來得突然，而且無法停下。大部分的眼淚是為那些沒有機會離開巴塞羅繆的人而哭，特別是狄蘭，但也有愛瑞卡、梅根、露比，還有更多其他人。

我為我的家人而哭。

為可能還活著，也可能已死的珍。

為受到人生擊潰，直接兩手一攤放棄的我父母。

不過我也知道，其中有少數幾滴眼淚是留給我自己。更年輕、懷抱更多希望的我。那個我在書封上看見巴塞羅繆，深深相信它給的承諾都是真的。如今那個女孩已經不在，換成某個更聰明、更強韌，但不再那麼滿懷希望的人。

英格麗看見我的太陽眼鏡底下不斷流出眼淚，問道：「妳還好吧？」

「不好，」我說：「但我會好起來的。」

我抹掉眼淚，抓住英格麗的手，看著鐵球晃盪起來。

致謝

對我而言，寫完一本書最困難的部分就是這一頁。當你深知言語不足表達心中感激，卻要嘗試感謝一群人，這是相當困難的。不過，無論如何總得嘗試一下。總而言之，以下是許許多多的感謝。

給Maya Ziv，我了不起的美國編輯，以及Dutton和企鵝藍燈書屋每位為我勤奮工作的人。你們超越了每個作者所夢寐以求。如果沒有我們的夢幻團隊，我將失去方向。

給Ebury，我的英國出版社裡每一個人。謝謝你們在海洋另一邊確保一切順利運轉。我的英國編輯Gillian Green值得一份特別公開致謝，因為她說這本書「無庸置疑是希區考克風」。這可能是我有史以來收到最棒的稱讚。

我想感謝我的經紀人Michelle Brower以及Aevitas Creative Management的每一個人，你們永遠為我撐腰。能成為你們作家名單的一員，我好驕傲，而且對你們做的一切萬分感激。

謝謝我的朋友家人，你們不斷在旁為我加油打氣。

謝謝過去三年喜愛我的書的讀者。

謝謝一直以來慷慨給予讚美以及修圖技巧的部落客和Instagram用戶。

最後，謝謝Mike Livio，你的耐心與善解人意每天每天令我讚嘆。沒有你，這一切都不可能成真。

臉譜小說選 FR6579

請把門鎖好

Lock Every Door

原著作者　萊利・塞傑 Riley Sager
譯　　者　林　零
書封設計　蕭旭芳
責任編輯　廖培穎
行銷企畫　陳彩玉、楊凱雯
業　　務　陳紫晴、林佩瑜、葉晉源

出　　版　臉譜出版
發 行 人　凃玉雲
總 經 理　陳逸瑛
編輯總監　劉麗真
城邦文化事業股份有限公司
台北市民生東路二段141號5樓
電話：886-2-25007696　傳真：886-2-25001952

發　　行　英屬蓋曼群島商家庭傳媒股份有限公司城邦分公司
台北市中山區民生東路141號11樓
客服專線：02-25007718；25007719
24小時傳真專線：02-25001990；25001991
服務時間：週一至週五上午09:30-12:00；下午13:30-17:00
劃撥帳號：19863813　戶名：書虫股份有限公司
讀者服務信箱：service@readingclub.com.tw
城邦網址：http://www.cite.com.tw

香港發行所　城邦（香港）出版集團有限公司
香港灣仔駱克道193號東超商業中心1樓
電話：852-25086231　傳真：852-25789337

馬新發行所　城邦（馬新）出版集團Cite（M）Sdn. Bhd.
41, Jalan Radin Anum, Bandar Baru Sri Petaling,
57000 Kuala Lumpur, Malaysia.
電話：603-90563833　傳真：603-90576622
電子信箱：services@cite.my

一版一刷　2021年11月
I S B N　978-626-315-028-7

售價：400元
（本書如有缺頁、破損、倒裝，請寄回更換）

國家圖書館出版品預行編目資料

請把門鎖好／萊利・塞傑（Riley Sager）著；林零譯. -- 一版. -- 臺北市：臉譜出版：英屬蓋曼群島商家庭傳媒股份有限公司城邦分公司發行, 2021.11
面；　公分. --（臉譜小說選；FR6579）
譯自：Lock Every Door
ISBN 978-626-315-028-7（平裝）

874.57　　110016230